시골 생활 풍경

SCENES FROM A VILLAGE LIFE
by Amos Oz

Copyright ⓒ 2009 by Amos Oz
English translation copyright ⓒ2011 by Nicholas de Lange
All rights reserved.
Korean translation copyright ⓒ2012 by Viche Korea Books
This Korean edition was published by arrangement with Amos Oz through Deborah Owen Ltd. and Sibylle Books Literary Agency, Seoul.

이 책의 한국어판 저작권은 시빌 에이전시(Sibylle Books Literary Agency)를 통한 Amos Oz c/o Deborah Owen Ltd. 사와의 독점계약으로 한국어 판권을 도서출판 비채가 소유합니다.
저작권법에 의하여 한국 내에서 보호를 받는 저작물이므로 무단전재와 복제를 금합니다. 본서는 저자 및 저작권사의 공식 인정을 받은 Nicholas de Lange 교수의 영문판 번역을 바탕으로 번역되었습니다.

시골 생활 풍경
SCENES FROM A VILLAGE LIFE

아모스 오즈 _최정수 옮김

시골 생활 풍경

1판 1쇄 발행 2012년 1월 16일 **2판 1쇄 발행** 2015년 10월 20일

지은이 아모스 오즈 **옮긴이** 최정수
펴낸이 김강유
편집 이승희 장선정 김은영 박정선
책임디자인 정지현
저작권 차진희 박은화
책임마케팅 김용환 김새로미 이헌영
마케팅 김재연 백선미 고은미 정성준
책임제작 김주용 박상현 **경영지원** 양종모 김혜진 송은경
제작처 코리아피앤피 금성엘앤에스 정문바인텍 대양금박

발행처 비채
주소 경기도 파주시 문발로 197(문발동)
등록 1979년 5월 17일(제406-2003-036호)
주문 및 문의 전화 031)955-3200 **팩스** 031)955-3111
편집부 전화 02)3668-3295 **팩스** 02)745-4827 **전자우편** literature@gimmyoung.com
비채 카페 http://cafe.naver.com/vichebooks
트위터 @vichebook **페이스북** www.facebook.com/vichebook

ISBN 978-89-94343-54-9 04890   책값은 뒤표지에 있습니다.

이 도서의 국립중앙도서관 출판시도서목록(CIP)은 서지정보유통지원시스템 홈페이지(http://seoji.nl.go.kr)와 국가자료공동목록시스템(http://www.nl.go.kr/kolisnet)에서 이용하실 수 있습니다.
(CIP제어번호: CIP2014036648)

SCENES FROM A VILLAGE LIFE

차례

작품 소개 아모스 오즈가 꿈꾸는 이상향을 만나다	6
상속자	13
친척	36
땅 파기	62
길을 잃다	123
기다리기	158
낯선 사람들	184
노래하기	217
다른 시간, 먼 곳에서	245
작품 해설 밤의 교교한 침묵 속에서 들려오는 소리	254

작 품 소 개

아모스 오즈가 꿈꾸는 이상향을 만나다

"어렸을 적 나는 사람이 아닌 책이 되고 싶었다. 집에는 이미 고인이 된 작가들의 책이 가득했기 때문이다. 나는 오직 책만이 오래오래 살아남을 수 있다고 생각한 것이다."_아모스 오즈

아모스 오즈는 현대 이스라엘 문학을 대표하는 거장으로 최근 십여 년간 노벨문학상 수상자로 꾸준히 거론되는 작가이다. 1965년 첫 작품을 발표한 이래 많은 작품을 집필했고, 이스라엘 문학상, 괴테 문학상, 하인리히 하이네상, 페미나상, 런던 윙게이트상, 율리시스상 등 수많은 문학상을 수상했다. 또한 독일의 프랑크푸르트 평화상, 프랑스의 레지옹 도뇌르 훈장 등을 받았다. 2000년 독일 베텔스만 사가 선정한 '20세기 최고의 현대 고전 시리즈'에 프란츠 카프카, 버지니아 울프,

제임스 조이스 등과 나란히, 이스라엘 작가로서는 유일하게 선정될 정도로 탁월한 작가로 인정받고 있다.

　아모스 오즈의 최근 대표작인 《시골 생활 풍경》은 2010년 지중해문학상 외국문학상 부문을 수상한 작품으로, 이전에는 오르한 파묵, 움베르토 에코, 이스마엘 카다레 등의 세계적인 작가들이 이 상을 수상했다. 총 여덟 편의 단편으로 이루어진 이 작품의 배경이 되는 텔일란은 이스라엘이 건국되기도 전 개척자들에 의해 세워진 가공의 마을이다. 그곳에서 포도밭과 과수원에 둘러싸여 생활하는 사람들에게 인생은 평화롭고 느리게 흘러가는 것만 같다. 그러던 어느 날인가부터 마을 사람들의 일상에 균열이 일어나기 시작한다. 아내와 헤어지고 노모와 시골집에서 함께 사는 한 남자의 이야기, 조카 기드온의 방문을 기다리는 독신 여의사의 이야기, 젊은 시절 국회의원이었지만 이제는 교사인 딸과 함께 말년을 보내는 노인의 이야기, 마을의 고옥을 사들여 허물고 새 저택을 지으려는 부동산 중개업자의 이야기, 쪽지를 남기고 집을 나가 돌아오지 않는 아내를 기다리는 마을 면장의 이야기, 마을 우체국장이자 도서관 사서인 서른 살 이혼녀를 사랑하는 열일곱 살 소년의 이야기, 십대 아들을 자살로 잃은 한 부부의 이야기 등…… 오즈는 마법사가 된 것처럼 정적이 흐르던 마을을 잠에서 깨워 살아 숨쉬게 하고 말하게 한다.

아모스 오즈는 '침묵하지 않는 작가'라는 수식어에 걸맞게 사람과 사람 사이의 수수께끼, 개인과 개인 혹은 개인과 집단 사이의 관계에 대해 끊임없이 질문을 던지고 반문하며, 독자들을 보다 넓은 세상과 트인 관점으로 안내한다. 안톤 체호프의 유려한 단편에 비견되는 오즈의 비범한 통찰력은 《시골 생활 풍경》에서 정점에 이르렀다. 세계적인 스토리텔러답게 오즈는 은유로 세련되게 다듬어진 언어로써 '어딘가에 존재할 더 나은 삶'에 대한 불가능한 꿈으로 우리를 이끈다.

_ 올리비에 모니 (문학평론가)

SCENES FROM A VILLAGE LIFE

흔히 분쟁 지역의 문학은 세계의 다른 한편에서 알레고리로 읽히곤 한다. 그렇지만 내 작품은 알레고리가 아니다. 일반적인 의미의 인간 실존을 담고 있을 뿐이다. 사랑, 상실, 외로움, 갈망, 죽음, 욕망, 그리고 황량감 등…… 내 작품은 뭔가를 잃어버린 사람들의 이야기이다.

_아모스 오즈

상속자

1

그 낯선 남자는 낯선 사람이 아니었다. 아리에 젤니크가 처음 그 남자를 봤을 때 그의 외모에는 혐오감을 주면서도 매력적인 어떤 것이 있었다. 그것이 정말로 처음 본 것이라면 말이다. 그 얼굴이, 거의 무릎까지 늘어진 두 팔이 기억난다는 느낌이 아리에 젤니크에게 들었다. 하지만 그것은 한평생 전의 일처럼 희미한 기억이었다.

남자가 정문 앞 오른쪽에 자동차를 세웠다. 먼지가 잔뜩 묻은 베이지색 자동차였다. 뒤쪽과 옆 유리창에는 온갖 스티커가 덕지덕지 붙어 있었다. 선언, 경고, 구호, 외침의 잡다한 컬렉션이었다. 남자는 자동차 문이 모두 제대로 닫혔는지 확인하기 위해 힘차게 덜거덕 소리를 내며 문을 잠갔다. 그런 다음 문기둥에 밧줄로 매어둔 늙은 말에게 그리 오래 기다리지 않아도 될 거라고 알려주기라도 하듯, 애정이 담긴 몸짓으로 자동차 보닛을 한두 번 가볍게 두드렸다. 그러고 나서 정문을 밀어 열고는 포도 덩굴이 그늘을 드리운 앞 베란다 쪽으로 성큼성큼 걸어갔다. 마치 뜨거운 모래 위를 걷는 듯, 거의 꼴불견으로 느껴질 만큼 몸을 움찔거리며 걸어갔다.

아리에 젤니크는 남자가 자기를 보지 못하는 가운데 베란다 한쪽 구석에 놓인 그네에서 남자를 볼 수 있었다. 아리에 젤니크는 그 불청객이 주차할 때부터 계속 그를 관찰했다. 하지만 아무리 기억을 더듬어봐도 언제 어디서 그 남자와 마주쳤는지 기억해낼 수 없었다. 외국여행을 갔을 때였나? 군대에서였나? 아니면 일 관계로? 대학에서? 그것도 아니면 중학교나 고등학교 때? 남자의 얼굴에는 방금 누군가에게 노련한 농담을 건네 성공하기라도 한 것처럼 익살스럽고 즐거워하는 표정이 떠올라 있었다. 얼굴 뒤쪽 혹은 아래쪽 어딘가에는 뭐라고 콕 집어 정의하기 힘든, 친숙하면서도 불안한 기색이 숨어 있었다. 이 남자는 언젠가 한 번 그에게 해를 끼쳤던 사람일까? 아니면 반대로 그가 나쁜 기억을 심어준 뒤 잊어버린 사람일까?

꿈속의 기억이 대개 그렇듯이 모든 것이 연기처럼 사라져버리고 꼬리만 선명했다.

아리에 젤니크는 일어나서 그 낯선 남자를 맞이하지 않고 그 자리에서, 앞 베란다의 그네에서 기다리기로 마음먹었다.

낯선 남자가 정문에서 베란다 계단까지 이어진 오솔길을 따라 뛰는 듯한 걸음으로 걸어왔다. 남자의 작은 눈이 오솔길 주변을 재빨리 쏘아보았다. 남자는 자기가 온 것이 너무 일찍 알려질까 봐, 아니면 오솔길 양쪽에 자라난 가시 달린 부젠빌레아 덤불에서 사나운 개 한 마리가 갑자기 나타나 자기를 공격할까 봐 겁내는 듯했다.

성긴 아맛빛 머리카락, 칠면조 아랫볏처럼 늘어진 목, 캐묻듯 주변을 쏘아보는 물기 어린 눈, 침팬지 팔처럼 늘어져 대롱거리는 팔, 이 모든 것이 희미한 거북함을 불러일으켰다.

이리저리 얽힌 포도 덩굴 그늘 속, 바깥과 차단된 유리한 장소에서 아리에 젤니크는 그 남자가 꽤 최근까지는 체격이 건장했지만 안으로부터 무너져내리기 시작했고 피부 안쪽도 쪼그라들어, 골격은 커도 중병에서 회복한 지 얼마 안 된 사람처럼 연약해 보인다는 것을 눈치챘다. 몸집에 비해 너무 큰, 주머니가 불룩한 더러운 베이지색 여름 재킷이 그의 어깨에 헐렁하게 걸쳐져 있었다.

늦은 여름이었고 오솔길은 말라 있었지만, 낯선 남자는 걸음을 멈추고 계단 아래쪽에 놓인 매트에 신발 바닥을 조심스럽게 닦아냈다. 그런 다음 양 신발 바닥을 한쪽씩 차례로 확인했다. 신발의 상태에 만족한 남자는 계단을 올라가 망을 친 현관문을 두드렸다. 예의 바르게 몇 번 두드렸지만 아무런 기척이 없자 남자는 주변을 둘러보았고, 마침내 베란다 한쪽 구석 나무 그늘에, 커다란 꽃과 양치류 화분에 둘러싸인 그네에 조용히 앉아 있는 집주인을 발견했다.

남자는 인사를 하려고 활짝 미소를 지었다. 그는 목청을 가다듬고 이렇게 말했다.

"이곳은 참으로 아름답군요, 젤킨 씨! 아주 멋져요! 마치 이스라엘의 프로방스 같습니다! 아니, 프로방스보다 더 나아요. 토스카나 같다고 하는 게 좋겠군요! 경치도 좋고 숲도 멋있습니다! 포도 덩굴도 훌륭하고요! 한마디로 텔일란은 레반트(지중해 동부 연안 지역) 전체를 통틀어 가장 아름다운 곳입니다. 무척 멋진 곳이에요! 안녕하십니까, 젤킨 씨. 혹시라도 제가 실례가 되지 않았기를 바랍니다."

아리에 젤니크는 건조한 태도로 남자의 인사에 답한 뒤 자신의 이름은 젤킨이 아니라 젤니크라고 정정해주었다. 그리고 미안하지만 자기는 방문 판매원에게 물건을 사지 않는다고 말했다.

"그것 참 옳은 말씀입니다!" 남자가 소맷부리로 이마를 닦으며 외쳤다. "그 사람이 진실한 판매원인지 아니면 사기꾼인지 어떻게 알 수 있겠습니까? 아니면 심지어, 그런 일은 없어야겠지만, 강도짓을 하려고 사전 조사를 나온 범죄자인지 알게 뭐예요? 그런데 젤니크 씨, 공교롭게도 저는 방문 판매원이 아닙니다. 저는 마프치르라고 합니다."

"누구요?"

"마프치르, 울프 마프치르입니다. 로템&프루치닌 법률회사에서 나왔습니다. 만나뵈서 반갑습니다, 젤니크 씨. 어떻게 말씀드려야 할지 모르겠지만 구구하게 설명하지 않고 곧바로 요점을 말씀드리는 게 좋을 것 같네요. 제가 좀 앉아도 되겠습니까? 좀 사적인 문제라서요. 물론 저의 사적인 문제는 아닙니다. 하지만 이렇게 미리 알리지도 않고 선생님 집에 들이닥치게 되리라고는 꿈에도 생각지 못했습니다. 물론 저희는 미리 알리려고 노력했습니다. 네, 분명히 노력했지요. 여러 번 시도를 했습니다만, 선생님의 전화번호는 전화번호부에 실려 있지 않았고, 편지도 보내보았지만 답장을 받지 못했습니다. 그래서 결과가 어찌 되든 이렇게 알리지 않은 채 방문해보기로 결정한 겁니다. 아무튼 이렇게 불쑥 찾아뵈어서 매우 유감입니다. 평소에는 절대 이런 식으로, 남의 사생활을 침해하는 방식으로 일을 처리하지 않는답니다. 특히 나라 전체를 통틀어 가장 아름다운 곳에 거주하는 분들과 관련된 일일 때는 더욱 그렇지요. 어찌어찌해서 저희가 이미 확인한 바지만, 이 문제는 절대 저희의 사적인 비즈니스가 아닙니다. 그래요, 그렇고말고요. 결코 아닙니다. 사실 그 정반대지요. 어떻게 말씀드리는 것이 적절할지 모르겠는데, 이건 선생님의 개인적 문제입니다. 선생님 자신의 개인적 문제예요. 저희의 문제가 아니라요. 더 정확히 말씀드리면 선생님의 가족과 관련된 문제입니다. 일반적인 의미에서 가족의 문제라기보다는 선생님 가족 중 한 사람과 특별히 관련된 문제일 겁니다. 잠깐 앉아서 몇 분 동안 이야기 좀 나눠도 되겠지요? 이 문제에 대해 전체적으로 설명드리는 데 선생님의 시간을 십 분 이상 빼앗지 않도록 최선을 다하겠습니다. 사실 그건 전적으로 선생님께 달린 일이지만요, 젤킨 씨."

"젤니크입니다."

아리에가 정정했다. 그러고는 "앉으시죠"라고 말했다.

"여기 말고 저쪽에요."

그가 덧붙였다. 그 뚱뚱한 남자, 아니, 과거에 뚱뚱했던 그 남자가 처음에 그네 위 집주인의 바로 옆자리, 허벅지가 서로 닿을 정도로 가까운 곳에 엉덩이를 내려놓았던 것이다. 그의 몸에는 뭔가 진한 냄새가 배어 있었다. 음식 냄새, 양말 냄새, 탤컴 파우더(활석 가루에 붕산말, 향료 등을 섞어 만든 화장품) 냄새와 겨드랑이 냄새였다. 여러 가지가 한데 섞인 그 냄새를 톡 쏘는 희미한 애프터셰이브 냄새가 덮고 있었다. 아리에 젤니크는 불현듯 아버지를 떠올렸다. 아버지도 톡 쏘는 애프터셰이브 냄새를 풀풀 풍기고 다녔다.

옆으로 비켜 앉으라는 말에 남자는 얼굴이 붉어져서는 원숭이 같은 두 팔로 무릎을 감싸안고 몸을 조금 흔들면서 사과했다. 너무 큰 바지를 입은 그는 집주인이 가리킨 곳, 정원 탁자 건너편에 있는 나무 벤치에 엉덩이를 다시 내려놓았다. 철도 침목처럼 두꺼운 판자를 대패로 거칠게 깎아 만든 소박한 벤치였다. 아리에로서는 남자의 등이 뜨겁더라도, 나무 그늘 반대편에 드리워진 그의 몸이 뜨끈뜨끈하더라도 병든 어머니가 이 방문객을 보지 못하게 해야 했다. 그래서 집 안 창문에서 보이지 않는 그곳에 남자를 앉힌 것이다.

사람을 살살 녹이는, 마치 노래하는 듯한 남자의 목소리로 말하자면, 어머니는 귀가 먹었으므로 듣지 못할 터였다.

2

아리에 젤니크의 아내 나마는 삼 년 전 샌디에이고에 사는 친한 친구 셀마 그랜트를 만나러 간 뒤 돌아오지 않았다. 그녀는 그와 헤어지겠다고 명확히 밝히는 편지를 써 보낸 적은 없지만 당분간 돌아오지 않을 작정임을 간접적으로 암시했다. 떠난 지 여섯 달이 되었을 때 그녀는 이런 편지를 보내왔다. "나는 아직 셀마와 함께 지내고 있어요." 그 후에 온 편지의 내용은 이러했다. "나를 계속 기다릴 필요는 없어요. 나는 셀마와 함께 회춘요법 센터에서 일하고 있어요." 또 다른 편지에는 이렇게 적혀 있었다. "셀마와 나는 잘해나가고 있어요. 우리는 같은 업karma을 갖고 있어요." 어떤 편지엔가는 이런 내용도 씌어 있었다. "우리의 영적 길잡이는 우리가 서로를 포기해서는 안 된다고 생각해요. 당신은 잘 지내겠죠. 당신, 화내지 않죠, 네?"

결혼해서 살고 있는 그들의 딸 힐라는 보스턴에서 이런 편지를 보내왔다. "아빠, 제발 엄마에게 압박을 주지 마세요. 이게 제 조언이에요. 새로운 생활에 적응하세요."

맏아들 엘다드와는 연락이 끊긴 지 오래였고 가족 말고는 친한 친구가 전혀 없었기에, 그는 일 년 전 카르멜 산(이스라엘 북부 항구도시 하이파의 남동쪽에 있는 산) 기슭의 아파트를 처분하고 어머니와 함께 이곳 텔일란에 있는 오래된 집으로 이사하기로 했다. 생활비는 하이파에 있는 아파트 두 채에서 나오는 임대료로 해결하고 취미생활에만 전념하기로 결심했다.

그는 딸의 조언을 받아들였고 새로운 생활에 적응했다.

청년 시절 아리에 젤니크는 해군 특공대원으로 복무했다. 아주 어린 시절부터 그는 겁내는 것이 아무것도 없었다. 한판 붙는 것도, 높은 곳에 올라가는 것도 무서워하지 않았다. 그러나 세월이 흐르면서 빈집의 어둠을 무서워하게 되었다. 그가 텔일란이라는 이 마을 끄트머리에 자리한, 그가 태어나고 자란 오래된 집에 돌아와 어머니와 함께 살기로 결심한 것도 바로 그 때문이었다. 그의 어머니, 아흔 살의 노부인 로잘리아는 귀가 들리지 않고 허리가 매우 굽었으며 말수가 적었다. 그녀는 그로 하여금 집안일을 돌보게 했고, 하루 종일 어떤 요구도 제안도 하지 않았다. 때때로 아리에 젤니크는 어머니가 병이 들거나 너무 노쇠해져서 지속적으로 돌봐주지 않으면 생활할 수 없게 될지도 모른다는, 그래서 그가 어머니의 식사 시중을 들고 어머니의 몸을 씻겨주고 기저귀를 갈아주어야 할지도 모른다는 생각을 했다. 어쩌면 간병인을 고용해야 할지도 몰랐다. 그렇게 되면 가정의 평온함이 침해를 받을 것이고, 그의 삶은 외부인들의 시선에 고스란히 노출될 것이다. 심지어 때때로, 아니, 십중팔구 적당한 기관으로 어머니를 옮기는 일을 머리로나 마음으로 정당화할 수 있도록 어머니의 병세가 신속히 악화하기를 바라게 될 것이다. 그러면 그는 이 집에 홀로 남겨질 것이고 홀가분한 마음으로 예쁜 새 아내를 얻을 것이다. 아니면 새 아내를 얻지 않고 어린 아가씨들을 집에 불러들일 수도 있을 것이다. 내벽들을 허물고 집을 개조할 수도 있을 것이다. 바야흐로 새로운 인생이 그에게 시작될 것이다.

그러나 그들 두 사람은, 어머니와 아들은 이 침울한 구식 집에서 줄곧 조용히 살고 있었다. 매일 아침 가사 도우미가 그가 건네준 목록에 따라 장 본 것을 가지고 찾아왔다. 도우미는 집

안을 정돈하고, 청소하고, 요리를 했다. 그리고 그들 모자에게 점심을 차려준 뒤 조용히 집을 떠났다. 어머니는 대부분의 시간을 방에 앉아 오래된 책들을 읽으며 보냈고, 아리에 젤니크는 자기 방에서 라디오를 듣거나 발사나무 가지로 모형 비행기를 만들었다.

3

 갑자기 낯선 남자가 뭔가를 안다는 듯 집주인 젤니크에게 윙크 비슷한 익살맞은 미소를 보냈다. 젤니크와 함께 어떤 범죄를 저질렀는데 자신의 암시가 벌을 초래할까 봐 두렵기라도 한 듯이.
 남자가 붙임성 있게 물었다.
 "죄송합니다만 이것 좀 맛봐도 되겠습니까?"
 젤니크가 좋다는 뜻으로 고개를 끄덕였다고 생각한 그는 레몬 한 쪽과 민트 몇 잎이 떠 있는 차가운 물병의 물을 탁자에 있는 하나뿐인 유리잔, 아리에 젤니크의 유리잔에 따라서 살집 좋은 입술에 가져가더니, 꿀꺽꿀꺽 소리를 내며 대여섯 모금에 모두 들이켰다. 그리고 물 반 잔을 더 따라 또 시원하게 마셔버렸다.

"죄송합니다!" 그가 변명하듯 말했다. "선생님께서는 이 아름다운 베란다에 앉아 계시니 바깥이 얼마나 더운지 실감하지 못하실 겁니다. 정말로 더워요. 하지만 이토록 더운데도 이곳은 몹시 매력적이군요! 정말이지 텔일란은 이 나라 전체를 통틀어 가장 아름다운 고장일 겁니다. 프로방스가 따로 없어요! 아니, 프로방스 이상이지요. 토스카나 같아요! 숲, 포도밭! 백 년 된 농가들, 빨간 지붕, 그리고 키 큰 사이프러스! 그런데 어떻게 생각하십니까, 선생님. 이곳의 아름다움에 대해 계속 이야기를 나누는 것이 좋을까요? 아니면 제가 우리의 의제로 곧바로 넘어가도록 허락해주시겠습니까?"

"들을 테니 말해보십시오." 아리에 젤니크가 말했다.

"레온 아카비아 젤니크의 후손 젤니크 집안은, 제가 잘못 알고 있는 게 아니라면 이 마을을 처음 세운 집안들 중 하나입니다. 선생님의 조상은 최초의 정착자들 가운데 한 분이고요, 안 그렇습니까? 구십 년 전이지요? 거의 백 년쯤 되었나요?"

"그분의 이름은 아키바 아리에입니다. 레온 아카비아가 아니고요."

"물론입니다." 남자가 열광적으로 대답했다. "우리는 선생님 집안의 혁혁한 역사에 큰 존경심을 품고 있습니다. 존경심을 넘어서 경탄의 염을 갖고 있지요! 우선, 제가 잘못 알고 있는 게 아니라면, 형제분들 중 맏이이신 두 분, 세몬 젤킨과 보리스 젤킨이 하리코프 지방의 작은 마을에서 이곳으로 와 쓸쓸한 므나세 언덕의 황량한 풍경 한가운데에 새로운 촌락을 건설했더군요. 이곳엔 아무것도 없었지요. 덤불로 덮인 황량한 언덕뿐이었어요. 이 골짜기에는 심지어 아랍인 마을조차 없었어요. 아랍인들은 모두 이 언덕 반대편에 살고 있었어요. 촌락이 세워지자 두 형제의 조카 레온, 혹은 선생께서 주장하시는 대로 말하면 아카비아 아리에가 도착했지요. 그 후엔, 적어도 소문에 따르면, 처음에는 세묜이, 다음에는 보리스가 러시아로 돌아갔어요. 러시아에서 보리스가 도끼로 세묜을 죽였고요. 그리고 선생의 조부이신, 아니, 증조부인가요? 레온 아카비아만 남았지요. 그런데 그분 이름이 아카비아가 아니라 아키바인가요? 죄송합니다. 그럼 아키바라고 하지요. 간단히 말씀드리자면, 우리 마프치르 집안도 하리코프 지방에서 왔답니다! 하리코프의 산림지대 한가운데에서요! 마프치르 집안이요! 아마 선생께서도 우리 집안에 대해 들어보셨겠지요? 우리 집안에는 샤야 라이브 마프치르라는 유명한 성가대 독창자가 있답니다. 또 그리고리 모이세예비치 마프치르라는 사람도 있는데, 붉은군대의 고위 장성이었지요. 1930년대 숙청의 물결 속에서 스탈린에게 처형되었지만요."

남자가 자리에서 일어나더니 라이플 총이 발사될 때 나는 째는 듯한 소리를 내면서, 그러나 하얀 앞니를 전부 드러내지는 않고 총살 집행 부대의 총격 자세를 흉내 냈다. 그런 다음 성공적인 처형이 만족스럽다는 듯 미소를 지으며 벤치에 다시 앉았다. 아리에 젤니크는 남자가 자신에게 박수를, 혹은 지나칠 정도로 상냥한 웃음에 대한 답례로 미소를 기대할지도 모른다는 느낌을 받았다.

어쨌거나 아리에 젤니크는 남자에게 미소로 화답하지 않기로 마음먹었다. 그는 사용한 유리잔과 차가운 물이 담긴 물병을 한쪽으로 밀어놓고는 말했다.

"그래요?"

변호사 마프치르는 오른손으로 자신의 왼손을 쥐고는 기쁜 표정으로 꽉 눌렀다. 기대하지 않았던 이 만남이 자신을 즐거움으로 가득 채워주고 있다는 듯. 그의 내면 깊은 곳에서 말의 홍수가, 한없는 쾌활함이, 자기만족의 멕시코 만류가 부글부글 일어나는 것 같았다.

"그럼 이제 소위 본론으로 들어가 솔직하게 털어놓도록 하지요. 제가 오늘 실례를 무릅쓰고 선생님 댁에 이렇게 들이닥친 것은 우리 사이의 사적인 문제와 관련이 있습니다. 그리고 아마 선생님의 모친과도 관계가 있을 겁니다. 그분이 오래 살게 해달라는 제 기도를 신께서 들어주시기를. 선생의 친애하는 모친 말입니다. 이 미묘한 문제를 끄집어내는 것을 특별히 반대하시는 건 아니겠지요?"

"그렇습니다." 아리에 젤니크가 말했다.

남자가 일어나더니 베이지색 재킷을 벗었다. 더러운 모래빛깔 재킷을 벗자 하얀 셔츠의 겨드랑이 부분에 널찍하게 생긴 땀자국이 드러났다. 남자는 재킷을 의자 등받이에 걸고 다시 앉았다.

"실례했습니다. 기분 상하지 않으셨기를 바랍니다. 날씨가 너무 더워서요. 넥타이도 풀어도 괜찮겠습니까?" 남자가 말했다.

그는 잠시 겁먹은 어린아이처럼 보였다. 자신이 꾸지람을 들어 마땅하다는 것을 잘 알지만 용서를 빌기에는 부끄러움이 너무 많은 아이 말이다. 그런 표정은 곧 사라졌지만.

집주인이 아무 말도 하지 않자, 남자는 넥타이를 잡아당겨 풀었다. 그 몸짓을 보고 아리에 젤니크는 아들 엘다드를 떠올렸다.

"우리가 선생의 모친을 책임지는 한 우리는 이 부동산의 가치를 실감할 수 없습니다. 안 그렇습니까?" 남자가 말했다.

"뭐라고 하셨습니까?"

"우리가 진정으로 훌륭한 보금자리를 선생의 모친께 마련해드리지 못한다면 말입니다. 그런데 제가 바로 그런 보금자리를 가지게 되었거든요. 아니, 제 파트너의 형제가 가지게 되었다고 말하는 게 맞겠네요. 우리에게 필요한 건 선생 모친의 동의입니다. 그러면 우리가 그녀의 보호자가 되었다는 것을 증명하는 일이 더 간단해지지 않겠습니까? 그녀의 동의가 더 이상 필요 없는 경우라도 말입니다."

아리에 젤니크는 몇 번 고개를 끄덕이고는 오른쪽 손등을 긁적였다. 병든 어머니가 육체적 독립성이나 정신적 독립성을 잃게 되면 어머니와 그에게 무슨 일이 일어날지, 결정을 내려야 할 그 순간이 과연 언제 찾아올지 최근에 한두 번 궁금해한 것은 사실이었다. 어머니와 헤어질 수도 있다는 생각이 그를 슬픔과 부끄러움으로 가득 채우는 순간들이 있었던 것도 사실이다. 어머니가 집 밖으로 거처를 옮겨 그의 앞에 가능성들이 열리기를 고대하던 순간들도 있었다. 심지어 한때는 부동산 중개업자 요시 새슨에게 와서 좀 둘러보고 이 집의 가치를 평가해달라고 부탁한 적도 있었다. 이 억눌린 희망들이 그를 죄의식과 자기혐오로 가득 채웠다. 이 불쾌한 남자가 자신의 창피스러운 생각들을 읽는 것 같아 의아하다는 생각이 들었다. 그래서 그는 처음으로 되돌아가 대체 무슨 임무를 띠고 여기에 왔는지 자세히 설명해달라고 마프치르 씨에게 부탁했다. 대관절 누가 그를 여기에 보냈는지.

울프 마프치르는 싱글거리며 웃었다.

"마프치르 씨라고 하지 마십시오. 그냥 마프치르라고 부르세요. 아니면 울프라고 부르든가요. 친척끼리 '씨'라는 말을 붙일 필요가 뭐 있겠습니까."

4

 아리에 젤니크는 자리에서 일어났다. 그는 울프 마프치르보다 훨씬 더 키가 크고 체격이 좋았다. 그리고 둘 다 팔은 거의 무릎까지 내려올 정도로 길었지만 젤니크의 어깨가 더 넓고 단단했다. 젤니크는 마프치르 쪽으로 두 발짝 걸어가 그를 내려다보며 말했다.
 "그러니까 당신이 원하는 게 뭡니까."
 그는 말꼬리를 올리지 않고 이 말을 했다. 말하면서 셔츠의 맨 윗단추를 끌렀다. 잿빛 털투성이 가슴이 설핏 드러났다.
 "급할 거 뭐 있습니까, 선생." 울프 마프치르가 달래는 듯한 어조로 말했다. "우리 문제는 그 어떤 틈새나 여지도 남지 않도록 신중하게 인내심을 갖고 다각도에서 논의해야 합니다. 세부사항에 잘못된 곳이 있어서는 안 됩니다."
 아리에 젤니크에게는 이 남자가 물러터졌거나 약해빠진 사람처럼 보였다. 거죽이 몸에 비해 너무 커 보이긴 했지만 말이다. 남자가 재킷을 벗기 전, 재킷은 허수아비가 입은 외투처럼 그의 어깨에 헐렁하게 걸쳐져 있었다. 눈은 물기가 어려 있고 음울했다. 그런 동시에 갑작스러운 모욕이 두려운 듯 어딘지 겁먹은 것처럼 보였다.

"우리 문제요?"

"저는 이 댁의 노부인 문제를 말씀드리는 겁니다. 선생의 친애하는 모친 말입니다. 이 부동산이 아직 선생 모친의 이름으로 등록되어 있고, 모친이 세상을 떠날 때까지는 계속 그럴 테니까요. 선생 모친이 자신의 의지에 따라 유언장을 작성할 때, 혹은 우리 둘이 용케 그녀의 보호자로 지목될 때 그녀가 머릿속에 무엇을 기억하고 있을지 누가 장담할 수 있겠습니까."

"우리 둘이요?"

"이 집은 무너져서 요양원으로 개조될 수도 있습니다. 건강 관리 센터 말입니다. 우리는 이곳을 이 나라 어느 곳도 필적할 수 없는 장소로 개발할 수도 있습니다. 신선한 공기, 전원 풍경, 목가적인 고요함으로 프로방스나 토스카나 같은 곳과 쌍벽을 이루게 할 수도 있어요. 허브 요법, 마사지, 명상, 영적 안내 등 이곳이 제공하는 것들에 사람들은 넉넉히 돈을 지불할 겁니다."

"실례지만 우리가 서로 안 지 정확히 얼마나 됐지요?"

"우리는 오랜 친구 사이입니다. 아니, 그보다는 친척관계지요. 파트너이기도 하고요."

아리에 젤니크는 자리에서 일어났다. 상대방도 일어나 작별을 고하게 만들려는 의도였는지도 모른다. 하지만 남자는 자리에 계속 앉은 채 자기가 사용하기 전까지는 아리에 젤니크의 것이었던 유리잔에 손을 뻗어 레몬과 민트 잎이 든 물을 좀 더 따르기까지 했다. 그는 의자에 앉은 채 상체를 뒤로 젖혔다. 재킷을 벗고 넥타이를 푼 채 겨드랑이에 땀자국이 있는 셔츠 차림으로 앉아 있는 울프 마프치르는, 거래가 양쪽 모두에게 이익이 될 거라는 확신 아래 끈기 있고 교활하게 농부들과 협상하기 위해 시내에 나온 느긋한 소 거래상처럼 보였다. 그에게는 심술궂은 기쁨이 감춰져 있었는데, 그것은 집주인 아리에 젤니크에게는 전혀 친숙하지 않은 성질의 것이었다.

"난 이제 집 안으로 들어가야겠습니다." 아리에 젤니크는 거짓말을 했다. "해야 할 일이 좀 있어서요. 실례합니다."

"저는 전혀 바쁘지 않습니다." 울프 마프치르가 미소를 지었다. "선생께서 반대하지 않으신다면, 여기 앉아서 선생을 기다리겠습니다. 아니면 선생과 함께 안으로 들어가 선생 모친께 인사를 드려야 할까요. 제겐 그녀의 신뢰를 얻을 시간이 많지 않거든요."

"우리 어머니는 손님을 만나지 않습니다." 아리에 젤니크가 말했다.

"저는 정확히 말하면 손님이 아닙니다."

울프 마프치르가 의자에서 일어나 아리에 젤니크를 따라 집 안으로 들어갈 채비를 하며 고집을 부렸다.

"알고 보면 우리는, 말하자면 친척 사이나 다름없지 않습니까? 심지어 파트너이기도 하고요."

갑자기 아리에 젤니크는 아내를 돌아오게 하려고 애쓰지 말고 포기하라던, 그리고 새로운 삶을 살도록 노력해보라던 딸 힐라의 조언을 떠올렸다. 그러나 아내 나마가 돌아오도록 그가 그리 열심히 노력하지는 않은 것이 사실이었다. 격분해서 말다툼을 크게 벌인 후 그녀가 친한 친구 셀마 그랜트를 만나러 간다며 떠났을 때 아리에 젤니크는 아내의 옷가지와 소지품을 모두 챙겨 샌디에이고에 있는 셀마의 주소지로 보내주었다. 그리고 아들 엘다드가 그와 연을 끊었을 때 그는 엘다드의 책과 심지어 엘다드가 어린 시절 갖고 놀던 장난감까지 모두 꾸려 보내주었다. 싸움이 끝난 뒤 적진을 초토화하는 것처럼, 아들을 연상시키는 것들을 전부 치워버렸다. 몇 달이 더 지난 뒤 그는 자신의 소지품을 꾸렸고, 하이파에 있는 아파트를 처분하고 어머니와 함께 이곳 텔일란으로 이사 왔다. 무엇보다도 그는 전적인 평화와 안식을 원했다. 나날이 똑같은 날들과 자유 시간만을 원했다.

이따금 그는 마을 주변과 과수원 그리고 거무스레한 소나무 숲을 가로질러 작은 골짜기를 둘러싼 마을 너머의 언덕들 사이를 오랫동안 산책했다. 때로는 오래전에 버려진 아버지 농장의 잔해 사이를 삼십 분쯤 정처 없이 쏘다녔다. 그곳에는 헐어빠진 건물들, 닭장, 물결 모양의 함석지붕 오두막, 헛간, 한때는 가축들이 자라고 새끼를 낳던 인적 없는 우리가 아직도 있었다. 외양간은 하이파의 카르멜 산 기슭에 있던 그의 오래된 아파트에서 가져온 가구들을 보관하는 장소로 쓰였다. 거기에서는, 예전의 외양간에서는 팔걸이 의자, 소파, 러그, 찬장, 탁자가 먼지를 불러모으고 있었다. 모든 것이 거미줄로 한데 얽혀 있었다. 심지어 그가 나와 함께 쓰던 오래된 더블 침대가 한쪽 구석에 세워져 있었다. 매트리스는 먼지투성이 누비이불 더미에 파묻혀 있었다.

"이만 실례하겠습니다. 바빠서요." 아리에 젤니크가 말했다.

"물론 그러시겠지요. 죄송합니다. 친애하는 동료여, 당신을 귀찮게 하지 않겠습니다. 오히려 그 반대로 하겠습니다. 이제부터는 소리를 내지 않겠어요." 울프 마프치르가 말했다.

그는 자리에서 일어나 아리에 젤니크를 따라 집 안으로 들어갔다. 집 안은 어둡고 서늘했으며 땀 냄새와 오래된 집 냄새가 희미하게 풍겼다.

아리에 젤니크가 단호하게 말했다.

"밖에서 기다리세요."

사실 그는 약간의 무례함을 섞어 말하고 싶었다. 이 방문은 이제 끝났다고, 낯선 사람은 썩 꺼져야 한다고.

5

 그러나 방문객이 떠나는 일은 일어나지 않았다. 그는 집 안으로 들어와 아리에 젤니크의 뒤꽁무니를 졸졸 따라다녔고, 복도를 따라가며 방문들을 열어보았다. 부엌과 서재, 아리에 젤니크가 취미생활을 하는 작업실 문을 차례로 열고 조용히 살펴보았다. 작업실 천장에는 발사나무로 만든 모형 비행기가 매달려 가차 없는 공중전을 준비하듯 설계도들과 함께 가볍게 살랑거리고 있었다. 마프치르가 자기는 어린 시절부터 닫힌 문들을 모두 열고 그 문들 너머에 무엇이 숨어 있는지 살피는 습관이 있었다고 아리에 젤니크에게 말했다.

 복도 끝에 다다르자 아리에 젤니크는 걸음을 멈추고 한때는 아버지의 침실이었던 자기 침실 입구를 막아섰다. 그러나 울프 마프치르는 아리에 젤니크의 침실로 쳐들어갈 의도가 없었다. 대신 귀가 들리지 않는 노부인의 침실 문을 가만히 두드렸고, 안에서 응답이 없자 달래듯 한 손을 문고리에 얹고 천천히 문을 열면서, 커다란 더블 침대에 누워 턱밑까지 담요를 덮고 있는 로잘리아를 바라보았다. 로잘리아는 머리그물을 쓰고 있었고, 눈이 감겨 있었으며, 이가 없고 모난 입은 뭔가를 썹듯 우물거리고 있었다.

 '마치 꿈속 같군.'

울프 마프치르는 싱글거렸다.

"안녕하세요, 부인. 당신이 참 많이 보고 싶었고 당신을 몹시 만나러 오고 싶었어요. 당신도 우리를 봐서 무척 기쁘시죠?"

그는 이렇게 말하면서 몸을 숙여 로잘리아의 양 볼에 두 번 길게 입을 맞추었다. 그런 다음 이마에도 한 번 입을 맞췄다. 노부인이 흐릿한 눈을 뜨고 담요 밑에서 뼈마디가 앙상한 한 손을 꺼내더니 울프 마프치르의 머리를 어루만지며 무슨 말인가를 중얼거리고는 두 손으로 그의 머리를 붙잡아 자기 쪽으로 잡아당겼다. 그에 대한 응답으로 울프 마프치르는 더 가까이 몸을 숙이고, 신발을 벗고, 이가 빠진 그녀의 입에 키스를 한 뒤 그녀 옆에 누워 담요를 끌어당겨 노부인과 자신을 덮었다.

"이봐요, 친애하는 부인." 울프 마프치르가 말했다.

아리에 젤니크는 잠시 망설이다가 열린 창을 통해 금방이라도 무너질 듯한 농장의 가축 우리와 타는 듯 붉은 오렌지빛 부겐빌레아 가지가 타고 오른 먼지투성이의 사이프러스를 바라보았다. 그는 더블 침대 주변을 걸으면서 겉창과 창문을 닫고 커튼을 내렸다. 그리고 셔츠 단추를 풀고, 벨트를 끄르고, 신발을 벗고, 옷을 벗은 뒤 침대 안 늙은 어머니의 옆자리로 기어 들어갔다. 이 집의 주인 여자, 그녀의 조용한 아들, "모든 것이

잘될 거예요, 부인. 전부 멋지게 될 거예요. 우리가 모든 것을 살필 거예요"라고 부드럽게 중얼거리며 그녀를 계속 어루만지고 그녀에게 키스하는 낯선 남자, 이 세 사람은 그렇게 누워 있었다.

친척

1

마을은 2월 저녁의 때 이른 어둠에 싸여 있었다. 창백한 가로등 불빛이 감도는 버스 정거장에는 길리 스타이너 말고는 아무도 없었다. 평의회 사무실은 닫혔고 겉창이 내려져 있었다. 이웃에 있는 집들의 겉창을 통해 텔레비전 소리가 들려왔다. 배가 살짝 나온 도둑고양이 한 마리가 꼬리를 바짝 세운 채 경쾌한 걸음걸이로 쓰레기통 위를 소리 없이 지나갔다. 고양이는 천천히 길을 건너 사이프러스 그늘 속으로 모습을 감추었다. 텔아비브에서 오는 마지막 버스는 매일 저녁 일곱 시에 텔일란에 도착했다. 길리 스타이너 박사는 일곱 시 이십 분 전에 평의회 사무실 앞 버스 정거장에 왔다. 그녀는 마을에 있는 메디컬 펀드 클리닉에서 가정의로 일하고 있었다. 정거장에서 그녀는 언니의 아들, 군 복무 중인 조카 기드온 갯을 기다렸다. 기드온은 군단 교육대에서 신장에 문제가 생겨 입원 치료를 받아야 한다는 것을 알았다. 이제 그는 퇴원했고, 그의 어머니가 며칠 동안 시골에서 이모와 함께 지내며 건강을 회복하라고 그를 이모에게 보냈다.

스타이너 박사는 짧은 잿빛 머리에 네모난 무테 안경을 낀 엄격한 외모의 여자, 야위고 생기 없고 모나 보이는 여자였다. 그녀는 에너지가 넘쳤지만 마흔네 살이라는 나이에 비해서는 늙어 보였다. 텔일란에서 그녀는 훌륭한 진단의로 통했다. 지금껏 틀린 진단을 내린 적이 거의 없었다. 그러나 사람들은 그녀가 메마르고 매너가 좋지 않으며 환자들에게 동정심을 보여주지 않는다고 말했다. 그녀는 환자들의 말을 주의 깊게 듣기만 할 뿐이었다. 그녀는 결혼한 적이 없었다. 그러나 그녀와 동년배인 마을 사람들은 그녀가 젊었을 때 유부남과 연애한 적이 있다는 것을 기억했다. 그 유부남은 레바논 전쟁에서 죽었다.

그녀는 조카를 기다리며 그리고 이따금씩 시계를 들여다보며 버스 정거장의 벤치에 혼자 앉아 있었다. 가로등의 흐릿한 빛 속에서 두 손을 분간하기란 어려운 일이었고, 그녀는 자신이 얼마나 오랫동안 기다렸는지 알 수 없었다. 그녀는 버스가 연착하지 않기를 그리고 기드온이 버스에 탔기를 바랐다. 기드온은 평소 깜박 잊기를 잘해서 버스를 잘못 타는 것도 충분히 있을 수 있는 일이었다. 지금은 중한 병에서 회복 중이므로 건망증이 전보다 더 심해졌을 것이다.

스타이너 박사는 춥고 건조한 겨울의 끄트머리에서 차가운 밤공기를 들이마셨다. 개들이 짖었고, 평의회 사무실 지붕 위에 걸린 거의 꽉 찬 달이 해골처럼 하얀 달빛을 거리에, 사이프러스에, 울타리에 뿌리고 있었다. 헐벗은 나무들 꼭대기는 안개에 감싸여 있었다. 최근 몇 년 동안 길리 스타이너는 달리아 레빈이 면사무소에서 여는 몇 개의 강좌에 참가했다. 그러나 자신이 무엇을 찾는지 알아내지 못했다. 자신이 무엇을 찾고 있는지 그녀는 정말이지 알지 못했다. 조카의 방문이 그녀가 상황을 이해하는 데 도움이 될 것이다. 두 사람은 며칠 동안 전기 히터 옆에서 단둘이 지낼 것이다. 그녀는 조카가 어릴 때 그랬던 것처럼 조카를 돌봐줄 것이다. 아마도 대화가 시작될 것이고, 그녀는 조카를 도울 수 있을 것이다. 최근 몇 년간 그녀는 조카가 기운을 회복하도록 마치 친아들처럼 조카를 사랑했다. 냉장고에 사탕류를 가득 채워놓았고, 자신의 침실 바로 옆, 언제나 기드온을 위해 준비되어 있는 방에 잠자리를 마련했다. 침대 발치에는 양모 러그를 깔고, 침대 옆 탁자에는 신문과 잡지류, 그리고 자신이 좋아하며 기드온도 좋아하기를 바라는 책 서너 권을 준비해두었다. 조카가 더운물을 쓸 수 있도록 보일러의 전원을 넣고, 은은한 조명도 켜고, 거실에 히터도 켜두었다. 과일과 견과류가 담긴 단지도 꺼내놓았다. 그러므로 조카는 집 안에 들어서자마자 자기 집에 온 것처럼 편안한 기분을 느낄 것이다.

일곱 시 십 분에 창립자 거리 방향에서 버스가 덜거덕거리는 소리가 들렸다. 스타이너 박사는 앙상한 어깨에 어두운 빛깔의 스웨터를 걸치고 목에 어두운 빛깔의 울 스카프를 두른 채 깐깐하고 결연한 태도로 버스 정거장 앞에 서 있었다. 처음엔 나이 든 여자 두 명이 뒷문에서 내렸다. 길리 스타이너는 그 여자들을 조금 알았다. 그녀는 그 여자들에게 인사했고, 그 여자들도 답례로 그녀에게 인사했다. 아리에 젤니크가 버스 앞문으로 천천히 내렸다. 그는 몸집보다 조금 커 보이는 군복을 입었고, 이마에 눌러쓴 챙모자가 눈을 가리고 있었다. 그가 길리 스타이너에게 안녕하시냐고 말한 뒤 자기를 기다리고 있었느냐고 농담조로 물었다. 아뇨, 그녀가 말했다. 그녀는 군 복무 중인 조카를 기다리고 있었다. 그러나 아리에 젤니크는 버스에서 군인을 보지 못했다. 길리 스타이너는 사복 입은 군인을 찾고 있다고 말했다. 그러는 동안 다른 승객 서너 명이 버스에서 내렸지만 그들 중에 기드온은 없었다. 이제 버스가 거의 비었다. 길리는 운전기사 미르킨에게 텔아비브에서 버스를 탄 손님들 중 키가 크고 호리호리한 몸매에 안경을 낀 젊은이를, 꽤 잘생긴 편이지만 멍해 보이는, 그리고 건강이 좋지 않아 보이는 휴가 중인 군인을 보지 못했느냐고 물었다. 운전기사 미르킨은 그 묘사에 부합하는 사람을 아무도 떠올리지 못했다. 그러나 웃으면서 말했다.

"걱정하지 마세요, 스타이너 박사님. 오늘 저녁에 도착하지 못한 사람은 내일 아침에 틀림없이 나타날 테고, 내일 아침에 도착하지 못한 사람은 내일 점심때 올 테니까요. 모두 조만간 도착할 겁니다."

마지막 승객 아브라함 레빈이 내리자 길리 스타이너는 그에게 혹시 실수로 다른 정거장에서 내린 젊은이가 있지 않았느냐고 물었다.

"있었는지도 모르죠. 아니면 없었는지도 모르고요." 아브라함 레빈이 말했다. "나는 별로 주의를 기울이지 않았거든요. 생각에 잠겨 있었어요." 그리고 잠시 망설인 후 덧붙여 말했다. "오는 동안 정거장이 많았어요. 많은 사람들이 타고 내렸고요."

운전기사 미르킨이 가는 길에 집에 태워다 주겠다고 길리 스타이너에게 말했다. 미르킨은 매일 밤 자기 집 앞에 버스를 주차했고, 아침 일곱 시에 텔아비브로 출발했다. 길리는 고맙다고 한 뒤 자기는 걸어서 집에 가는 게 더 좋다고 말했다. 그녀는 겨울 공기를 즐겼고, 조카가 오지 않은 것이 확실해진 이상 서둘러 집에 돌아갈 이유가 전혀 없었다.

미르킨은 작별인사를 한 뒤 압축 공기를 뿜어내며 버스 문을 닫고 집으로 향했다. 길리 스타이너는 두 번째로 생각에 잠겼다. 기드온이 아무도 눈치채지 못하는 사이 뒷좌석에 누워 잠들었을 가능성도 조금 있었다. 그런 경우 미르킨이 집 앞에 버스를 세우고 조명등을 끄고 문을 잠그고 나면 기드온은 다음 날 아침까지 수인 신세가 될 것이다. 그래서 그녀는 창립자 거리 쪽으로 몸을 돌리고, 창백한 은색의 달빛을 받으며 어둠 속에 서 있는 기념공원을 가로질러갈 목적으로 버스 뒤를 따라 활기차게 성큼성큼 걸어갔다.

2

　이삼십 보를 걸은 뒤 길리 스타이너는 마음을 정했다. 곧장 집으로 가서 운전기사 미르킨에게 전화를 걸어 혹시 버스 뒷좌석에 누군가 잠들어 있지 않은지 나가서 확인해보라고 부탁하는 것이 나았다. 언니에게 전화를 걸어 기드온이 정말로 텔일란으로 떠났는지, 아니면 마지막 순간에 여행을 취소했는지 알아볼 수도 있었다. 그러나 다른 한편으로 생각하면 언니에게 괜한 걱정을 끼칠 필요는 없었다. 그녀 혼자 걱정하는 것으로 충분했다. 만약 조카가 버스를 잘못 내렸다면, 틀림없이 그곳에서 그녀에게 전화를 걸 것이다. 버스를 뒤쫓아 미르킨의 집까지 달려가지 말고 곧장 집으로 가야 할 또 다른 이유였다. 전화가 오면 지금 어느 곳에 있든 택시를 타라고 기드온에게 말할 것이다. 만일 돈이 충분하지 않다면 그녀가 택시비를 내줄 테니 걱정하지 말라고 말이다. 그녀는 삼십 분쯤 후에 택시를 타고 온 기드온이 평소에 그러듯 수줍은 미소와 함께 부드러운 목소리로, 갈피를 못 잡고 헤맨 것을 사과하며 그녀 집에 도착하는 모습을 마음의 눈으로 그려낼 수 있었다. 그녀는 택시 기사에게 요금을 지불한 뒤 기드온이 어린아이였을 때처럼 손을 잡고 마음을 진정시킨 뒤 용서해줄 것이다. 그를 집 안으로 데리고 들어가 샤워를 하게 하고 그녀가 그들 두 사람을 위해 준비해둔 구운 감자를 곁들인 생선 요리로 저녁을 차려줄 것이다. 그가 샤워를 하는 동안 그녀는 그의 진료 기록을 재빨리 훑어볼 것이다. 그녀가 그것을 가지고 오라고 기드온에게 부탁했다. 진단이라면 그녀는 오직 자기 자신만 믿었다. 자기 자신조차 항상 믿는 것은 아니었다. 달리 말해 전적으로 믿는 것은 아니었다.

 곧장 집으로 가기로 마음을 정하긴 했지만, 스타이너 박사는 기념공원을 가로질러 지름길로 가기 위해 옆길로 들어가서는 면사무소 방향으로, 보폭이 짧으면서도 확고한 걸음걸이로 창립자 거리를 계속 걸어 올라갔다. 축축한 겨울 공기 때문에 안경에 김이 서렸다. 그녀는 안경을 벗어 스카프 자락으로 빡빡 문질렀다. 그런 다음 코에 다시 걸쳤다. 잠시 안경을 끼지 않으니 그녀의 얼굴이 상냥하지만 부당한 말로 꾸지람을 들은 소녀처럼 상처 받은 기색을 띠면서 한결 덜 엄격해 보였다. 그러나 기념공원 주변에는 그녀를 보는 사람이 아무도 없었다. 마을 사람들은 차가운 광채가 도는 네모난 무테 안경을 낀 스타이너 박사의 모습만 알고 있었다.

기념공원은 평화롭고, 조용하고, 비어 있었다. 잔디밭과 부겐빌레아 덤불 너머에는 소나무 숲이 빽빽하고 어두운 윤곽을 이루고 있었다. 길리 스타이너는 숨을 깊이 들이쉬고 발걸음을 재촉했다. 그녀의 구두가 뚝뚝 끊기는 비명을 지르는 조그만 생물을 밟기라도 한 듯 자갈길 위에서 삐걱거렸다. 기드온이 네 살인가 다섯 살 때 그 애 엄마가 이모와 함께 지내라고 아이를 그녀에게 데려온 적이 있었다. 그녀가 텔일란에서 가정의 일을 시작한 지 얼마 되지 않았을 때였다. 기드온은 졸기 잘하고 꿈꾸는 듯한 아이였다. 컵이나 재떨이, 구두끈 같은 서너 가지 물건을 가지고 혼자서 몇 시간이고 잘 놀았다. 때로는 반바지와 더러운 셔츠 차림으로 자기 자신에게 뭔가 이야기하듯 입술만 움직이며 하늘을 응시한 채 집 앞 계단에 앉아 있기도 했다. 길리 이모는 아이의 고독이 걱정되어 놀이 친구를 찾아보려고 애썼다. 그러나 이웃 아이들은 기드온을 재미 없는 아이라고 여겼고, 십오 분가량만 지나면 아이는 다시 혼자가 되었다. 기드온은 그 아이들과 친구가 되려는 노력을 전혀 하지 않았고, 베란다에 있는 그네에 몸을 쭉 펴고 앉아 하늘을 응시하거나 못들을 한 줄로 늘어세웠다. 그녀가 게임기와 장난감을 사다주었지만 아이는 그것들을 갖고 오래 놀지 않고 컵 두 개, 재떨이 하나, 꽃병 하나, 종이 클립 몇 개, 숟가락 등 평소에 갖고 노는 물건들로 돌아가곤 했다. 아이는 그 물건들을 자기 혼자만 아는 논리에 따라 러그 위에 가지런히 정렬했다. 그런 다음 이리저리 뒤섞은 뒤 이모와는 한 번도 나눈 적이 없는 어떤 이야기를 스스로에게 하듯 입술을 움직이며 다시 정렬했다. 밤이면 빛바랜 장난감 캥거루를 꼭 껴안고 잠이 들었다.

때때로 그녀는 아이에게 밖에 나가 함께 시골길을 걷자고 하거나 빅토르 에즈라의 가게에 가서 사탕을 사자고, 혹은 세 개의 콘크리트 다리 위에 서 있는 저수탑에 올라가자고 하며 아이의 고독을 깨뜨려보려고 했다. 그러나 아이는 그녀의 갑작스럽고 불가사의한 제안에 놀란 듯 어깨만 으쓱거릴 뿐이었다.

다른 일화도 있다. 기드온이 다섯 살인가 여섯 살 때 그 애 엄마가 이모와 함께 지내라고 그 애를 또 데려왔다. 그때 그녀는 병원에 며칠 휴가를 냈는데, 갑자기 응급 환자가 생기는 바람에 마을 변두리에 있는 환자 집으로 왕진을 가야 했다. 그때 아이는 칫솔, 머리빗, 빈 성냥갑을 가지고 러그 위에서 혼자 놀겠다고 고집을 부렸다. 그녀는 아이 혼자 집에 있어선 안 된다며 함께 환자 집에 가거나 아니면 접수계 직원 실라와 함께 병원에서 기다리라고 말했다. 하지만 아이는 자기 뜻대로 하겠다고 고집을 부렸다. 아이는 집에 있기를 원했다. 아이는 혼자 있는 것을 무서워하지 않았다. 캥거루 인형이 자기를 돌봐줄 테니까. 아이는 낯선 사람에게 문을 열어주지 않겠다고 약속했다. 그녀는 불현듯 격분에 사로잡혔다. 집에 있으면서 러그 위에서 혼자 놀겠다는 아이의 완강한 고집 때문만이 아니라, 아이의 지속적인 생뚱맞음, 무기력한 태도, 캥거루 인형, 그리고 세상에 대한 초연함 때문이었다. 그녀는 소리쳤다. "당장 나와 함께 가자. 무조건 함께 가는 거야." "싫어요, 길리 이모. 난 집에 있을래요." 아이는 그녀의 이해가 너무 더뎌서 놀란 듯 부드럽고 인내심 있게 대답했다. 그녀는 손을 들어 아이의 뺨을 세게 때렸다. 놀랍게도 그다음에는 지독한 적과 싸우거나 고집 센 노새를 따끔하게 야단치듯 격분에 사로잡혀 아이의 머리, 어깨, 등을 두 손으로 계속 때렸다. 기드온은 몸을 웅크리고 머리를 파묻은 채 그녀의 맹공격이 끝나기를 기다리며 빗발치는 구타를 조용히 견뎌냈다. 그런 다음 눈을 크게 뜨고 그녀를 올려다보며 물었다. "이모는 왜 나를 미워해요?" 깜짝 놀란 그녀는 눈물을 머금은 채 아이를 끌어안고 아이의 머리에 입을 맞춘 뒤 캥거루 인형과 함께 집에 있어도 된다고 허락했다. 그리고 채 한 시간이 지나지 않아 집으로 돌아와 아이에게 미안하다고 말했다. "괜찮아요." 아이가 말했다. "사람들은 가끔 화가 나잖아요." 그러나 그 후 아이는 더욱 조용해졌고, 며칠 후 엄마가 데리러 올 때까지 거의 한 마디도 하지 않았다. 아이도 길리도 그 일에 대해 아이 엄마에게 이야기하지 않았다. 이모 집을 떠나기 전, 아이는 러그 위에서 고무밴드, 북엔드, 식탁용 소금통, 처방전 묶음을 챙겼다. 캥거루 인형은 서랍에 넣었다. 길리는 몸을 숙이고 아이의 양 뺨에 다정하게 입을 맞췄다. 아이도 꾹 다문 입술로 그녀의 어깨에 예의 바르게 입을 맞췄다.

3

그녀는 한 걸음 한 걸음 내디딜 때마다 기드온이 정말로 버스 뒷좌석에서 잠들었고 지금은 미르킨의 집 앞에 주차된 어두운 버스에 갇혀 있다고 더욱 강하게 확신하며 걸음을 빨리했다. 기드온이 추위와 갑작스러운 정적에 잠에서 깨어나 닫힌 문을 밀고 뒷유리창을 쾅쾅 치면서 버스 밖으로 나가려고 애쓰는 모습을 상상해보았다. 아마도 기드온은 평소처럼 깜박 잊고 휴대폰을 갖고 나오지 못했을 것이다. 그녀가 버스 정거장으로 그 애를 마중 나올 때 집에서 휴대폰을 챙겨 나오지 못한 것처럼.

가느다란 빗줄기가 떨어지기 시작하고, 바람이 잦아들었다. 어두운 소나무 숲을 가로지른 그녀는 기념공원과 이어지는 올리브 거리의 희미한 가로등에 다다랐다. 거기서 뒤집혀 있는 쓰레기통에 발이 걸렸다. 길리 스타이너는 쓰레기통을 조심스럽게 피해 올리브 거리를 힘차게 걸어 올라갔다. 겉창이 닫힌 집들이 짙은 안개에 싸여 있었고, 잘 손질된 정원들은 쥐똥나무, 은매화 또는 측백나무 울타리에 둘러싸인 채 겨울의 한기 속에 잠든 듯했다. 폐허가 된 오래된 집들 위에 새로 지은 멋진 저택들이 덩굴식물에 뒤덮인 채 여기저기서 거리 쪽으로 몸을 내밀고 있었다. 최근 몇 년 동안 부유한 도시 사람들이 텔일란의 오래된 단층 주택들을 사들여 완전히 허문 뒤 처마 돌림띠와 차양으로 장식한 큰 저택들로 탈바꿈시켰다. 길리 스타이너는 속으로 생각했다. 머지않아 텔일란은 마을이 아니라 부자들을 위한 휴일용 리조트가 될 거야. 그녀는 자기 집을 조카 기드온에게 남겨줄 작정이었다. 그런 취지의 유언장도 이미 작성해두었다. 이제 그녀는 기드온이 미르킨의 집 앞에 주차된 버스 뒷좌석에서 따뜻한 외투로 몸을 감싼 채 잠든 모습을 뚜렷이 볼 수 있었다.

 시너고그 광장의 모퉁이를 건널 때 그녀는 추워서 벌벌 떨었다. 가랑비는 이제 멎었다. 빈 비닐 봉투가 가벼운 바람에 부풀어오르더니 창백한 유령처럼 그녀의 어깨 너머로 흩날렸다. 길리 스타이너는 더 빨리 걸으며 윌로 거리에서 묘지 거리 쪽으로 방향을 틀었다. 버스 기사 미르킨이 그 거리 끄트머리에, 교사인 라헬 프랑코와 그녀의 늙은 아버지 페사크 케뎀의 집 맞은편에 살고 있었다. 기드온이 열두 살쯤 되었을 때 엄마와 싸워서 집을 나왔다며 혼자서 텔일란의 그녀 집에 나타난 적이 있다. 아이 엄마는 기드온이 시험에서 낙제했다는 이유로 아이를 방에 가두었고, 아이는 엄마의 핸드백에서 돈을 조금 꺼낸 뒤 발코니를 넘어 탈출해 텔일란으로 왔다. 아이는 작은 가방을 하나 들고 있었고, 가방에는 양말과 속옷 조금 그리고 깨끗한 셔츠 한두 장이 들어 있었다. 아이는 길리에게 자기를 받아주겠느냐고 물었다. 길리는 아이를 포옹한 뒤 점심을 차려주고, 아이가 어릴 때 갖고 놀던 낡은 캥거루 인형을 건네주었다. 그런 다음 자매 사이가 냉랭했는데도 아이 엄마인 언니에게 전화를 걸었다. 다음 날 기드온의 엄마가 와서 동생에게는 한 마디도 하지 않고 아이를 데려갔다. 엄마에게 항복한 기드온은 침울한 얼굴로 길리에게 작별인사를 한 뒤 화가 난 엄마에게 손을 꼭 붙잡힌 채 조용히 끌려갔다. 지금으로부터 삼 년 전, 그 애가 열일곱 살쯤 되었을 때에는 평화롭고 고독한 이 마을에 스스로 고립되어 생물 시험 공부를 하기 위해 그녀에게 왔다. 그녀는 아이가 시험 공부에 매진하도록 뒷받침할 의무가 있었지만, 그러지 않고 마치 공모자라도 된 듯 아이와 함께 끊임없이 체커 게임을 했다. 대부분 그녀가 이겼다. 그녀는 아이에게 절대 져주지 않았다. 게임에서 질 때마다 아이는 졸린 목소리로 말했다. "한 게임만 더 해요." 그들은 매일 밤늦게까지 무릎에 담요를 덮고 소파에 나란히 앉아 텔레비전 영화를 보았다. 아침이 되면 그녀는 부엌 식탁 위에 빵 몇 조각과 샐러드, 치즈, 삶은 달걀 두세 개를 놓아둔 뒤 아이 혼자 두고 병원에 일하러 갔다. 병원에서 집에 돌아오면 아이는 옷을 입은 채 소파에서 잠들어 있었다. 부엌을 깨끗이 치우고, 집 안 청소를 하고, 침구도 말끔히 개놓은 채로. 점심을 먹은 뒤 그들은 시험 공부는 하지 않고 거의 말도 없이 다시 체커 게임을 했다. 저녁에는 히터를 켜놓아 따뜻한데도 파란 담요를 덮고 어깨를 나란히 하고 앉아 텔레비전에서 방영하는 익살맞은 영국 코미디를 거의 한밤중까지 깔깔대며 보았다. 아이는 집으로 돌아갔다. 그리고 이틀 뒤, 시험 공부는 거의 하지 않았지만 간신히 생물 시험에 통과했다. 길리 스타이너는 전화로 언니에게 아이가 시험 공부를 잘 했다고, 자기가 공부를 도와줬다고, 아이가 계획을 잘 세워서 열심히 공부했다고 거짓말을 했다. 기드온은 이모에게 예후다 아미하이(이스라엘의 가장 위대한 현대 시인으로 꼽히며, 구어체 이스라엘어로 시를 쓴 최초의 시인들 중 한 사람이다)의 시집 한 권을 보냈는데, 시집 내지에 생물 시험 준비를 도와줘서 고맙다는 말을 적어 감사의 마음을 전했다. 그녀는 저수탑 꼭대기에서 바라본 텔일란 풍경이 담긴 그림엽서를 답장으로 보냈다. 책을 보내줘서 고맙다고 한 뒤, 다시 와서 이모와 함께 지내고 싶다면, 이를테면 또 시험 준비를 하게 되면 부끄러워 말고 말하라고 덧붙였다. 그를 위한 방이 언제나 마련되어 있다고.

4

궁둥이가 펑퍼짐한 육십대의 홀아비 버스 운전기사 미르킨은 편한 옷으로, 헐렁한 트레이닝 바지와 어느 회사의 홍보 문구가 적힌 티셔츠로 갈아입었다. 스타이너 박사가 갑자기 그의 집 문을 노크하고는 혹시 버스 뒷좌석에서 잠들어버린 승객이 있는지 밖으로 나와 함께 확인해보자고 부탁한 것에 그는 놀랐다.

미르킨은 덩치가 크고 육중한 남자였다. 그는 쾌활하고 수다 떨기를 좋아했다. 활짝 웃을 때면 크고 고르지 못한 앞니와 아랫입술 위로 조금 내민 혀가 훤히 드러났다. 그는 스타이너 박사의 조카가 아마도 실수로 다른 정거장에서 내려 지금 히치하이킹으로 텔일란에 오는 중일 거라고 추측했다. 그가 보기에 스타이너 박사는 집으로 돌아가 조카를 기다려야 했다. 그렇긴 했지만 손전등을 들고 그녀와 함께 나가 주차된 버스에 갇힌 승객이 없는지 확인해보기로 했다.

"그 젊은이는 거기 없을 겁니다, 스타이너 박사님. 하지만 확인해봐야 마음이 놓이신다면 가서 한번 보도록 하지요. 안 될 거 뭐 있겠습니까?"

"키가 크고 야위고 안경을 낀 청년, 혹시 기억나지 않으세요? 표정이 좀 멍하긴 하지만 굉장히 예의 바른 청년인데요."

그녀가 되풀이해 물었다.

"젊은이 몇 명을 태우긴 했는데, 배낭과 기타를 둘러멘 버릇없어 보이던 젊은이 하나만 기억나네요."

"그 젊은이들 중에 텔일란까지 온 젊은이는 아무도 없었나요? 모두 중간에 내렸어요?"

"죄송합니다, 박사님. 잘 기억나지 않아요. 혹시 기억력을 좋게 하는 놀라운 약 좀 없으신가요? 요즘 저는 모든 걸 깜박깜박 잊는답니다. 열쇠, 이름, 날짜, 지갑, 서류 등등을 말이에요. 이런 식으로 계속 가다 보면 머지않아 내가 누구인지조차 잊어버리고 말 거예요."

그는 발판 밑에 숨겨진 버튼을 눌러 버스 문을 열고는 무거운 몸짓으로 차 안으로 기어들어가 춤추는 듯한 손전등 빛을 발작적으로 휘저으며 버스 좌석을 한 줄 한 줄 확인했다. 길리 스타이너도 버스에 올라 그의 널찍한 등판에 거의 달라붙다시피 하여 그를 따라 좌석 통로를 나아갔다. 뒷줄에 다다르자 그가 몸을 구부리더니 볼품없는 꾸러미 하나를 집어올리며 나지막하게 탄성을 내뱉었다. 그것은 외투였다. 그가 외투를 판판하게 폈다.

"이거 혹시 박사님 손님의 외투 아닙니까?"

"잘 모르겠지만 혹시 그럴지도 모르죠."

버스 기사는 손전등으로 외투를 비추어보고, 그다음엔 박사의 얼굴을, 그녀의 짧은 잿빛 머리와 네모난 안경과 얇고 엄격해 보이는 입술을 비추었다. 그러고는 아마도 그 젊은이가 버스에 타긴 했지만 실수로 외투를 버스에 놔두고 다른 정거장에서 내린 것 같다고 말했다.

길리는 두 손으로 외투를 만지고 냄새를 맡아본 다음 운전기사에게 손전등으로 외투를 다시 비춰보라고 부탁했다.

"그 아이 거 같아요. 확실하지는 않지만요."

"가져가세요."

버스 기사가 아량 있게 말했다.

"집으로 가져가세요. 설령 내일 다른 승객이 와서 이 외투를 찾더라도 제가 박사님 댁이 어디인지 알고 있으니까요. 집까지 태워다 드릴까요, 스타이너 박사님? 또 비가 내릴 것 같군요."

길리는 고맙지만 그러지 않아도 된다고 말했다. 자신은 집까지 걸어갈 거라고, 일과를 마치고 쉬는 당신을 이미 충분히 귀찮게 했다고 말이다. 그녀가 버스에서 내렸고, 버스 기사도 그녀를 위해 발판을 손전등으로 비춰주며 그녀를 따라 내렸다. 버스에서 내려 외투를 걸쳤을 때 그녀는 그 외투가 기드온의 것임을 완전히 확신했다. 지난겨울에 이 외투를 본 기억이 났다. 길이가 짧고 천에 보풀이 일어난 갈색 외투였다. 외투를 입어보며 그녀는 즐거움을 느꼈다. 그리고 그 옷에 기드온의 체취가 배어 있다는 느낌을 잠시 받았다. 현재의 기드온의 체취가 아니라 어렸을 때 기드온에게서 나던 아몬드 비누와 포리지(오트밀에 우유나 물을 넣어 만든 죽) 냄새. 외투는 그녀에게 많이 컸지만 부드럽고 촉감이 좋았다.

그녀는 다시 미르킨에게 고맙다고 말했고, 미르킨은 그녀를 집까지 바래다 주겠다고 다시 한 번 말했다. 하지만 그녀는 정말로 그럴 필요 없다고 그를 안심시킨 뒤 자리를 떴다. 거의 꽉 찬 달이 구름 속에서 한 번 더 나타나 묘지 근처의 사이프러스 꼭대기를 창백한 은빛으로 비추었다. 넓고 깊은 침묵이 마을에 내려앉았다. 저수탑 가까운 어디에선가 들려오는 소

울음소리만이 침묵을 깨뜨렸고, 멀리서 들려오는, 거의 울부짖음이 되어가는 길고 희미한 개 짖는 소리가 그 울음에 화답했다.

5

 그것은 결국 기드온의 외투가 아니었을까? 기드온이 여행을 취소하고는 그 사실을 그녀에게 알리는 것을 잊었을 가능성도 충분히 있었다. 아니면 병세가 더 심해져서 병원으로 급히 돌아갔을까? 기드온이 군단 교육대에서 훈련을 받던 도중 신장염에 걸렸고, 열흘간 병원 신장의학과에 입원했다는 사실을 그녀는 언니에게 들어서 알고 있었다. 언니는 그녀가 조카를 만나지 못하게 했었다. 매우 오랫동안 언니와 사이가 나빴다. 그런 까닭에 그녀는 기드온의 병세를 자세히 알지 못했고 매우 걱정이 되었다. 그래서 병원 진료기록을 가져오라고 전화로 부탁했다. 병을 진단하는 문제라면 그녀는 어떤 의사도 신뢰하지 않았다.
 아니면 기드온은 아픈 게 아니라 버스를 잘못 탄 뒤 잠이 들었는지도 모른다. 버스 종점인 어느 낯선 마을에서 어두운 가운데 잠이 깨어 도대체 어떻게 텔일란으로 가야 할지 난감해

하고 있는지도 모른다. 그러니 그녀는 서둘러 집에 돌아가야 한다. 만약 지금 이 순간 기드온이 그녀에게 전화를 걸고 있다면? 아니면 혼자 힘으로 어찌어찌해서 여기에 도착해 그녀의 집 계단에 앉아 그녀를 기다리고 있다면? 기드온이 여덟 살이던 겨울방학 때 그 애 엄마가 아이를 여기에 데려온 적이 있었다. 자매 사이의 오랜 불화에도 불구하고 아이가 겨울방학 동안 이모와 함께 지내게 하려고 데려온 것이다. 첫날 밤 아이는 악몽을 꾸었다. 아이는 어둠 속을 더듬어 그녀 방으로 와서 두 눈을 크게 뜬 채 두려움에 떨면서 그녀의 침대 속으로 기어들었다. 자기 방에서 킬킬거리며 웃는 악마가 검은 장갑을 낀 기다란 팔 열 개를 뻗쳐온다는 것이었다. 그녀는 아이의 머리를 쓰다듬은 뒤 자신의 앙상한 가슴으로 꼭 안아주었다. 그러나 아이는 마음을 가라앉히지 못하고 계속 시끄럽게 헐떡거리는 소리를 냈다. 결국 길리 스타이너는 두려움의 원인을 없애주기로 결심하고, 공포에 휩싸여 말을 잃고 얼어붙은 아이를 억지로 방으로 끌고 갔다. 아이는 발로 차고 몸부림을 쳤다. 하지만 그녀는 개의치 않고 아이의 어깨를 꽉 붙잡은 뒤 밀고 당겨 방 안으로 밀어넣었다. 방의 불을 켠 뒤 두려움의 원인이 셔츠 몇 벌과 스웨터 한 벌이 걸려 있는 외투걸이임을 아이에게 보여주었다. 아이는 그녀의 말을 믿지 않았고, 그녀에게서 놓여나려고 몸부림을 쳤다. 몸부림치던 아이가 그녀를 치자 그녀는 아이의 양 뺨을 찰싹 때려 아이의 히스테리를 그치게 했다. 그러나 자신이 한 행동을 즉시 후회하면서 아이를 끌어안고는 아이의 뺨에 자신의 뺨을 갖다 댔다. 그런 다음 아이가 낡아빠진 캥거루 인형을 안고 그녀의 침대에서 자게 했다.

다음 날 아침 아이는 생각에 깊이 잠긴 듯 보였다. 하지만 집에 가겠다고 하지는 않았다. 길리는 엄마가 데리러 올 때까지 이틀 동안 그녀의 침대에서 함께 자도 된다고 아이에게 말했다. 아이는 악몽에 대해 다시 언급하지 않았다. 그날 밤 아이는 방문을 열어놓고 복도의 불도 켜달라고 부탁하고는 자기 방에서 자겠다고 했다. 새벽 두 시에 아이가 떨면서 그녀의 침대로 기어들어와 그녀의 팔에 안겨 잠이 들었다. 잠에서 깬 그녀는 말로 표현할 수 없는 깊은 연대감이 그들을 영원히 묶어주었다는 것을, 자신이 이 세상에서 사랑했고 앞으로 사랑하게 될 그 어떤 존재보다 이 아이를 사랑한다는 것을 느끼며 전날 저녁 자신이 감겨준 아이 머리에서 나는 부드러운 샴푸 냄새를 들이마셨다.

6

마을에는 쓰레기통 주변에 모여든 도둑고양이들 말고는 아무도 보이지 않았다. 근심스러운 텔레비전 뉴스 캐스터의 목소리가 닫힌 겉창을 통해 흘러나왔다. 멀리서는 개 한 마리가 마을의 평화를 깨뜨리라는 명령이라도 받은 듯 시끄럽게 짖었다. 미르킨이 준 외투로 몸을 감싼 길리 스타이너는 시너고그 광장과 올리브 거리를 지나 서둘러 걸었고, 기념공원에 있는 어두운 소나무 숲을 가로지르는 지름길을 망설임 없이 택했다. 어둠 속에서 밤새 한 마리가 날카롭게 울었고, 연못에 사는 개구리들이 개굴개굴하는 연구개음이 그 뒤를 이었다. 이제 그녀는 기드온이 잠긴 현관문 앞 계단에 앉아 어둠 속에서 자기를 기다리고 있을 거라고 확신했다. 하지만 그렇다면 지금 그녀가 입고 있는 이 외투가 어떻게 미르킨의 버스에서 발견되었을까? 결국 그녀는 낯선 사람의 외투를 입고 있는 걸까? 그녀는 더욱 빠르게 걸었다. 분명 기드온은 자기 외투를 입은 채 그녀에게 무슨 일이 일어난 건지 궁금해하며 그곳에 앉아 있을 것이다. 작은 숲을 빠져나온 그녀는 옷깃을 세운 채 정원 벤치에 꼼짝 않고 똑바로 앉아 있는 형상을 보고 깜짝 놀랐다. 그녀는 잠시 망설이다가 벤치 가까이로 다가가 자세히 바라보았다. 그것은 벤치를 가로질러 비스듬히 놓여 있는 부러진 나뭇가지였다.

길리 스타이너가 집에 돌아왔을 때는 아홉 시가 다 된 시각이었다. 그녀는 현관 입구의 불을 켜고 온수 히터를 잠근 뒤,

집 전화와 깜박하고 부엌 식탁 위에 놓고 간 휴대폰 메시지를 서둘러 확인했다. 누군가 전화를 걸었다가 끊긴 했지만 메시지는 남겨져 있지 않았다. 길리는 기드온의 휴대폰으로 전화를 걸었다. 그러나 지금 거신 전화는 연결이 되지 않는다는 녹음된 음성만 흘러나올 뿐이었다. 그래서 그녀는 자존심을 억누르고 텔아비브의 언니에게 전화를 걸어 기드온이 정말로 출발했는지, 아니면 자신에게 말하지 않고 여행을 취소했는지 알아보기로 마음먹었다. 전화벨이 계속 울렸다. 그러나 삐 소리가 나면 메시지를 남겨달라는 자동응답기의 음성만 흘러나왔다. 그녀는 잠시 망설이다가 메시지를 남기지 않기로 결정했다. 무슨 말을 남겨야 할지 생각이 나지 않았기 때문이다. 만약 기드온이 길을 잃었다가 히치하이킹을 하거나 택시를 타고 오는 중이라면 괜히 메시지를 남겨 아이 엄마를 놀라게 할 필요가 없었다. 반대로 그 애가 그냥 집에 있기로 했다면 틀림없이 엄마에게 말했을 것이다. 아니면 기드온은 오늘 밤 당장 그녀에게 전화할 필요는 없다고 생각했을지도 모른다. 그런 경우 내일 아침 그녀가 일하는 시간에 그녀에게 전화를 할 것이다. 하지만 아이의 건강이 악화돼서 병원으로 돌아가야만 했던 거라면? 갑자기 열이 오르고 감염 증상이 재발한 거라면? 그녀는 언니의 반대 따위는 무시하고 내일 일이 끝난 후에 병원으로 그 애를 보러 가기로 결심했다. 그녀는 병원 사무실로 들어가 책임자와 이야기를 나눌 것이다. 아이의 진찰 결과를 살펴보고 자신의 의견을 피력하도록 허락해달라고 요청할 것이다.

길리는 외투를 벗어 부엌의 불빛 아래에서 자세히 살펴보았다. 색깔은 적당한 편이었다. 그러나 목깃은 조금 달라 보였다. 그녀는 식탁 위에 외투를 펼쳐놓고 부엌 의자 두 개 중 하나에 앉아 주의 깊게 살펴보았다. 그녀가 준비해놓은 음식, 구운 감자를 곁들인 생선 요리가 오븐 속에 들어 있었다. 그녀는 기드온을 기다리기로 결심했다. 그리고 작은 전기 히터의 스위치를 올렸다. 히터가 덥혀지는 동안 코일이 부드럽게 지지직 하는 소리를 냈다. 그녀는 십오 분가량 꼼짝 않고 앉아 있었다. 그런 다음 자리에서 일어나 기드온의 방으로 갔다. 잠자리가 마련되어 있었다. 침대 발치에는 따뜻한 러그가 깔려 있고, 침대 옆 탁자 위에는 그녀가 기드온을 위해 세심하게 고른 신문과 잡지, 책 들이 놓여 있었다. 길리는 침대 옆에 놓인 작은 스탠드를 켜고 베개를 툭툭 쳐서 불룩하게 만들었다. 한순간 그녀는 기드온이 벌써 여기에 와 있었다고, 어젯밤에 여기서 잠을 자고 일어나 잠자리를 정돈하고 떠났다고, 그리고 자신이 한 번 더 혼자가 되었다고 느꼈다. 기드온이 이 집에 다녀갈 때마다 그녀가 빈집에 다시 혼자 남겨졌듯이.

그녀는 몸을 구부려 매트리스 밑에서 삐져나온 담요 아랫자락을 다시 쑤셔넣었다. 부엌으로 돌아가 빵을 조금 썰고, 냉장고에서 버터와 치즈를 꺼내고, 주전자를 불에 올렸다. 물이 끓었을 때 그녀는 부엌 식탁에 놓인 작은 라디오의 전원을 켰다. 세 사람이 서로 거칠게 끼어들면서 계속되는 농업의 위기에 대해 논쟁하고 있었다. 그녀는 라디오를 끄고 창밖을 내다보았다. 현관 앞 오솔길이 빛 속에 희미하게 떠올라 있었고, 빈 도로 위 낮게 뜬 울퉁불퉁한 구름 속에 달이 떠 있었다. 기드온은 여자친구가 있어. 갑자기 그녀는 생각했다. 바로 그거야. 기드온이 여기 오는 것을 잊어버리고, 여기 오지 못한다는 걸 나에게 알리는 것도 잊어버린 이유는 바로 그거야. 기드온에게 마침내 여자친구가 생겼고, 그래서 나를 보러 올 이유가 없어진 거야. 이 생각이 견딜 수 없는 고통으로 그녀를 가득 채웠다. 그녀가 완전히 텅 비어버렸고 그녀의 움츠러든 껍질만 계속 상처를 입는 것 같았다. 기드온은 정말로 오겠다고 약속한 것도 아니었고, 그저 저녁 버스를 타도록 해보겠다고 말했을 뿐이다. 그러니 그녀는 정거장에서 기드온을 기다리지 말아야 했다. 만약 기드온이 오늘 밤에 정말로 여기에 오기로 결심했다면 혼자서 어떻게든 왔을 테고, 만약 오늘 밤에 오지 않는다면 조만간, 아마도 다음 주에는 올 테니까.

그럼에도 불구하고 길리 스타이너는 기드온이 길을 잃었을 거라는 생각을, 버스를 잘못 탔거나 정거장을 잘못 내렸을 거라는 생각을, 그래서 아마도 지금은 어느 황량하고 인적 없는 버스 정거장에서 추위에 떨고 있으리라는 생각을, 문 닫은 매표소와 잠긴 신문 가판대 사이의 철책 뒤, 쇠로 된 벤치에 움츠리고 앉아 있으리라는 생각을 떨쳐버릴 수 없었다. 기드온은 어떻게 그녀의 집으로 와야 할지 모를 것이다. 지금 당장 일어나 바깥의 어둠 속으로 나가 그 애를 찾아내 집으로 안전하게 데려오는 것이 그녀의 의무였다.

열 시경에 길리 스타이너는 기드온이 오늘 밤에는 오지 않을 테니 오븐에 있는 생선과 감자를 데워서 혼자 먹는 수밖에 없다고, 그런 다음 잠자리에 들었다가 내일 일곱 시 전에 일어나 병원에 가서 짜증 나는 환자들을 돌보는 수밖에 없다고 혼잣말을 했다. 그녀는 일어나서 몸을 구부려 생선과 감자를 오븐에서 꺼내 쓰레기통에 던져버렸다. 그런 다음 전기 히터의 스위치를 끄고 부엌에 앉아 네모난 무테 안경을 벗고 울었다. 그러나 일이 분 후에 울음을 그치고 낡아빠진 캥거루 인형을 서랍에 쑤셔넣은 뒤 건조기에서 세탁물을 꺼냈다. 그리고 거의 한밤중까지 다림질을 하고, 세탁물을 개고, 제자리에 정리했다. 자정에 그녀는 옷을 벗고 침대 안으로 들어갔다. 텔일란에 비가 내리기 시작했다. 비는 단속적으로 밤새도록 내렸다.

땅 파기

1

한때 국회의원이었던 페사크 케뎀은 생의 말년을 맞아 므나세 언덕에 있는 텔일란 마을 변두리에서 딸 라헬과 함께 살고 있었다. 그는 키가 크고 등이 굽었으며 독설을 잘 퍼붓는 남자였다. 머리는 척추측만증 때문에 거의 직각으로 앞으로 나와 있었다. 여든여섯 살인 그는 뼈마디가 굵었으며 힘줄투성이의 피부는 올리브 나무 껍질을 연상시켰다. 광포한 성미는 그가 이상을 강건히 견지하며 쉽게 노발대발하는 경향이 있는 사람으로 보이게 만들었다. 그는 하루 종일 운동복 셔츠에 멜빵으로 고정한 헐렁한 카키색 바지 차림으로 슬리퍼를 신고 집 주변을 빈둥거렸다. 머리에는 언제나 이마 절반까지 내려오는 허름한 베레모를 썼는데, 그 모습은 마치 초원으로 출범하는 전차 사령관처럼 보였다. 그는 불평을 멈추는 법이 없었다. 열리지 않는 서랍에 욕설을 하고, 슬로바키아와 슬로베니아를 혼동하는 뉴스 캐스터를 저주하고, 갑자기 일어나 베란다 탁자 위에 놓아둔 그의 서류들을 흩어버린 서풍에 대해 푸념을 늘어놓고, 그 서류들을 주우려고 몸을 구부렸다가 일어날 때 탁자 모서리에 부딪히고는 자신에게 큰 소리로 고함을 질러댔다.

그는 이십오 년 전에 흩어져 없어진, 자신이 속했던 정당을 절대 용서하지 않았다. 반대자들과 적들이 모두 죽었는데도 그들을 줄곧 무자비하게 비판했다. 젊은 세대, 전자공학, 현대 문학, 모든 것이 그의 혐오를 불러일으켰다. 신문들은 쓰레기 같은 기사만 써갈길 뿐이었다. 심지어 텔레비전에서 일기예보를 하는 남자도 그에게는 허튼소리를 웅얼거리면서 자신이 무슨 말을 하는지 전혀 모르는 거드름 피우는 미남 배우처럼 보였다.

세상이 그를 잊었듯이 그는 오늘날의 정치 리더들 이름을 일부러 혼동하거나 잊어버렸다. 하지만 그는 아무것도 잊지 않았다. 모든 인신공격의 세세한 사항을 기억했고, 두 세대 반전에 자신에게 행해진 잘못된 일들에 분개했고, 반대자들이 보여준 모든 약점, 국회 내의 모든 편의주의적 투표 방법, 위원회에서 표명된 그럴듯한 거짓말, 사십 년 전 동료들이 야기한 모든 치욕을 마음속에 새겨두었다(그는 그들을 거짓 동료라고 불렀고, 자신이 활동하던 시절 차관을 지낸 두 동료는 어쩔 도리가 없는 동료 그리고 아무짝에도 쓸모없는 동료라고 불렀다).

어느 날 저녁 딸 라헬과 함께 베란다의 탁자 앞에 앉아 있던 그가 갑자기 뜨거운 차가 담긴 주전자를 허공에 대고 흔들더니 으르렁거렸다.

"그 작자들이 특히 심했지. 벤구리온이 그 작자들 없는 데서 야보틴스키와 시시덕거리려고 런던으로 떠났을 때 말이야!"

"페사크." 그의 딸이 말했다. "괜찮다면 그 찻주전자 좀 내려놓으세요. 어제 나에게 요구르트를 튀겼지요. 오늘은 화상이라도 입히겠어요."

노인은 자신의 사랑하는 딸에게까지 원한을 품었다. 사실 딸은 매일 흠잡을 데 없이 그를 돌보았다. 그러나 아버지에게 존경심은 전혀 보여주지 않았다. 그녀는 매일 아침 일곱 시 삼십 분에 방을 환기시키거나 침대 시트를 갈기 위해 그를 침대에서 끌어냈다. 그에게서 늘 지나치게 숙성된 치즈 냄새가 났기 때문이다. 그녀는 그의 몸에서 나는 냄새를 주저 없이 언급했고, 여름이면 하루에 두 번 샤워를 하게 했다. 일주일에 두 번 그의 머리를 감기고 빗질을 해준 뒤 검은 베레모를 세탁했다. 그녀는 언제나 그를 부엌에서 쫓아냈다. 그녀가 감춰둔 초콜릿을 찾아 그가 서랍을 뒤적거리기 때문이었다. 그녀는 하루에 한두 조각 이상은 절대 허락하지 않았다. 또 화장실 물을 내리라고, 그리고 바지 지퍼를 올리라고 나무라는 말투로 그에게 상기시키곤 했다. 그녀는 하루에 세 번 그가 먹어야 하는 알약과 캡슐이 들어 있는 작은 병들을 줄을 맞춰 늘어놓았다. 늙은 아버지를 재교육하고 나쁜 습관을 교정시키고, 마침내 평생 동안의 이기심과 방종에서 벗어나게 하는 것이 자신의 의무인 것처럼 이 모든 일을 단호하게, 경제적인 방식으로, 입술을 오므리고 외고집으로 행했다.

무엇보다도 노인은 점잖고 법을 잘 지키는 사람들이 깨어 있는 낮 시간에는 땅을 팔 수 없다는 듯 밤에 집 밑의 땅을 파면서 그의 잠을 방해하는 일꾼들에 대해 아침부터 불평을 늘어놓았다.

"땅을 파요? 누가 땅을 파요?"

"그게 바로 내가 너에게 묻고 싶은 거다, 라헬. 밤에 여기서 땅을 파는 그자들은 대체 누구냐?"

"밤이건 낮이건 땅을 파는 사람은 아무도 없어요. 아버지가 꿈을 꾼 거겠죠."

"정말로 그자들이 땅을 파고 있다! 자정 지나 한 시나 두 시쯤 시작되지. 두드리고 긁는 온갖 소리를 내면서 말이다. 네가 그 소리를 못 들었다면 틀림없이 너는 자고 있었던 게지. 너는 잘 때 누가 업어가도 모르잖아. 그자들이 대체 뭣 때문에 지하실이나 건물 밑의 땅을 파는 거지? 석유 때문에? 금 때문에? 땅에 묻힌 보물 때문에?"

라헬은 노인이 먹는 수면제를 바꿨다. 그러나 소용없었다. 그는 자기 침실 바로 밑에서 나는 땅을 두드리고 파는 소리에 대해 계속 투덜거렸다.

2

라헬 프랑코는 아름답고 몸가짐이 단정한 사십대 중반의 과부로, 마을의 학교에서 문학을 가르쳤다. 그녀는 늘 고상하게 옷을 입었다. 매력적인 파스텔 색상의 풍성한 치마를 입고 그것에 잘 어울리는 스카프를 두르고, 섬세한 귀고리를 달고, 때로는 은목걸이를 걸었으며 일하는 동안에도 하이힐을 신었다. 어떤 사람들은 그녀의 소녀 같은 외양과 포니테일 머리를 곁눈질로 흘겨보았다(그 나이의 여자가! 그리고 학교 선생이! 게다가 과부가! 그녀는 대체 누구 때문에 그토록 몸치장을 하는 걸까? 수의사 미키 때문에? 아니면 그녀가 사랑하는 아랍인 때문에? 대체 누구에게 잘 보이려고 그토록 애쓰는 걸까?).

마을은 오래되었고 잠자는 듯 조용했다. 백 년쯤 되었거나 그보다 더 오래되었을 것이다. 마을에는 잎이 무성한 나무들과 붉은 지붕들과 소자작 농지들이 있었는데, 그 농지들 대부분이 양조장에서 가져오는 포도주, 향긋한 올리브, 농가에서 만든 치즈, 이국적인 조미료와 희귀한 과일 또는 마크라메 레이스(실이나 끈 등으로 매듭을 지어 만든 레이스. 테이블보, 가방 등을 만들거나 장식하는 데 쓰인다)를 파는 상점으로 바뀌었다. 예전에 농장이었던 건물들은 수입한 예술품과 아프리카에서 들여온 장식용 장난감, 인도에서 가져온 가구 들을 전시하는 작은 화랑들로 변했다. 전시품들은 주말마다 독창적이고 우아한 물건을 찾아 호위를 받으며 도시에서 흘러들어오는 방문객들에게 팔렸다.

라헬과 그녀의 아버지는 마을 변두리에 있는 작은 외딴집에 살았다. 그 집의 넓은 정원은 지역 묘지의 사이프러스 울타리와 인접해 있었다. 그들 부녀는 둘 다 배우자를 잃었다. 전前 국회의원 페사크 케뎀의 아내 아비가일은 여러 해 전에 패혈증으로 죽었다. 그들의 맏아들 엘리아스는 사고로 죽었다(그는 1949년 홍해에 빠져 죽은 최초의 이스라엘 사람이었다). 라헬의 남편 대니 프랑코로 말하자면, 자신의 쉰 살 생일날 심장마비로 죽었다.

대니 프랑코와 라헬 프랑코의 막내딸 이파트는 로스앤젤레스의 잘나가는 치과의사와 결혼했다. 이파트의 언니 오스나트는 브뤼셀에서 다이아몬드 상인으로 일했다. 두 딸 모두 아버지의 죽음에 대한 책임을 엄마에게 지우듯 먼 곳에 가서 살았고, 둘 다 외할아버지를 좋아하지 않았다. 외할아버지를 응석

받이에 이기적이고 심술궂은 노인으로 여겼다.

때때로 그 노인은 홧김에 라헬을 죽은 아내 이름으로 부르곤 했다.

"진지하게 말하는데, 아니야, 아비가일. 이건 당신의 위신이 달린 문제야. 부끄러운 줄 알라고!"

드물긴 했지만 병이 나 아플 때면 라헬을 리가와 가까운 어느 작은 마을에서 독일인들에게 죽임을 당한 자기 어머니 힌데와 혼동하기도 했다. 라헬이 그런 잘못된 호칭을 고쳐줄라치면 자기가 실수했다는 사실을 화를 내며 부인하곤 했다.

라헬은 아버지에 관한 일이라면 절대 실수하지 않았다. 그녀는 아버지의 예언적인 호통과 냉정한 비난을 견뎌냈다. 그러나 자질구레한 불평과 방종에는 무정하게 반응했다. 아버지가 볼일을 볼 때 깜박하여 변기 시트를 들어올리지 않으면 허물없는 태도로 아버지 손에 젖은 걸레를 쥐여주면서 교양 있는 사람이라면 누구나 해야 할 일을 하라고 아버지를 돌려보냈다. 아버지가 바지에 수프를 쏟으면 즉시 식탁에서 일어나 방으로 가서 옷을 갈아입게 했다. 그녀는 아버지가 셔츠 단추를 잘못 채운 채로 외출하지 못하게 했고, 바짓자락이 양말 속에 먹힌 채로는 걸어다니지 못하게 했다. 그녀는 아버지에게 뭔가 꾸지람을 할 때마다, 이를테면 화장실에 사십오 분을 앉아 있었다고, 혹은 문 잠그는 것을 잊어버렸다고 꾸지람할 때마다 아버지를 페사크라고 불렀다. 특별히 화가 날 때면 아버지를 케뎀 동지라고 불렀다. 하지만 때로는, 극히 드문 일이긴 하지만, 아버지의 외로움이나 슬픔이 그녀 안에 있는 자애로운 애정을 잠시 휘저어놓았다. 예를 들어 그가 겁먹은 태도로 부엌문 앞에 나타나 초콜릿 한 조각을 더 먹은 것에 대해 어린아이처럼 변명을 늘어놓으면 그의 요구를 받아들이고 심지어 그를 아빠라고 부를지도 몰랐다.

"그자들이 또 집 밑을 파고 있어. 내가 아침 일찍 곡괭이와 삽 소리를 들었다. 너는 무슨 소리 듣지 못했냐?"

"아뇨. 아버지도 듣지 못했을 거예요. 아버지가 그냥 상상한 거라고요."

"그자들이 집 밑에서 뭘 찾는 걸까, 라헬? 그 일꾼들은 누구일까?"

"지하철을 만들려고 터널을 파는지도 모르죠."

"너 나를 놀리는구나. 나는 상상을 하는 게 아니다, 라헬. 누군가 집 밑의 땅을 파고 있어. 오늘 밤에 내가 너를 깨우면 너도 그 소리를 들을 수 있을 게다."

"들어야 할 소리는 아무것도 없어요, 페사크. 이 밑의 땅을 파는 사람도 아무도 없고요. 아버지 마음이 떳떳지 못한 것뿐이에요."

3

 노인은 낮 시간의 대부분을 집 앞 베란다에 있는 접의자에 팔다리를 쭉 펴고 드러누워서 보냈다. 불안한 기분이 들면 접의자에서 일어나 악령처럼 방에서 방으로 급히 오가고, 지하실에 내려가 쥐덫을 설치하고, 베란다로 통하는 망사문이 바깥으로 열려 있는데도 거칠게 문을 잡아당기며 씨름을 했다. 혹은 그의 슬리퍼 소리에 놀라 도망가는 딸의 고양이에게 욕지거리를 했다. 그는 극도로 흥분해 팸플릿이나 편지를 찾아 머리를 거의 직각으로 쑥 내민 채 거꾸로 세운 괭이 같은 인상을 풍기며 버려진 인공 부화장이나 비료 창고 혹은 공구실로 가기 위해 오래된 농가 마당으로 내려갔고, 그런 다음엔 자기가 무엇 때문에 거기에 왔는지 잊은 채 버려진 괭이를 두 손으로 집어들고 두 화단 사이에 쓸데없이 수로를 파고, 자신의 어리석음을 저주하고, 낙엽 무더기를 치우지 않은 아랍인 학생을 저주했다. 그런 다음 괭이를 내려놓고 부엌문을 통해 다시 집 안으로 들어오는 것이었다. 부엌에 들어와서는 냉장고 문을 열고 창백한 불빛이 비치는 그 안을 자세히 들여다보고, 병들이 덜거덕거릴 정도로 힘을 주어 냉장고 문을 쾅 닫고, 혼자 뭔가를 투덜투덜 중얼거리면서, 아마도 지금은 고인이 된 대표적 사회주의자들인 이츠하크 타벤킨(이스라엘의 시온주의자.

키부츠 운동의 이념적 창설자 중 한 사람이다)과 메이르 야아리를 비난하면서 화가 잔뜩 난 채 복도를 가로지른 뒤 사회주의 인터내셔널에 저주를 퍼부으며 화장실 안을 들여다보았다. 그런 뒤 침실로 성큼성큼 걸어 들어갔다가 저항하지 못하고 머리를 내밀고 돌진하는 소처럼 베레모를 쓴 머리를 앞으로 쑥 내민 채 다시 부엌으로 뒷걸음쳐 끙끙거리며 찬장 문을 쾅쾅 닫고, 하얀 콧수염을 곤두세운 채 부엌 창밖을 응시하고, 울타리 가까이에서 길을 잃고 방황하는 염소에게 혹은 산허리에 서 있는 올리브 나무에게 뼈마디 굵은 손을 갑자기 흔든 뒤 식료품실과 찬장 안에서 초콜릿을 찾았다. 그러고는 놀랄 정도로 민첩하게 한 번 더 방에서 방으로, 찬장에서 찬장으로 옮겨 다녔다. 그는 즉시, 긴급하게 어떤 핵심 문서를 찾아내야만 했다. 그러는 내내 보이지 않는 청중을 향해 세세한 불평을 쏟아내며 오랫동안 논증하고, 이의를 제기하고, 모욕하고, 반박하고, 작은 회색 눈으로 여기저기를 쏘아보고, 선반과 책꽂이를 전부 뒤졌다. 그는 오늘 밤 침대에서 나와 밝은 손전등을 들고 지하실로 내려가 그 땅 파는 사람들을 덮치기로 단단히 결심했다. 그들이 누가 되었든.

4

 대니 프랑코가 죽고 오스나트와 이파트가 집을 떠나 외국으로 간 후로 이들 부녀에게는 가까운 친척도 친구도 없었다. 이웃들은 그들과 어울리려고 하는 일이 드물었고, 그들 역시 이웃을 방문하는 일이 거의 없었다. 페사크 케뎀의 동년배들은 이미 세상을 떠났거나 시들어가고 있었다. 그러나 전에도 그에게는 친구도 제자도 없었다. 당 지도부의 중추 그룹에서 그를 쫓아낸 사람은 타벤킨 그 사람이었다. 라헬의 학교 일은 학교 안에만 머물렀다. 빅토르 에즈라의 식료품점 점원 소년이 라헬이 전화로 주문한 물건은 무엇이든 가져와 부엌문을 통해 집 안까지 운반해주었다. 낯선 사람들만 간혹 묘지의 사이프러스 울타리 옆에 있는 이 집의 문지방을 넘었다. 가끔 마을 평의회에서 사람이 나와, 웃자라 길을 막은 울타리의 가지를 치라고 라헬에게 요청했고, 지나가던 방문 판매원이 식기 세척기나 회전식 건조기를 할부로 사라고 권하기도 했다(노인은 폭발했다. 전기 건조기? 그게 무엇에 쓸모 있는데? 해가 은퇴라도 했나? 빨랫줄이 모두 이슬람교로 개종이라도 했어?). 때로는 멜빵 달린 파란 작업복을 입은 말수 적은 이웃 농장 일꾼이 현관문을 두드리고는 혹시 자신의 잃어버린 개를 정원에서 보지 못했느냐고 물었다(개?! 우리 정원에서?! 만약 그 개가 우리 정원에 들어왔다면 라헬의 고양이가 갈가리 찢어놓았을걸!).

아랍인 학생이 한때 대니 프랑코가 공구 창고로 사용했던 작은 헛간에 거주하며 그곳에 병아리 인공 부화기를 들여놓은 후, 마을 사람들은 이따금 울타리 곁에 와서 공기를 들이마시듯 걸음을 멈추었다가 서둘러 다시 길을 가곤 했다.

문학 교사 라헬과 한때 국회의원이었던 그녀의 아버지는 이따금 다른 교사의 집에 모여 학기가 끝난 것을 축하하며 한잔하자는, 혹은 마을의 퇴역군인 거주 구역에 있는 한 집에 와서 초청 연사의 연설을 들으라는 초대를 받았다. 라헬은 초대를 고맙게 받아들이려고 했다. 하지만 대개 파티나 모임을 몇 시간 앞두고 노인이 폐기종 발작을 일으키거나, 틀니를 잊어버리고 집을 나오는 바람에 라헬이 대표로 전화해 가지 못하게 됐다고 사과해야 했다. 때때로 라헬은, 아이를 잃고 언덕 위쪽에 살고 있는 교사 부부 달리아와 아브라함 레빈의 집에서 열리는 노래 모임에 혼자 가기도 했다.

노인은 마을에 방을 빌려 살면서 주말이 되면 도시에 사는 가족에게 돌아가는 서너 명의 교사를 특히 싫어했다. 그런 교사들 중 한두 명이 그들의 외로움을 덜어주려고, 때로는 라헬을 보려고, 책을 빌리거나 돌려주려고 잠깐 방문해서는 교육이나 훈육 문제로 그녀에게 조언을 구하기도 하고 은근슬쩍 그녀에게 구혼하기도 했다. 페사크 케뎀은 그 불청객들에 대해 질색했다. 그는 자신과 딸이 서로의 이야기 상대로 충분하다고, 동기가 수상쩍은 낯선 사람들의 방문은 전혀 필요 없다고, 그들의 진짜 목적이 무엇인지는 오직 악마만이 알고 있다고 굳게 믿었다. 그는 요즘 사람들은 모두 의도가 의심스러운 것은 물론이고 자기중심적이라는 생각을 하고 있었다. 사람들이 계산속 없이 서로 좋아하거나 사랑할 수 있었던 것은 아주 오래전의 일이었다. 요즘 그는 딸에게 사람들은 예외 없이 딴 속셈을 품고 있다고, 사람들은 남의 식탁에서 빵조각을 얻어낼 수 있을지 알아보는 데만 관심이 있을 뿐이라고 되풀이해 설교했다. 미몽에서 깨어나는 경험으로 가득했던 그의 긴 인생이 어떤 이득, 이점, 혜택을 얻어내려는 목적이 있을 때 말고는 아무도 너의 집 문을 두드리지 않는다고 그에게 가르쳐주었던 것이다. 오늘날 모든 것은 계산적이고 그 계산은 대개 질이 나빴다. "내 생각엔 말이야, 아비가일. 사람들은 우리의 청을 들어줄 수 있고 그들 자신의 집에 머물 수도 있어. 그런데 그들은 이곳이 뭐라고 생각할까. 마을 광장? 공공장소의 홀? 교실? 말이 나온 김에 대답해봐. 우리가 당신의 저 아랍 학생을 어떻게 하면 좋을까?"

라헬이 그의 말을 고쳐주었다.

"저는 아비가일이 아니에요. 저는 라헬이라고요."

노인은 자신의 실수가 부끄러워서, 그리고 자기가 한 말 중 몇 가지가 후회스러워서 즉시 입을 다물었다. 그러나 오 분에서 십 분쯤 지나면 소맷자락을 붙들고 늘어지는 아이처럼 딸에게 감언이설을 늘어놓기 시작했다.

"라헬, 내가 아프구나."

"어디가요?"

"목이 아파. 아니, 머리가. 어깨도 아프다. 아니, 거기가 아니야. 조금 더 아래야. 그래, 거기. 너, 주무르는 힘이 좋구나, 라헬."

그런 다음 수줍어하며 덧붙였다.

"너를 무척 사랑한다, 아가야. 정말이야. 너를 너무너무 사랑해."

그리고 잠시 후에는 이렇게 말했다.

"너에게 걱정을 끼쳐서 정말 미안하다. 그자들이 밤에 땅을 파서 우리를 겁주도록 내버려두지는 않을 거다. 다음엔 어떤 일이 있어도 내가 쇠막대기를 들고 지하실로 내려갈 거다. 너를 깨우진 않으마. 이미 충분히 너를 성가시게 했으니 말이야. 옛날에 내 등 뒤에서 성가시게 굴던 동료가 몇 명 있었지. 너의 그 아랍 녀석에 대해 내가 꼭 하고 싶은 말은……."

"입 다물어요, 페사크."

그러면 노인은 눈을 깜박거리고는 하얀 콧수염을 흔들며 딸이 시키는 대로 했다. 그들 둘은 그렇게 저녁 산들바람을 맞으며 베란다 탁자 앞에 앉아 있었다. 라헬은 청바지에 소매가 짧은 블라우스 차림이었고, 멜빵 달린 헐렁한 카키색 바지와 낡아빠진 윗옷에 검은 베레모를 쓴 곱사등이 노인 페사크는 약간 매부리코인 멋진 코와 홀쭉한 입술에 젊은 사람처럼 하얗고 완벽한 틀니를 갖고 있었다. 드문 경우지만 그가 미소를 지을 때면 패션 모델처럼 빛이 났다. 그의 콧수염은 격분하여 곤두서지 않을 때면 솜처럼 하얗고 복슬복슬해 보였다. 그러나 라디오의 뉴스 캐스터가 성질을 돋우면 그는 화를 내며 뼈마디가 굵은 손으로 탁자를 쾅쾅 친 뒤 말했다.

"무슨 저런 바보 같은 여자가 다 있어!"

5

드문 일이긴 하지만 라헬이 학교 동료나 일꾼, 면장 베니 아브니 혹은 수의사 미키 같은 방문객을 맞아들이는 경우도 있었다. 그럴 때면 노인은 벌떼처럼 격분에 사로잡혀 얇은 입술을 꾹 다문 채 나이 지긋한 종교 재판관 같은 표정을 지으며 달아나 자신의 영역, 즉 반쯤 열린 부엌문 뒤에 몸을 숨겼다. 거기서 간신히 한숨을 억누르며 초록색으로 칠한 걸상에 앉아 방문객들이 사라지기를 기다렸다. 그러는 한편 상추 이파리를 입으로 물려는 거북이처럼 주름진 목을 길게 빼고는 라헬과 수의사가 무슨 이야기를 하는지 듣기 위해 머리를 비스듬히 내밀고 열린 문틈에 귀를 더 가까이 갖다 댔다.

"도대체 어디서 그런 아이디어를 얻었어요?"

라헬이 수의사에게 물었다.

"저런, 당신이 그걸 시작했잖아요."

라헬의 웃음소리가 땡그랑 울리는 유리잔 소리처럼 가볍게 울렸다.

"미키, 제발 말장난하지 마요. 내가 무슨 말을 하는지 잘 알잖아요."

"당신은 화낼 때 훨씬 더 멋져요."

노인은 부엌문 뒤에 숨은 채 그들 두 사람에게 구제역이 발병하기를 바랐다.

"이 새끼 고양이 좀 봐요, 미키." 라헬이 말했다. "겨우 삼 주 됐어요. 어떨 땐 다른 새끼 고양이 앞에 한쪽 발을 가만히 내려놓는다니까요. 계단을 내려가려고 하고, 조그만 털실 뭉치처럼 끝까지 굴러 내려가려고도 하고, 그러고는 세상에, 너무나 귀엽고 사랑스러운 표정을 짓는다니까요. 그런데 이 녀석은 쿠션 뒤에 어떻게 숨는지도 알고, 정글 속 호랑이처럼 나를 쳐다보는 법도 배웠어요. 조그만 몸을 납작하게 엎드리고 와락 뛰어오를 채비를 한 채 좌우로 들썩거리죠. 그런 다음엔 정말로 와락 뛰어오르고요. 하지만 거리를 잘못 재서 바닥에 배를 대고 풀썩 엎어져버려요. 일 년쯤 지나면 마을 암컷 고양이들이 이 녀석의 매력에 저항하지 못할걸요."

"그전에 내가 이 녀석을 거세할 겁니다." 수의사가 말했다. "이 녀석이 당신을 홀려버리기 전에요."

"나도 네 녀석에게 똑같이 할 거야." 노인이 부엌문 뒤에서 중얼거렸다.

라헬이 수의사에게 찬물을 한 잔 따라주고는 과일과 비스킷을 좀 들라고 권했다. 그러는 동안에도 수의사는 라헬과 느긋하게 농담을 주고받았다. 잠시 후 라헬은 수의사를 도와 상태를 살펴봐야 할 고양이 서너 마리를 붙잡았다. 수의사가 고양이 한 마리를 붙잡아 우리 안에 넣었다. 그는 그 고양이를 데려가 소독을 하고 붕대를 감아 다시 데려올 것이다. 이삼 일 지나면 그 고양이는 새로 태어난 것처럼 말짱해질 것이다. 라헬이 친절한 말 한마디 해주는 조건으로. 그에게는 돈보다 친절한 말이 더 중요했다.

"저 고약한 불한당 같으니!" 노인이 몸을 숨긴 채 중얼거렸다. "늑대가 수의사의 탈을 썼군."

수의사 미키는 작은 푸조 트럭을 갖고 있었는데, 노인은 고집스럽게도 그 트럭을 섬나라 이름과 똑같이 '피지'라고 불렀다. 수의사의 기름기 많은 머리카락은 포니테일 모양으로 묶여 있었다. 오른쪽 귀에는 귀고리를 달고 있었다. 이 두 가지가 전직 국회의원의 피를 끓게 만들었다.

"내가 저 고약한 녀석에 대해 너에게 경고를 했다면 적어도 천 번은 했을 거다."

라헬은 언제나처럼 그의 말을 끊었다.

"그만해요, 페사크. 그 사람도 아버지 정당의 당원이잖아요."

이 말을 듣자 노인은 화가 머리 끝까지 나서 다시금 분노가 폭발했다.

"내 정당? 내 정당은 수년 전에 죽었어, 아비가일! 처음에 그들은 내 정당을 비열하게 악용했지. 그런 다음엔 수치스럽게 매장해버렸어! 그 정당은 그런 꼴을 당해도 싸!"

그러고는 자신의 죽은 동료들, 거짓 동료들, 큰따옴표로 강조해야 할 동료들, 어쩔 도리가 없고 아무짝에도 쓸모없는 동료들, 높은 언덕을 만날 때나 푸르른 나무 밑에서나 눈앞의 이익에 눈이 어두워 끝까지 원칙에 매달린 그의 적이자 박해자가 된 두 배신자에 대해 길고 긴 비난을 쏟아냈다. 그 거짓 동료들로부터, 그리고 정당 전체로부터 남겨진 것은 비굴함과 부패뿐이었다. 이 문구는 비알리크(이스라엘의 국민시인으로, 현대 히브리어 시의 개척자이다)로부터 빌려왔다. 그가 비알리크에게 유감을 갖고 있긴 했지만. 그가 활동하던 시절 말기에 비알리크는 국가적 예언자에서 일종의 시골 신사로 전락해버렸다. 메이르 디젠고프(이스라엘의 시온주의 정치가. 텔아비브 시의 초대 시장을 지냈다) 밑에서 문화부 인민위원을 하기로 수락했던 것이다.

"하지만 너의 그 역겨운 불한당 얘기로 돌아가자꾸나. 그 살찐 송아지 같은 녀석! 한쪽 귀에 귀고리를 단 송아지 말이다! 돼지 코에 금고리 격이지! 그 허풍선이 녀석! 수다쟁이 녀석! 말 많은 녀석! 네가 좋아하는 아랍 학생도 그 짐승 같은 녀석보다는 백배 더 교양 있을 게다!"

"페사크." 라헬이 말했다.

노인은 입을 다물었다. 그러나 그의 마음은 미키라는 수의사에 대한 혐오감으로, 그의 커다란 궁둥이와 'Come on baby, let's have fun!'이라고 쓰인 티셔츠에 대한 혐오감으로, 사람들 사이의 애정, 관대함, 동정심의 여지가 더는 없는 이 끔찍한 시대에 대한 슬픔으로 폭발하고 있었다.

수의사 미키는 묘지 옆에 있는 이 집을 일 년에 두세 번 방문해 새로 태어난 고양이들을 보살폈다. 그는 자기 자신에 관해 삼인칭 시점으로 말하거나 자신을 별명으로 부르기를 좋아하는 사람들 중 하나였다. '그래서 나는 속으로 생각했지요. 이제 미키가 스스로 자제해야 할 때라고 말이에요. 그러지 않으면 일이 돌아가지 않을 테니까요.' 이런 식으로 말이다. 그는 부러진 앞니 때문에 위험한 싸움꾼 같은 인상을 풍겼다. 걸음걸이는 꾸벅꾸벅 조는 맹수의 걸음걸이처럼 느리면서도 탄력 있었다. 음침한 회색 눈에는 때때로 억눌린 음탕한 섬광이 번득였다. 이야기를 할 때는 이따금 양쪽 엉덩이 틈새에 먹힌 부분을 편하게 하기 위해 바지 엉덩이 부분에 손을 갖다 대곤 했다.

"당신네 헛간에 사는 저 아랍 학생에게도 예방주사를 놓을까요?" 수의사가 말했다.

이런 말을 하긴 했지만 그는 일을 마친 뒤 그 학생과 함께 잠시 머물렀고, 심지어 그 학생과 체커 게임을 하여 이기기까지 했다.

라헬 프랑코의 집에 사는 아랍 청년에 대한 온갖 소문이 마을에 와글거렸고, 수의사 미키는 그 집에 오는 기회와 체커 게임 하는 시간을 틈타 실제로 무슨 일이 벌어지고 있는지 실마리를 찾아내려고 했다. 그리고 아무런 실마리를 찾아내지 못했음에도 마을 사람들에게 그 아랍 청년이 라헬보다 스무 살에서 스물다섯 살 정도 어리다고, 아들뻘이라 할 정도로 많이 어리다고, 그 청년은 라헬이 책상과 책장을 들여놔준(그는 지식인이므로) 뒤뜰의 헛간에서 살고 있다고 말했다. 수의사는 또 어떻게 표현해야 할지 모르지만 라헬과 그 청년이 서로에게 완전히 무관심하지는 않다고 보고했다. 아니, 그는 그들이 손을 잡는 모습도, 그것과 비슷한 어떤 장면도 목격하지 못했지만, 그 청년이 집 뒤의 빨랫줄에 그녀의 빨래를 너는 모습을 보았다. 심지어 그녀의 속옷까지.

6

 노인은 운동복 셔츠와 헐렁한 팬티를 입고 두 다리를 넓게 벌린 채 화장실에 서 있었다. 그는 문 잠그는 것을 또 잊었다. 변기를 사용하기 전에 변기 시트를 들어올리는 것을 또 잊었다. 지금 그는 격분한 채 얼굴, 어깨, 목을 문지르며 몸에 물이 묻은 개처럼 사방으로 물을 튀기고, 왼쪽 콧방울을 쥐어짜 오른쪽 콧구멍에 든 것을 세면대에 비워내고, 그런 다음에는 오른쪽 콧방울을 눌러 왼쪽 콧구멍에 든 것을 비워내고, 목구멍을 씻고, 세면대 가장자리에 침이 묻을 때까지 네다섯 번 목구멍으로부터 침을 뱉어내고, 마침내 세면대에 몸을 구부린 채 프라이팬을 문질러 닦듯 두꺼운 타월로 연거푸 몸을 닦아 말리고 있었다.

 몸이 마르자 그는 셔츠 단추를 잘못 채워 입고 낡아빠진 검은 베레모를 쓴 뒤, 머리를 거의 직각으로 내밀고 조용히 혀를 우물거리며 복도에서 잠시 머뭇거렸다. 그런 다음 방에서 방으로 헤매 다니다가 밤중에 나는 땅 파는 소리를 폭로해줄 증거를 찾아 지하실로 내려갔다. 지하실 바닥 밑을, 건물의 토대를, 땅속을 별로 깊게 파지는 않은 듯 자기들이 한 일의 흔적을 감쪽같이 지워버린 일꾼들을 저주하면서. 그는 지하실에서 다시 부엌으로 올라갔고, 화가 난 채 부엌문을 지나 성큼성큼 걸어 바깥으로, 버려진 창고들 사이로 나갔다. 돌아오면서 그는 베란다 탁자 앞에 몸을 숙이고 앉아 뭔가 채점을 하는 라헬을 발견했다. 계단에서 그가 그녀에게 말했다.

"어떻게 보면 내가 좀 냉정한 건지도 모르겠구나. 네가 반드시 그 사람을 집 안에 들여야 한다니 말이다. 그래, 너는 그 수의사의 어디가 좋은 게냐? 냉정한 남자 한 명으로는 족하지 않은 게냐?"

그런 다음 슬픈 기색을 띤 채 마치 라헬이 그 자리에 없다는 듯 그녀를 삼인칭으로 칭하며 말했다.

"나는 종종 초콜릿 한 조각이 필요하단다. 내 암울한 삶에 달콤함을 조금 가져다주거든. 하지만 그 아이는 내가 도둑이라도 되는 것처럼 내게서 초콜릿을 감추지. 그 아이는 아무것도 이해하지 못해. 그 아이는 내가 식탐이 많아서 초콜릿을 찾는다고 생각해. 잘못된 생각이지! 내 몸이 더 이상 달콤함을 만들어내지 못하기 때문에 그게 필요한 거야. 내 피와 조직 속엔 당분이 충분치 못해. 그 아이는 아무것도 이해 못 해! 그 아이는 너무나 잔인해! 너무 잔인해!"

그러고는 침실 문 앞에 다다르자마자 걸음을 멈추고 뒤를 돌아보며 그녀에게 외쳤다.

"그리고 이 고양이 녀석들은 병만 옮길 뿐이다! 벼룩하고 병균을 옮겨!"

7

아랍인 학생 아델은 쉰 살 생일날 세상을 떠난 라헬의 남편 대니 프랑코의 친한 친구 아들이다. 대니 프랑코와 아델 아버지의 우정은 어떤 것이었을까? 라헬은 알지 못했다. 아델 역시 그것에 대해 이야기하지 않았다. 아마 그 역시 알지 못했으리라.

아델은 지난여름 어느 아침에 갑자기 나타나 자기소개를 하고는 수줍어하며 방을 하나 빌릴 수 있느냐고 물었다. 글쎄, 정확히 말해 빌리는 것은 아니었다. 그리고 정확히 말해 방도 아니었다. 지금은 고인이 된 대니, 무척이나 멋진 남자였던 그가 몇 년 전 아델의 아버지에게 이제 농장을 경영하지 않고 창고와 헛간 들이 모두 비어 있으니 그의 아들을 농장에 있는 건물 하나에서 지내게 해주겠다고 제안했다. 그래서 아델이 찾아와 이 년 전에 한 그 약속이 여전히 유효한지 물었던 것이다. 마침 그 아이가 지낼 만한 빈 헛간이 하나 있었다. 헛간을 내준 것에 대한 보답으로 아델은 정원의 잡초를 뽑거나 집안일을 도왔다. 일은 그렇게 된 것이다. 아델은 대학을 일 년 휴학하고 책을 쓰려고 계획하고 있었다. 그랬다. 아랍 마을의 삶과 비교한 유대인 마을의 삶 이야기를 학술적인 논문이나 소설 형식으로 쓸 계획이었다. 아직 확실하게 결정하지는 못했다. 그래서 당분간 텔일란의 변두리 마을에서 혼자 힘으로 살아가야 했고, 그것은 그에게 잘 어울리는 일 같았다. 어렸을 때 아버지와 여동생과 함께 지금은 고인이 된 대니를 한 번 만나러 온 적이 있었으므로 포도밭과 과수원, 므나세 언덕에서 보이는 경치 등 이 마을을 잘 기억하고 있었다. 대니가 그들을 여기로 초대해 하루 종일을 이곳에서 보냈다. 라헬은 그 방문을 기억하고 있을까, 기억하지 못할까? 물론 라헬은 기억하지 못했다. 기억해야 할 특별한 이유가 없었기 때문이다. 그러나 아델은 그 일을 잊지 않았고, 앞으로도 절대 잊지 못할 터였다. 그는 언젠가 이 텔일란 마을로 돌아오기를 줄곧 바랐다. 묘지의 키 큰 사이프러스 옆에 있는 이 집으로 돌아오기를. "여기는 너무나 평화로워요. 우리 마을보다 훨씬 더 평화롭죠. 우리 마을은 너무 커져서 이젠 마을이라고 할 수도 없어요. 상점들과 차고, 먼지가 풀풀 날리는 주차창이 꽉 들어찬 작은 도시이죠." 그가 이 마을에 돌아오기를 그토록 꿈꾸었던 이유는 이 마을이 몹시 아름다웠기 때문이다. 평화로움과 조용함 때문이기도 했다. 그리고 뭐라 정의할 수는 없지만 자기가 쓰려고 하는 책에는 설명할 수 있을 듯한 다른 이유 때문이기도 했다. 그는 유대인 마을과 아랍인 마을의 차이점에 대해 책을 쓸 예정이었다.

"당신들의 마을은 꿈과 계획에서 태어났고, 우리의 마을은 태어나지 않았어요. 우리의 마을은 항상 그 자리에 있죠. 그래도 두 마을 사이에 공통점은 있어요. 우리에게도 꿈이 있죠. 아뇨, 비교라는 것은 항상 거짓이에요. 하지만 내가 이곳을 좋아하는 것은 거짓이 아니에요. 나는 오이로 피클을 만들 수 있어요. 잼도 만들 수 있고요. 여기서 그런 일들이 필요하기도 하지만요. 나는 페인트칠을 해본 경험도 좀 있고, 지붕 수리도 해봤어요. 벌도 키울 수 있어요. 당신들 유대인들이 말하듯이 낡은 나날들을 새롭게 하고 싶은 기분이 든다면, 벌집을 몇 개 가져보고 싶은 생각이 든다면 말이에요. 시끄러운 소리를 내거나 어지르지 않을 거예요. 그리고 시간이 나면 시험 준비를 하고 책을 쓰기 시작할 거예요."

8

 아델은 몸을 구부리고 걸었다. 그는 수줍음을 타지만 말하기를 좋아하는 젊은이였다. 그리고 어느 아이에게서 얻은 것처럼 혹은 어릴 때부터 계속 껴온 것처럼 자기에게 너무 작은 안경을 꼈다. 그 안경은 줄로 고정되어 있었고 김이 잘 서렸다. 그래서 닳아빠진 청바지 위에 항상 입고 다니는 셔츠 자락으로 안경을 계속 닦아야 했다. 그는 왼쪽 뺨에 보조개가 있었는데, 그 보조개 탓인지 수줍음 많은 아이 같은 인상을 풍겼다. 그는 턱 끝과 구레나룻만 면도했다. 얼굴의 나머지 부분은 매끄럽고 털이 없었다. 신발은 그에게 너무 크고 조악해 보였으며, 더러운 안뜰에 기묘하고 위협적인 발자국을 남겼다. 그가 과일나무들에 물을 줄 때면 그의 신발이 진흙바닥에 작은 웅덩이를 만들었다. 그는 손톱을 물어뜯었고, 손은 추위에 곱은 듯 붉고 거칠었다. 아랫입술이 좀 두껍긴 했지만 외모가 멋졌다. 담배를 피울 때면 너무 세게 빨아들여서 볼이 움푹 파였으며, 잠깐 동안 두개골의 윤곽이 살갗으로 드러나는 듯했다.

 아델은 반 고흐 스타일의 밀짚모자를 쓰고 경탄과 동경의 표정으로 정원 이곳저곳을 거닐었다. 어깨에는 늘 비듬이 덮여 있었다. 그는 멍한 표정으로 담배를 피웠다. 담배에 불을 붙이고, 볼을 안쪽으로 모으며 서너 번 빨고, 그런 다음 울타리나 창턱에 불 붙은 담배를 놓아둔 뒤 그 담배는 잊고 다른 담배에 불을 붙였다. 예비용 담배가 항상 그의 귓등에 걸쳐져 있었다. 그는 담배를 많이 피웠다. 그러나 자기는 흡연과 담배 냄새를 싫어하는 사람이라는 듯, 누군가 다른 사람이 그의 얼굴에 대고 담배 연기를 뿜어대고 있다는 듯 언제나 역겹다는 표정을 지었다. 또한 그는 라헬의 고양이들과 특별한 관계를 맺었다. 그는 낮은 목소리의 아랍어로, 마치 비밀 속으로 초대하듯 그 고양이들과 오랫동안 존중심 넘치는 대화를 나눴다.

전에 국회의원이었던 페사크 케뎀은 이 학생을 좋아하지 않았다. 그는 라헬에게 말했다.

"너는 곧 알게 될 거다. 저 녀석이 우리를 미워하면서 아첨 밑에 그 미움을 감추고 있다는 걸 말이다. 그들은 모두 우리를 미워해. 어떻게 그러지 않을 수 있겠냐? 내가 그들이라도 우릴 미워할 거다. 심지어 내가 그들이 아니라 해도 우리를 미워할 거다. 내 말을 믿어다오, 라헬. 조금 떨어져서 우리를 보면 우리가 미움과 경멸을 받아 마땅하다는 걸 알 수 있을 거야. 그리고 약간의 동정을 받아 마땅하다는 것도. 하지만 그 동정은 아랍인들한테서는 올 수 없지. 그들 자신이 세상의 모든 동정을 필요로 하니까."

페사크 케뎀은 말했다.

"오직 악마만이 알 거다. 무엇이 진짜로 학생도 아닌 그 학생을 여기 우리에게로 데려왔는지. 그 녀석이 학생이 아니라는 걸 우리가 어떻게 알겠냐? 그 녀석을 들이기 전에 증명서라도 확인했냐? 그 녀석의 에세이라도 읽어봤어? 글로든 구두로든 시험이라도 치르게 했어? 매일 밤 뭔가를 찾아 땅을 파는 자가, 이 부동산이 한때 그 녀석 조상의 소유였다는 서류나 오래된 증거를 찾아 집 밑의 땅을 파는 자가 그 녀석이 아니라고 누가 말할 수 있겠냐? 그 녀석이 여기에 온 이유는 아마 어떤 반환권을 주장하려는 것일 게다. 오스만 제국 시절에, 아니면 십자군 시절에 여기 살았을지도 모르는 할아버지나 증조할아버지 이름으로 땅과 집에 대한 권리를 차지하려는 음모일 거야. 처음에 그 녀석은 불청객으로, 하숙인과 하인 중간의 어떤 자격으로 여기에 이사를 왔지. 그 녀석은 벽들이 흔들릴 때까지 이 집의 토대 밑을 팔 거다. 그런 다음에는 어떤 권리를, 부동산에 대한 지분을, 조상의 권리를 요구하겠지. 그러면 너와 나는 말이다, 라헬, 갑자기 거리로 나앉게 될 거다. 베란다에는 다시 파리들이 꾀고 내 방에도 파리들이 꾀겠지. 아비가일, 당신의 고양이들이 파리들을 끌어들일 거야. 어찌 됐든 네 고양이들이 집 전체를 접수했어. 네 고양이들, 네 아랍인, 그리고 너의 그 짐승 같은 수의사가 말이다. 그런데 우리는 어떻지, 라헬? 너, 우리는 뭔지 그것 좀 나에게 말해주겠냐? 싫다고? 좋다. 그러면 내가 너에게 말해주마. 우리는 기울어가는 그림자다. 지나간 어제처럼 말이다."

라헬이 그를 조용히 시켰다.

그러나 잠시 후 그녀는 그를 불쌍히 여겼고, 앞치마 주머니에서 은박지에 싸인 초콜릿 두세 조각을 꺼냈다.

"여기요, 아빠. 이거 받으세요. 이거 드세요. 그리고 그만 좀 하세요."

9

쉰 살 생일날 죽은 대니 프랑코는 눈물을 잘 흘리는 감상적인 남자였다. 그는 결혼식장에서 울었고, 면사무소에서 상영하는 영화를 보며 흐느꼈다. 그의 목에는 칠면조처럼 주름이 잡혀 있었다. 그는 부드러운 연구개음으로 알R 발음을 했고, 그래서 말을 할 때면 그가 프랑스어를 거의 모르는데도 프랑스어 악센트 느낌이 났다. 그는 땅딸막하고 어깨가 넓은 남자였다. 하지만 다리는 호리호리했다. 마치 막대기로 된 다리에 옷이 달라붙어 있는 것처럼 보였다. 그는 낯선 사람이라도 자기와 이야기 나누는 사람들을 포옹하고 어깨와 갈비뼈 사이의 가슴과 뒷덜미를 툭툭 치는 습관이 있었다. 곧잘 자신의 넓적다리를 철썩 두드리거나 상대방의 배에 애정 어린 주먹을 날리기도 했다.

누군가가 그의 송아지들이나 그가 만든 오믈렛 또는 그의 집 창에서 보이는 황혼의 아름다움을 칭찬하면, 그는 그 칭찬이 고마워서 눈이 금세 물기로 가득해지는 것이었다.

그는 송아지 비육의 미래, 정부 정책, 여자의 마음, 트랙터 엔진 등 어떤 주제에 대해서든 달변을 쏟아냈고, 구실도 연고도 필요 없는 기쁨이 언제나 철철 흘러넘쳤다. 심지어 생의 마지막 날에조차, 심장마비로 죽기 십 분 전에도 울타리 옆에 서서 요시 새슨과 아리에 젤니크와 함께 잡담을 나누었다. 그와 라헬 사이에는 결혼생활을 오래 한 부부들 사이에 매우 흔한 휴전 상태가 성립되어 있었다. 갈등, 모욕, 일시적 별거가 상대방을 조심스럽게 대하는 법을, 그리고 지뢰밭이 틀림없는 곳에 넓은 침대를 놓는 법을 그들 둘에게 가르쳐주었다. 밖에서 보면 이 조심스러운 일상은 상호 체념 상태처럼 보였고, 길게 끄는 참호전의 와중에 불과 몇 야드를 사이에 두고 서로를 마주한 적군 사이에 때때로 생겨나는 것과 같은 고요한 동료애의 여지를 남겨주기까지 했다.

대니 프랑코가 사과를 먹는 방법은 이러했다. 얼마 동안 한 손에 사과를 들고 이리저리 돌리면서 자세히 들여다보아 이를 박아넣을 정확한 지점을 찾아낸다. 그런 다음 상처 입은 사과를 한 번 더 응시한 뒤 이번에는 주변의 다른 지점을 다시 공략한다.

그가 세상을 떠난 뒤 라헬은 농장을 놓아버렸다. 닭장이 닫히고, 송아지들이 팔리고, 인공 부화장은 광이 되었다. 라헬은 대니 프랑코가 안뜰 끄트머리에 심은 과일나무에, 사과나무와 아몬드 나무, 두세 그루의 생기 없는 무화과나무, 석류나무 두 그루와 올리브 나무 한 그루에 계속 물을 주었다. 그러나 집 벽에 들러붙고 지붕을 덮고 베란다에 그늘을 드리운 오래된 덩굴식물을 가지치기하는 것은 포기했다.

버려진 창고와 별채에는 고물과 먼지로 가득 찼다. 라헬은 비탈 아래쪽 땅에 대한 임차권과 지금은 효용이 없는 농장의 물 할당량을 팔았다. 또 키르야트 티본에 있는 문제아 수용시설을 팔고, 심술궂은 아버지를 맞아들였다. 이 모든 매매를 혼자서 진행하면서 그녀는 조제약과 건강식품을 만드는 작은 회사의 동업자 신분과 지분을 사들였다. 그 회사는 텔일란 그린 메도스 고등학교 문학 교사로서 받을 수 있는 봉급의 최고 수준 금액을 매달 그녀에게 지불했다.

10

가녀린 어깨에 연약한 몸을 가졌음에도 불구하고, 아델은 대니가 죽은 후 농가 마당에 웃자란 잡초를 혼자서 도맡아 뽑았다. 또 자진해서 집 앞 오솔길 옆에 조그만 채소밭 한 뙈기를 일구고, 제멋대로 자란 울타리를 다듬고, 물을 주고, 집 앞에 자라는 협죽도와 장미와 제라늄을 돌보고, 지하실을 청소하고 정돈하고, 대부분의 집안일을 맡아 했다. 마루를 닦고, 빨래를 내다 널고, 다림질을 하고, 설거지를 했다. 심지어 대니 프랑코의 작은 목공 작업장까지 재개했다. 전기톱에 기름을 치고 날카롭게 다듬어 다시 작동시켰다. 라헬은 녹슬어버린 오래된 것을 대체할 새 죔쇠와 목재, 못, 나사못, 목공용 접착제를 그에게 사주었다. 시간이 나면 그는 그녀에게 선반과 걸상을 만들어주었고, 울타리의 푯말을 바꿨다. 오래되어 깨진 문도 철거하고 초록색 페인트칠을 한 새 문을 달았다. 용수철을 단 가벼운 이중문이었다. 그래서 쾅 닫지 않아도 두 개의 문짝이 뒤쪽에서 몇 번 앞뒤로 왔다 갔다 한 뒤 부드럽게 저절로 닫혔다.

아랍인 학생은 긴 여름밤을 한때 인공 부화장이었던 자신의 헛간 계단에 홀로 앉아 담배를 피우고 무릎 위 책에 얹어놓은 노트에 글을 쓰면서 보냈다. 라헬은 이 헛간에 그를 들이고, 철제 침대 틀과 오래된 매트리스, 학교 책상과 의자, 전기 핫플레이트를 마련해주고, 아델이 채소와 치즈, 달걀과 우유를 넣어둘 수 있도록 작은 냉장고도 놓아주었다. 아델은 밤 열 시나 열 시 반까지 계단에 앉아 있었다. 노란 전깃불 아래 드러난 그의 짙은 빛깔 머리 근처에는 톱밥이 떠다니는 채운이 덮였고, 젊은 남자의 땀 냄새가 목공용 접착제의 날카롭고 흥분되는 냄새와 섞였다.

때때로 그는 해가 진 뒤 땅거미 속에서 혹은 달빛 아래서 혼자 그곳에 앉아 하모니카를 불었다.

"저 녀석 또 저기에 앉아 동양의 비탄으로 영혼을 쏟아내는군." 노인은 베란다에서 투덜거리곤 했다. "아마도 저들이 절대 포기하지 않을 우리 땅을 열망하는 노래일 거야."

아델은 대여섯 개의 곡조만 알았지만 그 곡조들을 되풀이해 연주하는 것에 결코 싫증을 내지 않았다. 때로는 연주를 멈추고 헛간 한쪽에 등을 기댄 채 깊은 생각에 잠기거나 꾸벅꾸벅 졸면서 계단 꼭대기에 꼼짝 않고 앉아 있었다. 열한 시경이면 일어나서 헛간 안으로 들어갔다. 라헬과 그녀의 아버지가 침대맡 전능을 끄고 잠든 뒤에도 아델의 침대 위 불빛은 켜져 있었다.

"새벽 두 시에 땅 파는 소리가 다시 시작됐어." 노인이 말했다. "그래서 침대에서 일어나 그 아랍인 녀석 방에 불이 아직 켜져 있는지 확인하러 갔다. 불빛은 없었지. 아마도 불을 끄고 잠을 청했던 게지. 하지만 틀림없이 우리 집 밑의 땅을 파러 왔었을 거야."

아델은 음식을 스스로 만들어 먹었다. 검은 빵에 얇게 자른 토마토와 올리브, 오이, 양파, 고추를 넣고, 소금기 있는 치즈나 정어리, 삶은 달걀, 마늘과 토마토 소스를 넣어 익힌 호박이나 가지를 곁들이고, 그을음투성이의 양철 주전자에 그가 좋아하는 음료를 끓여 마셨다. 세이지 잎과 정향 또는 장미 꽃잎을 띄운 뜨거운 꿀물이었다.

때로 라헬이 베란다에서 그를 지켜보았는데, 그는 늘 같은 계단에 앉아 등을 헛간 한쪽에 기대고 무릎에 노트를 올려놓은 채 글을 쓰고, 쉬고, 생각하고, 몇 단어 더 쓰고, 그런 다음 다시 쉬고, 생각하고, 한두 줄 쓰고, 일어나서 안뜰 여기저기를 천천히 걷고, 스프링클러를 끄고, 고양이 먹이를 주고, 혹은 비둘기들을 위해 수수 한 줌을 흩뿌렸다(그는 안뜰 후미진 곳에 비둘기장도 설치해놓았다). 그런 다음 다시 계단에 앉아 가슴을 찢는 듯하고 구슬픈, 길게 이어지는 선율 대여섯 곡조를 하모니카로 차례로 연주한 다음 셔츠 자락으로 하모니카를 꼼꼼히 닦은 뒤 가슴 주머니에 집어넣었다. 그러고는 다시 노트로 몸을 숙이는 것이었다.

라헬 프랑코 역시 일주일에 서너 번, 그해 여름에는 거의 매일 저녁 글을 썼다. 그녀와 그녀의 늙은 아버지는 서로를 마주보고 베란다에, 꽃무늬 방수포가 덮인 탁자 양쪽에 앉았다. 노인은 이야기하고 또 이야기했으며, 라헬은 입술을 자주 오물

거리며 아버지의 기억을 써내려갔다.

11

"이츠하크 타벤킨." 페사크 케뎀이 말했다. "너는 타벤킨에 대해 나에게 아무것도 묻지 않는 게 좋을 거다."(그녀는 묻지 않았다.)

"노인이 되자 타벤킨은 하시디즘(1750년경 폴란드에서 일어난 유대교 신비주의의 한 종파) 랍비로 위장하기로 결심했어. 턱수염을 무릎까지 기르고 종교적 판정을 공포하기 시작했어. 하지만 난 그 사람에 대해 한 마디도 하고 싶지 않다. 좋은 말이든 나쁜 말이든 말이야. 그 사람은 상당한 광신자였어. 내 말을 믿어라. 교조주의자이기도 했고 말이야. 잔인하고 압제적인 사람이었지. 심지어 당시 그 사람은 자기 아내와 아이들까지 학대했어. 하지만 나에게 그 사람이 뭐냐? 나는 그 사람에 대해 말할 게 아무것도 없다. 나를 고문하고 싶다면 그래도 좋아. 너는 내가 타벤킨에 대해 나쁜 말을 하도록 만들지 못할 거다. 좋은 말도 마찬가지고. 그러니 부디 다음과 같이 적어봐라. 페사크 케뎀은 1952년 그와 타벤킨 사이에 일어난 대분열 사건 전체에 대해 전적으로 침묵을 지키기로 결심한다. 적었나? 한 글자 한 글자? 적었으면 이 말도 덧붙여라. 윤리적 관점에서 포알레이 시온(1906년 폴타바에서 조직된 시온주의 마르크스주의 정당)은 하포엘 하차이르(1905년 팔레스타인에서 조직된 사회주의 시온주의 제1정당)보다 적어도 두세 단계 아래다. 아니다. 이 말은 지워라. 그 대신에 이렇게 적어라. 페사크 케뎀은 포알레이 시온과 하포엘 하차이르 사이의 논쟁에 연루될 그 어떤 이유도 알지 못한다. 그 논쟁은 완전히 끝났다. 그들 둘 다 틀렸음을 역사가 증명했다. 광신자나 교조주의자가 아닌 사람들에게 그 논쟁에서 그들이 얼마나 잘못되었는지, 그리고 내가 얼마나 옳았는지를 증명했다. 나는 정중히 그리고 전적인 객관성을 가지고 이렇게 언명한다. 그들 둘이 틀렸을 때 나는 옳았다. 아니, '틀렸을 때'는 지우고 '도를 넘었을 때'라고 써라. 그리고 그들이 나에게 사실무근의 비난과 온갖 허튼소리를 퍼부었을 때 그들은 도를 넘음에 부정不正을 더했다. 그러나 역사는, 객관적 사실은 살아 있어 그들이 어떻게 나를 중상모략했는지 명명백백하게 증명했다. 최악의 범죄자는 어쩔 도리가 없는 동료 그리고 아무짝에도 쓸모없는 동료 타벤킨의 앞잡이였다. 완전히 종지부가 찍혔다. 그러나 젊었을 때는 내가 그들 둘을 좋아한 적이 있었다. 심지어 때때로 타벤킨을 좋아했다. 그가 랍비가 되기 전에 말이다. 그들도 어느 정도는 나를 좋아했다. 우리는 우리 자신을, 전 세계를 향상시키기를 꿈꾸었다. 우리는 언덕과 골짜기들을 사랑했고, 심지어 황무지조차 어느 정도는 사랑했다. 어디까지 했지, 라헬? 우리가 어떻게 이 대목에 다다랐지? 전에는 무슨 이야기를 하고 있었지?"

"제 생각엔 타벤킨의 턱수염 이야기였던 것 같아요."

그녀가 유리잔에 코카콜라를 따랐다. 그가 최근에 무척이나 좋아해 차와 레모네이드를 대체하게 된 음료였다. 그는 그 음료를 '코카코카'라고 부르기를 고집했고, 그의 딸은 이에 대해 아무런 말도 하지 않았다(그는 포알레이 시온과 하포엘 하차이르라는 두 정당의 이름도, 그리고 그 자신의 이름조차 뚜렷한 이디시어 악센트로 발음했다). 그는 코카콜라의 거품이 모두 가라앉을 때까지 잠시 놓아두었다가 유리잔을 들어 갈라진 입술에 갖다 댔다.

"네 그 학생은 어떠냐?" 노인이 불쑥 물었다. "어떻게 생각하느냐? 그 녀석은 반유대주의자다, 안 그러냐?"

"왜 그런 말을 하세요? 그 애가 아버지에게 무슨 짓을 했다고요?"

"그 녀석은 아무 짓도 하지 않았다. 그저 그 녀석은 우리를 좋아하지 않는다. 그게 다야. 왜 하필 그 녀석이냐?"

잠시 후 그가 덧붙였다.

"나 자신도 우리를 별로 좋아하지 않는다. 이유는 없지만."

"페사크, 진정해요. 아델은 여기에 살며 우리를 위해 일해요. 그뿐이에요. 그 아이는 자기 하숙비를 내기 위해 일해요."

"틀렸다!" 노인이 으르렁거렸다. "그 녀석은 우리를 위해 일하는 게 아니야. 우리 대신 일하는 거다! 그래서 밤에 집 밑의 땅을, 집의 토대나 지하실을 파는 거야."

그런 다음 덧붙여 말했다.

"이 말을 지워라. 이것에 대해서는 아무것도 쓰지 마. 그 아랍 녀석에 대해 말한 것도, 타벤킨에 대해 말한 것도 말이다. 말이 나온 김에 하는 말이지만, 말년에 타벤킨은 갑자기 망령이 들었지."

그가 덧붙였다.

"심지어 이름조차 가짜였어. 그 바보는 타벤킨이라는 이름에 홀딱 반했지. 타-벤-킨. 세 개의 프롤레타리아 망치가 타격을 가하는 거지! 샬-리아-핀처럼! 불-가-닌 원수元帥(소련의 정치가. 볼셰비키에 입당하고 비상위원회와 국민경제최고회의에서 활동했으며 모스크바 시 소비에트 의장, 러시아공화국 인민위원회 의장 등을 지냈다)처럼! 사실 그의 진짜 이름은 토이벤킨드, 이첼레 토이벤킨드, 이첼레 피존선Pigeonson이야! 그러나 그 귀여운 비둘기 새끼는 몰로토프(러시아의 정치가·외교관. 1920년대에 스탈린의 충실한 지지자로서 국내와 당내 위기를 잘 극복했다)가 되길 원했지! 스탈린이 되길 원했지! 히브리의 레닌이 되길 원했지! 아니, 나는 그에게 신경 쓰지 않을 거다. 좋은 말이든 나쁜 말이든 그에 대해 한 마디도 하지 않을 거야. 단 한 마디도. 아비가일, 적어. 페사크 케뎀은 타벤킨 문제에 대해 전적으로 침묵한다. 고개를 끄덕이는 것은 윙크나 마찬가지다."

날벌레, 나방, 모기, 장님거미들이 베란다 불빛 주변으로 모여들었다. 멀리서, 언덕 쪽에서, 과수원과 포도밭 쪽에서 자칼이 절망적으로 울부짖었다. 그리고 반대 방향에서는, 희미한 노란 불이 밝혀진 헛간 앞에서는 아델이 계단에서 천천히 일어나 몸을 쭉 편 뒤 헝겊으로 하모니카를 닦고, 밤의 창공을 좁은 가슴속으로 모두 들이마시려는 듯 심호흡을 몇 번 했다. 그런 다음 안으로 들어갔다. 귀뚜라미, 개구리 그리고 스프링클러가 멀리서 들려오는 자칼의 울음소리에 응답이라도 하듯 쨱쨱 울었고, 가까운 어딘가에서, 어두운 와디(사막 지방의 개울)에서 들리는 자칼들의 합창이 그 뒤를 이었다.

"시간이 늦었어요." 라헬이 말했다. "이제 이야기는 그만하고 안으로 들어가야 할 것 같은데요?"

"그 녀석이 우리 집 밑을 파고 있어." 그녀의 아버지가 말했다. "그 녀석이 우리를 좋아하지 않기 때문이지. 그 녀석이 왜 그래야 하지? 무엇을 위해? 우리의 악행, 잔인함, 오만함 때문에? 아니면 우리의 위선 때문에?"

"누가 우리를 좋아하지 않아요?"

"그 녀석. 그 이교도."

"아빠, 그만하면 됐어요. 그 아이에게도 이름이 있어요. 그러니 이름으로 부르세요. 아빠가 그 아이에 대해 이야기할 때면 마지막 반유대주의자는 절대로 안 될 사람처럼 보여요."

"마지막 반유대주의자는 아직 태어나지도 않았다. 앞으로도 태어나지 않을 거고."

"이제 가서 자요, 페사크."

"나도 그 녀석이 마음에 들지 않는다. 조금도 마음에 들지 않아. 그들이 우리에게 그리고 그들 자신에게 한 모든 일이 마음에 들지 않아. 그들이 우리에게 하고 싶어 하는 일도 마음에 들지 않는다. 그리고 그 녀석이 우리를 바라보는 방식도 마음에 들지 않아. 그 갈망하는, 희롱하는 눈길이 마음에 들지 않아. 그 녀석은 갈망하는 눈빛으로 너를 바라보지. 나는 경멸하는 눈빛으로 바라보고."

"안녕히 주무세요. 저는 그만 자러 갈래요."

"내가 그 녀석을 마음에 들어 하지 않아도 그게 뭐 어떻단 말이냐? 어쨌든 사람들은 아무도 서로를 좋아하지 않아."

"안녕히 주무세요. 주무시기 전에 약 드시는 거 잊지 말고요."

"한때는, 오래전에는, 이 모든 일이 있기 전에는 사람들이 서로를 조금은 좋아했지. 물론 모든 사람이 그랬던 것은 아니고, 많이도 아니고, 항상도 아니었지. 그저 여기저기서 조금 그랬어. 하지만 요즘은 어떠냐? 지금은 어때? 지금은 마음들이 모두 죽었어. 끝장났다고."

"모기가 있어요, 아빠. 문 좀 닫아야겠어요."

"왜 마음들이 모두 죽었지? 혹시 너 아냐? 응?"

12

 새벽 두 시에서 두 시 삼십 분 사이에 두드리고, 부수고, 땅을 파는 소리에 다시 잠이 깬 노인은 침대에서 빠져나와(그는 늘 긴 내의를 입고 잠을 잤다) 미리 꺼내놓은 손전등과 선반에서 찾아놓은 쇠막대를 더듬거려 손에 쥐고는 눈먼 거지처럼 어둠 속에서 슬리퍼를 찾아 발을 더듬거렸다. 이윽고 슬리퍼 신기를 포기한 그는 맨발로 복도로 나와 떨리는 손으로 벽과 가구를 더듬거리고, 평소 하듯 머리를 직각으로 내밀었다. 마침내 그가 지하실 문을 찾아내 자기 쪽으로 끌어당겼다. 그러나 그 문은 당기는 것이 아니라 밀어서 열도록 만들어져 있었다. 쇠막대가 그의 손에서 미끄러져 둔중한 금속성 소리를 철커덩 내며 그의 발등으로 그리고 바닥으로 떨어졌다. 하지만 그 소리에도 라헬은 잠에서 깨지 않았고, 땅 파는 소리만 그쳤다.

노인은 손전등을 켠 뒤 신음소리를 내며 몸을 숙이고 쇠막대를 들어올렸다. 그의 굽힌 몸이 복도 벽에, 바닥에 그리고 부엌문에 서너 개의 일그러진 그림자를 드리웠다.

그는 팔 밑에 쇠막대를 낀 채 한 손에는 손전등을 들고 다른 손으로는 지하실 문을 당기며 몇 분 동안 서서 소리를 들으려고 애썼다. 그러나 침묵은 깊고 완전했으며, 매미와 개구리 울음소리만 침묵을 깨뜨릴 뿐이었다. 그는 다시 생각해본 다음 침대로 돌아가기로, 내일 밤 다시 시도해보기로 결심했다.

새벽이 되기 전 그는 다시 잠에서 깨어 침대에 일어나 앉았다. 그러나 손전등과 쇠막대에 손을 뻗지는 않았다. 이번에는 완벽한 정적이 밤을 가득 채우고 있었기 때문이다. 페사크 케뎀은 깊은 침묵에 주의 깊게 귀를 기울이며 잠시 동안 침대에 앉아 있었다. 매미 울음소리조차 그친 상태였다. 아주 미세한 산들바람만 묘지에 면한 사이프러스 꼭대기들을 휘저을 뿐이었다. 그러나 그가 듣기에는 너무나 흐릿한 소리였고, 그는 몸을 둥글게 웅크린 채 잠이 들어버렸다.

13

다음 날 아침 학교에 출근하기 전에 라헬은 노인의 바지를 빨랫줄에서 걷으려고 밖으로 나갔다. 아델이 제 얼굴에는 너무 작은 안경과 반 고흐 스타일의 밀짚모자를 쓰고 한쪽 볼에 보조개가 파이는 수줍은 미소를 띤 채 비둘기장 옆에서 그녀를 기다리고 있었다.

"라헬, 시간 좀 내주세요. 잠깐이면 돼요."

"잘 잤니, 아델. 오솔길 끄트머리의 깨진 포석 다듬는 거 잊지 마라. 누가 걸려서 넘어질라."

"알았어요, 라헬. 그런데 간밤에 무슨 일이 있었는지 좀 묻고 싶은데요."

"간밤에? 간밤에 무슨 일이 일어났느냐고?"

"아마도 당신은 알 것 같아서요. 간밤에 정원에서 일꾼들에게 일이라도 시키셨어요?"

"일을 해? 간밤에?"

"아무 소리도 못 들으셨어요? 새벽 두 시에요. 시끄러운 소음, 땅 파는 소리요. 잠을 굉장히 깊이 주무시나 봐요."

"어떤 종류의 소음인데?"

"땅 밑에서 나는 소음이었어요, 라헬."

"네가 꿈을 꾼 거겠지. 누가 한밤중에 네 방 밑에 와서 땅을 파겠니?"

"모르겠어요. 그냥 당신은 알 거라고 생각했어요."

"네가 꿈을 꾼 거야. 오늘 그 포석 고치는 거 꼭 기억해라.

페사크가 걸려서 넘어지기 전에."

"제 생각에는 아마도 당신 아버님이 밤에 여기저기 걸어다니시는 것 같아요. 혹시 주무시는 데 무슨 문제가 있는 거 아니에요? 그분이 잠에서 깨어나 삽을 들고 땅을 파는 게 아닐까요?"

"말도 안 되는 소리 하지 마, 아델. 아무도 땅을 파지 않아. 네가 꿈꾼 거야."

그녀는 빨랫줄에서 걷은 세탁물을 들고 뒤로 돌아 집 쪽으로 걸어갔다. 아델은 그녀가 멀어져가는 모습을 보며 잠시 동안 그대로 서 있었다. 그는 안경을 벗어 셔츠 자락으로 닦았다. 그런 다음 어색한 구둣발로 사이프러스 쪽으로 걸어가 라헬의 고양이 한 마리와 마주치자 고양이에게 몸을 구부리고 아랍어로 상냥하게 몇 마디를 했다. 이제 그들 둘이 새롭고 진지한 책임을 떠안아야만 하는 것처럼.

14

학기가 끝나가고 있었다. 여름은 점점 더 더워졌다. 푸르스름했던 파란 빛이 정오가 되면 눈부시게 하얀 섬광으로 변해 집들 위에 걸리고, 정원과 과수원, 뜨겁게 달아오른 붉은 양철

지붕 오두막을 짓누르고, 나무 겉창들을 닫히게 했다. 뜨겁고 건조한 바람이 언덕에서 불어왔다. 마을 주민들은 낮 동안에는 집 안에서 지내다가 땅거미가 질 때가 되어야 베란다와 테라스로 나왔다. 저녁은 뜨듯하고 눅눅했다. 라헬과 그녀의 아버지는 창문과 겉창을 열어놓고 잠을 잤다. 밤이면 멀리서 들려오는 개 짖는 소리가 와디 방향의 자칼 무리를 휘저어 비통한 울부짖음을 토해내게 했다. 언덕 너머 멀리서 총소리가 들렸다. 매미와 개구리 들의 합창이 밤을 무디고 단조로운 무게로 가득 채웠다. 아델은 한밤중에 밖으로 나와 스프링클러를 껐다. 열기가 그의 잠을 깨운 것이다. 그는 계단에 앉아 어둠 속에서 담배 몇 개비를 피웠다.

때때로 라헬은 아버지에게, 집과 농가 마당에, 울적한 마을에, 지루해하는 학교 아이들과 까다로운 아버지 사이에서 소모되는 자신의 삶의 방식에 무척 화가 나고 초조했다. 그녀는 앞으로 얼마나 오래 여기에 들러붙어 있을 것인가? 그녀는 언젠가 일어나서 떠날 수 있을 것이다. 아버지를 돌봐줄 간병인을 고용하고, 아랍인 학생에게 농가 마당과 집을 돌보아달라고 부탁하면 될 것이다. 어쩌면 대학으로 돌아가 계몽시대 그리고 이츠하르와 카하나 카르몬의 글쓰기에 드러난 계시에 관한 논문을 마칠 수도 있을 것이다. 오래된 우정 관계들을 일신하고, 여행을 하고, 브뤼셀로 오스나트를 보러 가고, 미국으로 아파트를 보러 갈 수도 있을 것이다. 그녀의 삶을 개조할 수 있을 것이다. 때때로 그녀는 아버지가 낙상, 감전, 가스 중독 등 가정 내 사고의 희생자가 되지 않을까 하는 공상에 사로잡힌 자신을 깨닫고 놀랐다.

라헬 프랑코와 한때 국회의원이었던 페사크 케뎀은 매일 저녁 베란다에 나와 앉았다. 그들은 전선을 길게 연결해 베란다에 선풍기를 갖다놓았다. 라헬은 채점을 하느라 바빴고, 노인은 잡지나 팸플릿의 페이지를 넘겼다. 페이지를 앞뒤로 뒤적거리며 투덜거리고, 으르렁거리고, 성마르고 어리석은 사람들에게 욕을 하고 저주를 퍼부었다. 혹은 자기혐오에 빠져 자신을 잔인한 폭군이라 부르고, 수의사 미키에게 용서를 빌겠다고 결심하기도 했다. 내가 왜 그를 무시했지? 내가 왜 지난주에 그를 집 밖으로 내쫓다시피 했지? 결국 그는 자기 일을 성실하게 했을 뿐인데. 나 역시 당 기관원이 되는 대신 수의사가 될 수도 있었는데. 만약 그랬다면 세상에 뭔가 좋은 일을 할 수도 있었을 텐데. 이따금 이 세상 고통의 총량을 줄일 수도 있었을 텐데.

때때로 노인은 혼자만의 비밀스러운 삶을 부여받기라도 한 듯 입을 벌리고 쌕쌕 숨을 쉬면서, 흰 콧수염을 흔들면서 꾸벅꾸벅 졸았다. 채점이 끝나면 라헬은 갈색 노트를 집어들고 다수파와 B 그룹 사이에서 노인이 비장하게 승급한 자세한 이야기나 대분열 기간 동안 그의 위치가 어땠는가 하는 것에 대한 설명, 그가 얼마나 옳았고 가짜 예언자들이 얼마나 틀렸는가 하는 주장, 양 진영이 그의 말에 귀를 기울이기만 했다면 상황이 얼마나 다르게 흘러갔을지 등에 대한 이야기를 적어내려갔다.

그들은 밤에 들리는 땅 파는 소리에 대해서는 논의하지 않았다. 노인은 사악한 범인을 현장에서 붙잡기로 마음을 정했고, 라헬은 아버지와 아델이 한 이야기에 나름대로 설명을 갖다 붙였다. 아버지는 반쯤 귀가 먹어서 자기 머릿속에서 나는 소음을 들은 것이고, 아델은 불안정하고 조금 신경과민인 젊은이라 상상의 나래를 지나치게 펼친 거라는. 멀리서, 이웃한 다른 땅에서 나는 소리가 새벽 이른 시간에 들려왔을 수도 있어. 라헬은 생각했다. 어쩌면 근처 농가 사람들이 암소 젖을 짜는 동안 착유기의 소음이 쇠문이 열리고 닫히는 소리와 만나 숨막힐 듯 답답한 이 여름밤에 땅을 파는 듯한 소리를 냈을 수도 있다. 아니면 그들 둘 다 집 밑을 흐르는 오래되고 낡아빠진 배수로에서 나는 소리를 들었을 수도 있다.

어느 날 아침 아델이 라헬의 침실에서 다림질을 하고 있는데 노인이 갑자기 돌진하는 황소처럼 머리를 앞으로 내밀고 덤벼들더니 그를 심문하기 시작했다.

"그래, 네가 학생이냐, 응? 그렇다면 무슨 공부를 하는 학생이냐?"

"예술을 공부합니다."

"예술? 그래? 정확히 무슨 예술이냐? 허튼소리 하는 예술이냐? 사기 치는 예술이냐? 혹시 마술 아니냐? 네가 정말로 예술을 공부하는 학생이라면, 그렇다면 나에게 말해봐라. 너는 여기서 뭘 하고 있는 게냐? 왜 대학에 다니지 않는 거야?"

"대학은 휴학 중이에요. 이곳 사람들에 관한 책을 한 권 쓰려고요."

"우리에 대한?"

"네, 당신들에 대한 그리고 우리에 대한 책이요. 서로에 대한 비교요."

"비교. 어떤 종류의 비교? 우리가 도둑이고 너희들은 도둑질을 당했다는 것을 밝혀내는 비교? 우리의 추한 얼굴을 폭로하기 위한 비교?"

"추하지 않아요. 정확히 말하면 불행한 것에 더 가깝죠."

"그럼 너희들의 얼굴은 어떤데? 너희들의 얼굴도 불행하냐? 너희들이 그렇게 잘났어? 비난을 넘어설 만큼? 그렇게 성스럽고 순수해?"

"우리도 불행하죠."

"그러면 둘 사이에는 차이점이 없냐? 만약 그렇다면 너는 왜 여기 앉아서 비교하는 책을 쓰려는 거지?"

"차이점이 좀 있죠."

"이를테면 어떤 거냐?"

아델은 다림질하던 블라우스를 솜씨 좋게 개서 침대 위에 조심스럽게 올려놓고, 다림판 위에 다른 옷을 올렸다. 그리고 병에 든 물을 조금 뿌린 다음 다리기 시작했다.

"우리의 불행은 부분적으로는 우리의 잘못이고 부분적으로는 당신들의 잘못이에요. 하지만 당신들의 불행은 당신들의 영혼으로부터 왔죠."

"우리들의 영혼?"

"아니면 당신들의 마음으로부터 왔든가요. 이해하기 힘들죠. 그건 당신들로부터 와요. 내면으로부터요. 불행이 말이에요. 그건 당신들의 깊은 내면으로부터 와요."

"나에게 말해줘, 아델 동지. 언제부터 아랍인들이 하모니카를 연주했지?"

"친구 하나가 제게 가르쳐줬어요. 러시아 친구요. 그리고 어떤 소녀가 선물로 하모니카를 줬고요."

"그런데 왜 너는 항상 슬픈 곡조를 연주하지? 여기에 있는 게 슬프고 괴로워?"

"그건 이를테면 이런 거예요. 하모니카는 무슨 곡을 연주하든 멀리서 들으면 항상 슬픈 소리로 들려요. 당신도 마찬가지예요. 멀리서 당신을 보면 슬퍼 보여요."

"가까이서는?"

"가까이서 보면 좀 화난 사람처럼 보여요. 그런데 지금은, 부디 저를 용서하세요. 다림질을 끝냈으니 이제 비둘기들에게 먹이를 줘야 해요."

"아델 씨."

"네?"

"제발 말해보게나. 자네 왜 밤에 지하실 밑을 파는 겐가? 자네 맞지, 안 그런가? 거기서 뭘 찾아내려고 그러나?"

"아, 당신도 밤에 그 소리를 들으셨나요? 어떻게 라헬은 그 소리를 못 듣죠? 라헬은 못 들었대요. 그런 소리가 난다는 걸 믿지도 않고요. 라헬이 당신 말도 안 믿던가요?"

15

라헬은 밤에 일어나는 아버지의 환청도 아델의 꿈도 믿지 않았다. 그들은 아마도 이웃 농장에서 젖 짜는 소리나 언덕 비탈의 농지에서 군인들이 야간 작업 하는 소리를 들었을 테고, 그 소리를 상상 속에서 땅 파는 소리로 해석한 것이리라. 그녀는 그렇게 생각하긴 했지만 그 소리를 자기 귀로 들어보려고 하룻밤 정도 깨어 있기로 결심했다.

그러는 동안 학기 마지막 날이 다가왔다. 고학년 아이들은 시험을 보기 위해 열심히 복습하느라 바빴고, 저학년 아이들은 공부 분위기가 흐트러졌다. 많은 아이들이 학교에 지각을 했고, 몇몇 아이들은 여러 가지 이유를 대며 결석했다. 수업에 참여하는 학생 수가 적었고, 분위기도 들떠 있었다. 그녀는 지루하게 마지막 수업을 했다. 몇 번인가는 십오 분 정도 수업을 일찍 끝내고 학생들을 운동장으로 내보냈다. 한두 번은 특별히 학생들이 제안한 주제에 관해 자유 토론을 하게 해주었다.

토요일이면 마을의 좁은 길들이 방문객들의 자동차로 꽉 찼다. 울타리와 닫힌 출입구들 사이에 자동차들이 주차되었다. 염가 상품을 찾아다니는 군중은 집에서 만든 치즈를 파는 노점, 조미료 상점, 포도주 상점으로, 인도 가구와 미얀마 방글라데시에서 들여온 장식품을 파는 농가 마당으로, 동양의 러그와 카펫을 파는 상점으로, 그리고 화랑으로 몰려들었다. 그들 덕분에, 몇몇 농가가 여전히 송아지를 키우고 병아리를 부화시키고 온실에서 화초를 키우고, 포도 덩굴과 과일나무들이 여전히 언덕의 비탈을 덮고 있긴 했지만, 마을에서 농업이 차지하는 위상은 점점 낮아졌다.

라헬이 학교에 가느라 힘차게 길을 내려갔다가 다시 돌아오는데, 사람들이 그녀를 보며 늙은 전직 국회의원과 아랍 젊은이와 함께 사는 그녀의 이상한 삶에 대해 궁금해했다. 물론 다른 농가들도 타이 사람, 루마니아 사람, 아랍 사람, 중국 사람 등 일꾼들을 고용했다. 그러나 라헬 프랑코의 집에서는 아무것도 재배하지 않았고, 장식품이나 수공예품도 만들지 않았다. 그런 그녀에게 왜 일꾼이 필요하단 말인가? 그것도 지식인이? 대학에 다니던 학생이? 그 아랍 일꾼과 체커 게임을 했다는 수의사 미키가 그 일꾼은 대학생이라고 말하지 않았던가? 아니면 책벌레인가?

어떤 사람은 이렇게 말하고, 다른 사람은 저렇게 말했다. 수의사 미키는 그 아랍인 청년이 그녀의 속옷을 다림질하고 개는 모습을 자기 눈으로 직접 보았다고, 그 청년이 마당에 그녀의 옷을 내다 널 뿐만 아니라, 마치 가족처럼 집 안을 마음대로 돌아다니더라고 했다. 노인은 그 아랍인 청년에게 노동운동의 분열에 대해 이야기했고, 아랍인 청년은 고양이들과 수다를 떨고, 지붕을 고치고, 매일 저녁 하모니카를 연주했다.

마을 사람들은 쉰 살 생일에 심장마비로 죽은 대니 프랑코에 대해 정다운 기억을 갖고 있었다. 땅딸막한 체격에 어깨가 넓고 다리는 젓가락 같았던 그는 인정 많은 남자였다. 그는 사람들을 다정하게 대했고, 그런 자신을 창피해하지 않았다. 죽던 날 아침, 그는 농장의 송아지 한 마리가 죽어가고 있다는 이유로 눈물을 흘렸다. 혹은 고양이가 새끼 두 마리를 사산했다는 이유로. 한낮에 그의 심장이 멎었고, 그는 비료 창고 밖에 벌렁 나자빠졌다. 라헬이 아무런 이유도 없이 다른 진로에 내던져진 군인처럼 놀라고 격분한 표정으로 거기에 누워 있는 그를 발견했다. 처음에 라헬은 그가 왜 대낮부터 창고 옆 땅바닥에 드러누워 잠을 자고 있는지 이해하지 못하고 그에게 소리쳤다. 대니, 대체 무슨 일이에요! 아이처럼 행동하지 말고 어서 일어나요. 부축해 일으키려고 그의 손을 붙잡았을 때에야 그녀는 그의 두 손이 차갑다는 것을 알았다. 그녀는 그에게 몸을 숙여 인공호흡을 했다. 그의 양 뺨을 찰싹찰싹 때리기까지 했다. 그런 다음 집 안으로 뛰어들어가 마을 병원에 전화를 걸어 길리 스타이너 박사를 바꿔달라고 했다. 라헬의 목소리는 거의 떨리다시피 했고, 눈은 건조했다. 그녀는 아무 이유 없이 그의 얼굴을 찰싹 때린 것을 후회했다.

16

덥고 습기 찬 저녁이었다. 정원의 나무들은 축축한 수증기에 싸여 있었다. 별들조차 마치 더러운 솜 안에 잠겨 있는 듯 보였다. 라헬 프랑코는 늙은 아버지와 함께 베란다에 앉아 텔아비브의 아파트 거주자들에 관한 이스라엘 소설을 읽고 있었다. 노인은 멜빵으로 고정한 헐렁한 카키색 바지 차림에 검은

색 군인 베레모를 이마까지 내리고 평소에 그러듯 화가 잔뜩 난 큰 목소리로 불만을 늘어놓으며 〈하레츠〉(이스라엘의 일간지)의 부록 페이지를 넘겼다. "비열한 놈들!" 그가 중얼거렸다. "이놈들은 정말로 운이 없어. 어머니 배 속에서부터 버림받아 뼛속까지 철저하게 외롭지. 아무도 그들을 견뎌낼 수 없어. 더 이상 아무도 다른 사람을 견뎌낼 수 없어. 모든 사람은 다른 모든 사람에게 이방인이야. 심지어 하늘의 별들조차 서로에게 이질적이지."

그들로부터 30야드 떨어진 곳에서는 아델이 헛간 앞 계단에 앉아 담배를 피우며 용수철이 헐거워진 전지가위를 조용히 수리하고 있었다. 베란다 난간에는 고양이 두 마리가 희미한 숨소리를 내며 누워 있었다. 안개 낀 깊은 밤으로부터 스프링클러의 칙칙거리는 소리와 귀뚜라미의 긴 울음소리가 들려왔다. 이따금 밤새가 찢어질 듯 날카로운 소리를 냈다. 멀리 농가의 마당에서는 개들이 때로 슬프게 잦아드는 소리로 짖어댔고, 언덕 비탈에 있는 과수원에서 들려오는 외로운 자칼의 울음소리, 가슴을 찢는 듯한 울부짖음이 이따금씩 그 소리에 화답했다. 라헬이 책에서 눈을 들고 아버지에게라기보다는 자기 자신에게 하듯 말했다.

"내가 도대체 여기서 뭘 하고 있는지 때때로 나 자신에게 질문해요."

"물론 그렇겠지." 노인이 말했다. "내가 너에게 짐이 된다는 걸 나도 안다."

"아버지에 대해 말하는 게 아니에요. 나 자신의 삶에 대해 말하는 거예요. 왜 모든 걸 아버지에게로 결부시켜요?"

"그러니 제발 시집을 가거라." 노인이 킬킬 웃으며 말했다. "가서 새 인생을 찾아. 나는 저 아랍 녀석과 함께 여기에 살면서 정원과 집을 돌볼 거다. 그게 무너질 때까지 말이다. 그게 우리 위로 무너져내릴 때가 얼마 남지 않았을 거야."

"무너진다고요? 뭐가 무너져요?"

"집 말이다. 그자들이 집 밑의 땅을 파고 있잖아."

"땅을 파는 사람은 아무도 없어요. 아버지가 밤중에 잠에서 깨어나지 않도록 귀마개 좀 사드려야겠네요."

아델이 전지가위를 내려놓고 담배를 비벼 끈 뒤, 하모니카를 꺼내 어떤 곡조를 연주해야 할지 결정하기 힘든 것처럼 몇 개의 곡조를 망설이듯 연주했다. 혹은 과수원 방향에서 들려오는 자칼의 절망적인 울부짖음을 흉내 내는 것처럼. 자칼은 어둠 속에서 정말로 응답하는 것 같았다. 비행기 한 대가 날개에서 불빛을 내면서 마을 위를 높이 날아갔다. 숨 막힐 듯한 공기는 축축하고 뜨듯하고 빽빽했다. 거의 고체 같았다.

"아름다운 곡조로구나." 노인이 말했다. "가슴을 찢는 소리야. 사람들 사이에 무상의 애정이 아직 존재하던 시절을 연상시키는구나. 오늘날 저런 곡조를 연주하는 건 아무런 의미가 없어. 그런 사람들은 시대에 뒤진 사람이다. 이제는 아무도 그런 것에 관심을 갖지 않으니 말이야. 그런 건 전부 끝났어. 우리의 마음은 막혀버렸다. 모든 감정이 죽어버렸어. 이기적인 동기가 있을 때를 제외하고는 아무도 다른 사람을 돌아보지 않는다. 이제는 무엇이 남았을까? 우리의 파괴된 마음을 연상시키는 저 침울한 곡조만 남았겠지.”

라헬이 유리잔 세 개에 레몬 스쿼시를 따랐다. 그리고 베란다로 와서 자기들과 합류하라고 아델을 불렀다. 노인이 레몬 스쿼시 말고 코카콜라를 마시겠다고 했다. 그러나 계속 고집을 부리지는 않았다. 아델이 어린 소년의 안경이 매달린 줄을 목에 건 채 이쪽으로 건너와 돌로 된 난간 한쪽에 앉았다. 라헬은 그에게 자기들을 위해 연주해달라고 청했다. 아델은 잠시 망설이더니 갈망과 슬픔이 가득한 러시아 곡조를 연주했다. 하이파 대학에 다니는 그의 친구들이 이 러시아 곡조를 그에게 가르쳐주었다. 노인은 투덜거림을 멈추고 음악소리가 나는 쪽으로 귀를 더 가까이 가져가려는 듯 거북이 같은 목을 직각으로 길게 뺐다. 그러더니 한숨을 쉬고는 말했다.

“오, 집어치워라. 너무 딱하잖아.”

그러나 뭐가 딱한지 성가시게 설명하지는 않았다.

열한 시 십 분에 라헬이 좀 피곤하다고 말하고는 아델에게 다음 날 할 일에 대해, 나뭇가지를 톱으로 잘라내는 일이나 벤치에 페인트를 칠하는 일에 대해 질문했다. 아델은 부드러운 목소리로 대답하고는 두세 가지 질문을 했다. 라헬이 그 질문에 대답했다. 노인은 신문을 접었다. 두 겹, 네 겹, 여덟 겹으로. 신문이 조그만 사각형이 될 때까지. 라헬은 일어나서 과일과 비스킷이 담긴 쟁반을 집어들었다. 그러나 유리잔과 물병은 남겨두었다. 그녀는 너무 늦게 잠자리에 들지 말라고 아버지에게 말하고, 갈 때 불을 끄라고 아델에게 당부했다. 그런 다음 두 사람에게 잘 자라고 인사하고, 잠자는 고양이 한 쌍을 넘어 집 안으로 들어갔다. 노인이 몇 번 고개를 끄덕이고는 뭐라고 구시렁거리며 라헬을 따라가더니, 아델을 바라본다기보다는 허공을 바라보며 말했다.

"그래, 맞아. 저 아이에게는 변화가 필요해. 우리가 저 애를 너무 녹초로 만들고 있어."

17

라헬은 침실로 들어갔다. 천장의 불을 켜고, 침대 옆 램프도 켰다. 그녀는 열린 창문 앞에 잠시 서 있었다. 밤공기가 뜨듯하고 갑갑했다. 별들은 안개 덩어리에 감싸여 있었다. 귀뚜라미들이 목청을 한껏 높여 울어댔다. 스프링클러는 물을 뿜어내고 있었다. 그녀는 농가 마당에서 개들이 짖는 소리에 화답하는 언덕 위 자칼의 울음소리에 귀를 기울였다. 그녀는 창문을 닫지 않고 창문에서 등을 돌린 채 옷을 벗고, 몸을 긁고, 옷을 마저 벗고, 자잘한 꽃무늬가 프린트된 짧은 면 잠옷을 입었다. 그녀는 물 한 잔을 따른 뒤 조금 마셨다. 그녀는 화장실에 갔다. 화장실에서 돌아와서는 다시 창가에 잠시 동안 서 있었다. 베란다에서 노인이 화를 내며 아델에게 말하는 소리와 아델이 부드러운 목소리로 짧게 대답하는 소리가 들렸다. 그러나 그들이 무슨 말을 하는지는 알아들을 수 없었다. 노인이 젊은이에게 뭘 원하는지, 그리고 무엇이 저 젊은이를 여기에 붙들어두는지 궁금했다.

그녀의 귓가에서 모기들이 앵앵거렸다. 나방 한 마리가 술 취한 듯 그녀의 침대맡 램프 전구에 부딪히며, 램프 주변을 돌며 춤을 추었다. 그녀는 갑자기 낙담했고, 목표 없이 아무렇게나 흘려보낸 나날들이 슬프다는 느낌이 들었다. 학기가 끝나가고, 이제 여름방학이 시작될 터였다. 그리고 끝나가는 이 해와 다르지 않은 한 해가 또 시작될 것이다. 또 채점을 하고, 또 직원회의를 하고, 또 수의사 미키를 만날 것이다.

라헬은 선풍기를 켜고 침대 시트 밑으로 들어갔다. 그러나 이제는 피곤하지 않았다. 피곤하기는커녕 정신이 바짝 들었다. 그녀는 침대 옆 탁자 위에 놓인 물병의 물을 조금 더 따르고 마시고, 끊임없이 몸을 뒤척이고, 다리 사이에 베개를 끼고, 다시 몸을 뒤척였다. 희미한 소리, 거의 들리지 않는 삐걱대는 소리에 그녀는 일어나 앉아 침대맡 램프를 켰다. 이제 귀뚜라미 소리, 개구리 소리, 스프링클러 소리 그리고 멀리서 들려오는 개 짖는 소리 말고는 아무 소리도 들리지 않았다. 그녀는 다시 불을 끄고, 침대 시트를 밀어내고, 침대에 등을 대고 똑바로 드러누웠다. 그러자 삐걱거리는 소리가 또다시 시작되었다. 바닥의 타일을 손톱으로 긁는 듯한 소리였다.

라헬은 불을 켜고 침대 밖으로 나갔다. 그녀는 겉창을 확인했다. 그러나 겉창은 열려 있었고 단단히 고정되어 있었다. 소음이 거기서 나는 게 아닌가 싶어 커튼도 확인하고, 화장실 문도 확인했다. 그러나 거기서는 아무런 소리도 나지 않았다. 희미한 소리조차 나지 않았다. 그녀는 잠시 의자에 앉아 있었지만 아무 소리도 들리지 않았다. 그런데 그녀가 다시 침대로 들어가자마자, 침대 시트로 몸을 감싸고 불을 끄자마자 갉아대는 듯한 소리가 다시 시작되었다. 방에 쥐가 있나? 그것은 상상하기 힘든 일이었다. 이 집에는 고양이들이 우글거리니까. 이제 그녀는 누군가가 그녀의 침대 밑 바닥을 날카로운 도구로 긁고 있다는 느낌을 받았다. 그녀는 얼어붙은 채 잘 들어보려고 애써 숨을 죽였다. 희미한 노크 소리 혹은 가볍게 두드리는 소리에 긁는 소리가 멈추었다. 그녀는 침대맡 램프를 다시 켠 뒤 손과 무릎을 바닥에 대고 몸을 웅크린 채 침대 밑을 들여다보았다. 먼지 덩어리 몇 개와 종잇조각 하나 말고는 아무것도 없었다. 라헬은 침대로 돌아가지 않고 천장의 불까지 켠 뒤 눈을 부릅뜬 채 방 한가운데에 서 있었다. 이제는 불을 켰는데도 갉아대고 긁어대는 소리가 들렸다. 그녀는 누군가가, 아마도 아델이나 더 그럴듯하게는 그녀의 끔찍한 아버지가 그녀의 방 창밖에서 몸을 구부린 채 일부러 벽을 긁고 가볍게 두드리는 거라고 확신했다. 그들 중 사리분별이 온전한 사람은 아무도 없었다. 그녀는 옷장 옆 선반에서 손전등을 꺼내 들고 밖으로 나가 집 뒤쪽을 둘러볼 채비를 했다. 아니면 지하실로 내려가 봐야 할까?

하지만 일단 베란다로 나가 그들 중 누가 거기에 앉아 있는지 살펴보았다. 그러면 누구를 의심해야 할지 알 수 있을 테니까. 그러나 베란다는 어둠에 잠겨 있었고 노인의 방 창문도 깜깜했다. 아델의 헛간도 마찬가지였다. 라헬은 잠옷 차림에 샌들을 신고 집 측면을 둘러보고, 집을 지탱하는 기둥들 사이에 구부정하게 서서 바닥 밑의 공간을 손전등으로 비춰보았다. 손전등은 먼지투성이의 거미줄을 비추었고, 놀란 벌레들이 어둠 속으로 허둥지둥 달아났다. 그녀는 몸을 일으킨 뒤 깊은 밤의 고요함에 둘러싸인 채 서 있었다. 그녀의 집 마당을 묘지로부터 구분 지으며 줄지어 선 사이프러스들을 휘젓는 것은 아무것도 없었다. 희미한 산들바람의 기미도 전혀 없었다. 귀뚜라미와 개들조차 잠시 침묵에 빠졌다. 어둠은 짙고 숨막혔으며, 모든 것 위에 열기가 무겁게 덮여 있었다. 라헬 프랑코는 몸을 떨면서 그곳에, 흐릿한 별들 밑 어둠 속에 혼자 서 있었다.

길을 잃다

1

나는 어제 엘다드 루빈의 미망인 바티아 루빈에게서 걸려온 전화를 받았다. 그녀는 에둘러 말하지 않았다. 전화받은 사람이 부동산 중개업자 요시 새슨이냐고 곧장 물었다. 내가 "말씀하십시오, 부인" 하고 대답하자 그녀는 "우리가 이야기를 나눌 때가 된 것 같네요"라고 말했다.

나는 오랫동안 개척자 공원 뒤 타르파트 거리 1929번지에 있는 루빈 씨의 집, 우리가 '폐허'라고 부르는 그 집을 예의 주시하고 있었다. 그 집은 마을이 생긴 지 얼마 되지 않았을 때 지은, 한 세기도 더 된 고옥古屋이었다. 그 집 양쪽에 서 있던 다른 고옥들, 윌렌스키 가옥과 쉬무엘리 가옥은 파괴되었고 그 자리에 여러 층짜리 저택들이 들어섰다. 그 저택들은 잘 가꾸어진 정원에 둘러싸여 있으며, 그중 한 곳에는 관상용 연못,

인공 폭포, 금붕어와 분수까지 갖춰져 있다. '폐허'는 하얀 이들 사이에 있는 검은 충치처럼 그 저택들 사이에 서 있었다. 그 집은 옆으로 늘인 온갖 종류의 부속건물과 증축된 부분이 있는 크고 균형 잡히지 못한 집으로, 사암으로 지었으며 회반죽 칠이 거의 벗어져 있었다. 그 집은 수줍어하는 모습으로 세상에 등을 돌린 채 길에서 물러나 있었고, 너저분한 마당에는 엉겅퀴와 녹슨 고물이 가득했다. 마당 한가운데에는 부식된 수동식 펌프가 달린 폐쇄된 우물이 있었다. 겉창들은 늘 닫혀 있었고, 정문에서 집까지 이어진 포장된 오솔길에는 메꽃, 프로소피스(콩과 식물), 개밀이 웃자라 있었다. 집 측면의 빨랫줄에 간혹 블라우스 몇 벌과 속옷 나부랭이가 널려 있는 모습만이 그곳에 사람이 살고 있다는 유일한 표시였다.

여러 해 동안 이곳 텔일란에는 홀로코스트에 관한 긴 소설을 쓴 유명한 작가이자 휠체어를 타고 다니던 환자 엘다드 루빈이 살았다. 그는 1950년대에 파리에서 몇 년 공부한 것을 제외하고는 평생을 텔일란에서 보냈다. 그는 타르파트 거리에 있는 이 고옥에서 태어났고 여기서 자신의 모든 책을 썼으며, 약 십 년 전 쉰아홉의 나이로 세상을 떠난 곳도 이곳이다. 그가 세상을 떠난 뒤로 나는 줄곧 그 집을 사서 허물고 개축하고 싶었다. 엘다드 루빈의 책을 읽어보려고 한두 번 시도하기도 했지만 그 책들은 내 취향이 아니었다. 내용이 몹시 무겁고 우울했고, 진행이 몹시 느렸으며, 등장인물들이 몹시 비열했다. 내가 보통 읽는 것은 신문의 경제면, 정치서적 그리고 스릴러였다.

'폐허'에는 여자 둘, 즉 작가의 아흔다섯 살 된 어머니 로사와 육십대인 작가의 미망인이 살았다. 그때까지 그들은 얼마를 제시하든 그 집을 팔지 않으려 했다. 나는 그들에게 몇 번 전화를 걸었고, 그때마다 미망인 바티아가 전화를 받았다. 나는 마을 전체의 자랑인, 지금은 고인이 된 작가의 책들에 감탄을 표하는 것으로 이야기를 시작했고, 집을 매만져 봐야 아무 의미가 없다고 함으로써 그 부동산의 초라한 조건에 대해 약간 암시한 뒤 미래에 대해 토론해보자는 공손한 부탁으로 통화를 끝냈다. 바티아 루빈과의 대화는 변함없이 똑같은 결론으로 끝났다. 내 관심은 고맙게 생각하지만 이 문제는 현재로서는 논의할 때가 아니라는, 내가 가서 집을 둘러보고 그들을 만나봐야 의미가 없을 거라는 이야기였다.

어제 그녀가 자진해서 전화를 걸어와 "우리가 이야기를 나눌 때가 된 것 같네요"라고 말하기 전까지는 말이다. 나는 매매 희망자들을 그녀에게 데려가지 않고 내가 직접 그 집을 사기로 즉시 마음을 정했다. 그 집을 사서 허물고는 그 집을 사는 데 지불한 금액보다 더 큰 이익을 얻어낼 작정이었다. 나는 어릴 때 그 집에 한 번 가본 적이 있었다. 간호사였던 내 어머니가 작가 엘다드 루빈에게 주사를 놓으러 가면서 나를 데려갔다. 그때 나는 아홉 살인가 열 살이었다. 오리엔탈 스타일의 가구들이 놓여 있던 널찍한 중앙 거실이 기억난다. 그 거실에는 많은 문이 나 있었고, 지하실로 통하는 계단도 보였다. 가구들은 육중하고 어두운 빛깔이었다. 벽들 중 두 면은 바닥부터 천장까지 서가로 덮여 있었고, 다른 벽에는 지도들이 여러 가지 색 압정으로 고정되어 있었다. 탁자 위 화병에는 엉겅퀴 한 다발이 꽂혀 있었고, 금도금한 바늘이 달린 대형 괘종시계가 똑딱거리며 박자를 맞추었다.

작가는 타탄 체크 무늬 러그를 무릎에 덮고 커다란 머리에 갈기 같은 잿빛 머리칼을 드리운 채 휠체어에 앉아 있었다. 마치 목이 없는 것처럼 넓적한 붉은 얼굴이 어깨에 푹 파묻혀 있던 모습도 기억난다. 귀는 넓적했고, 숱이 많은 눈썹도 잿빛으로 세어가고 있었다. 귀와 콧구멍에도 잿빛 털이 비어져 나와 있었다. 그에게는 겨울잠을 자는 곰을 연상케 하는 뭔가가 있었다. 내 어머니와 그의 어머니가 그를 휠체어에서 소파로 옮겼는데, 그는 투덜거리고 으르렁거리고 벗어나려고 몸부림을 치면서 그들의 손을 전혀 거들어주지 않았다. 하지만 그의 근육은 너무 연약했고 그들이 그보다 힘이 셌다. 그의 어머니 로사가 그의 부풀어오른 엉덩이가 드러날 때까지 바지를 끌어내렸고, 내 어머니가 몸을 숙여 그의 허연 넓적다리 윗부분에 주사를 놓았다. 나중에 그는 내 어머니와 농담을 했다. 그가 뭐라고 농담을 했는지는 기억나지 않는다. 그 말이 별로 우습지 않았다는 것만 기억한다. 그러고 나서 그의 아내 바티아가 들어왔다. 그녀는 머리를 한데 모아 조그맣게 쪽을 진 야위고 신경과민인 여자였다. 그녀가 내 어머니에게 차 한 잔을 권했고, 나에게는 금이 간 것처럼 보이는 컵에다 단맛 나는 블랙커런트 주스를 주었다. 어머니와 나는 마을에서 이미 '폐허'라고 불리던 그 집 거실에 십오 분가량 앉아 있었다. 그 집에 내 상상력을 자극하는 뭔가가 있었다는 것을 나는 기억한다. 아마도 중앙 거실에는 그곳을 둘러싼 방들로 곧장 통하는 문 대여섯 개가 나 있었을 것이다. 그 집은 우리 마을에 있던 대부분의 집들과는 다른 방식으로 지어져 있었다. 나는 그런 건축양식을 아랍 마을들에서만 보았다. 내가 알기로 그 작가는 홀로코스트에 관한 책들을 썼는데도 전혀 우울하거나 슬퍼 보이지 않고, 억지스러운 소년 같은 유쾌함을 풍겼다. 그는 무기력한 방식이긴 했지만 우리에게 일화들을 이야기해주고, 말장난을 해 스스로 즐거워하려고 노력했다. 나는 그 단 한 번의 만남에서 매력적인 남자가 아니라, 모든 것을 안전하게 지키려고 무척 노력하고 가능하면 유쾌하게 살다 가려고 했던 남자만을 기억한다.

2

 저녁 여섯 시에 나는 책상에서 일어나 마을 주변을 산책하러 갔다. 몸이 피곤했고, 눈은 긴 하루 동안 사무실에서 일하느라, 일 년마다 하는 소득세 신고 서류를 작성하느라 아치 모양이 되어 있었다. 나는 삼십 분에서 한 시간 정도 산책을 하고, 차이모비츠의 식당에서 가볍게 요기를 하고, 그런 다음엔 다시 일을 하러 돌아올 작정이었다. 오늘 밤까지 일을 마쳐야 했다. 너무 피곤해서 저녁의 불빛이 또렷하게 보이지 않고 흐리고 탁하게 보였다. 덥고 습기 많은 텔일란의 여름날이었다. 우물 거리 끄트머리에 사이프러스 울타리가 있었고, 그 뒤에는 배 과수원이 있었다. 사이프러스 뒤 서쪽 지평선 쪽으로 해가 지기 시작했다. 타는 듯 뜨거운 6월의 여름날, 해는 우리와의 사이에 쳐진 희끄무레한 장막 때문에 색이 바래 보였다. 나는 느리지도 빠르지도 않은 평균 보폭으로 걷고 있었다. 이따금 걸음을 멈추고 산란한 마음으로 앞쪽의 들판을 응시했다. 거리에는 서둘러 집에 돌아가는 사람 몇 명뿐이었다. 이 시간이면 마을 사람들 대부분이 운동복 셔츠에 반바지 차림으로 집 안이나 정원에 면한 뒷베란다에 앉아 차가운 레모네이드를 조금씩 마시고 석간 신문을 훑어보았다.

 길을 가던 중 행인 몇 명과 마주쳤다. 아브라함 레빈이 고개를 끄덕여 인사했고, 다른 사람 한두 명이 걸음을 멈추고 몇 마디를 주고받았다. 이 마을 사람들은 대부분 서로 잘 알았다. 어떤 사람들은 내가 마을의 집들을 사들여 주말 별장이나 휴가용 별장을 지으려는 외지 사람들에게 되파는 것을 괘씸하게 여기기도 했다. 머지않아 마을이 더 이상 마을이 아니라 여름 리조트로 변할 거라고 말이다. 새로 온 사람들이 마을을 부유하게 만들어주고, 잊혀졌던 곳에서 적어도 주말에는 생기가 돌고 북적거리는 장소로 변모시켜주었지만, 나이 든 주민들은 이런 변화를 탐탁지 않게 여겼다. 토요일마다 자동차들이 줄지어 마을에 도착했고, 자동차를 타고 온 사람들은 포도주 상점, 미술품 화랑, 극동 지방의 가구를 파는 상점, 치즈와 꿀과 올리브를 파는 노점들을 방문했다.

저녁의 땅거미 속에서 나는 창립자 거리에 있는 면사무소 앞 광장에 다다랐고, 내 발은 나를 건물 뒤의 버림받은 장소로, 아무도 오지 않게 된 뒤 정원이 흉하게 변해버린 음산한 장소로 이끌었다. 나는 그곳에 몇 분 동안 서서 내가 누구를, 무엇을 기다리는지도 알지 못한 채 마냥 기다렸다. 거기에는 먼지투성이의 작은 조각상 하나가 누런 잔디와 목마른 장미 화단에 둘러싸인 채 백 년 전 공격을 받고 죽은 마을의 창립자 다섯 명을 기리며 서 있었다. 면사무소 뒷문 옆에는 다음 주말에 예정돼 있는, 세 명의 음악가와 함께하는 잊히지 않을 저녁 시간을 광고하는 게시판이 있었다. 그 광고지 밑에는 선교사들이 만든, 이 세상은 성역으로 들어가기 위해 준비해야 하는 우울한 대기실일 뿐임을 선언하는 다른 광고지가 붙어 있었다. 나는 내가 성역에 대해 아무것도 모른다는 사실을, 그러나 이 대기실을 꽤 즐긴다는 사실을 숙고하며 몇 분 동안 그 광고지를 응시했다.

내가 광고지들을 쳐다보는 동안, 방금 전까지만 해도 보이지 않았던 여자 한 명이 조각상 옆에 나타났다. 그녀는 좀 이상해 보였고, 저녁의 불빛 속에서 심지어 조금 기괴하게 보이기까지 했다. 그녀는 면사무소 뒷문에서 나왔을까? 아니면 인접한 건물들 사이의 좁은 통로를 통해 나왔을까? 방금 전까지만 해도 나 혼자 있었는데 갑자기 이 낯선 여자가 어딘가에서 출현했다는 사실이 섬뜩하고 생소하게 느껴졌다. 그녀는 이곳 출신이 아니었다. 그녀는 호리호리한 몸으로 똑바로 서 있었다. 코는 매부리코에, 목은 짧고 단단했으며, 머리에는 버클과 브로치들이 뒤덮인 기묘한 노란 모자를 쓰고 있었다. 그녀는 도보 여행자들이 입는 카키색 옷을 입고 한쪽 어깨에 빨간 잡낭을 메고 있었다. 벨트에는 물병 하나가 매달려 있었고, 발에는 무거운 트레킹화를 신고 있었다. 한쪽 손에 지팡이를 들고 있었고, 다른 팔에는 6월에는 전혀 어울리지 않는 레인코트가 걸쳐져 있었다. 마치 도보 여행을 홍보하는 외국 광고에서 걸어나온 여자 같았다. 여기보다 더 시원한 다른 나라 말이다. 나는 그녀에게서 눈을 뗄 수 없었다.

그 낯선 여자도 고개를 돌려 날카로운 눈빛으로, 거의 적대적인 표정으로 나를 바라보았다. 그녀는 나를 멸시하듯, 아니면 나에게 아무런 희망이 없고 우리 둘 다 그 사실을 잘 알고 있다는 듯 오만하게 서 있었다. 그녀의 눈빛이 너무나 날카로워서 나는 눈길을 돌리고 창립자 거리와 면사무소 앞 방향으로 발길을 재촉하는 수밖에 선택의 여지가 없었다. 열 걸음쯤 걸은 뒤, 나는 뒤를 돌아보았다. 그녀는 그 자리에 없었다. 그곳의 땅이 열려 그녀를 삼켜버린 것 같았다. 불안해진 내 마음은 안정될 기미가 없었다. 나는 면사무소 주변을 걸은 뒤 뭔가가 잘못되었다는 끈질긴 느낌을 가진 채, 내가 해야만 하는 일, 심각하고 중요한 어떤 일이 있다는 느낌을 가진 채, 그 일을 하는 것이 내 의무인데 피하고 있다는 느낌을 가진 채 창립자 거리로 계속 걸어 올라갔다.

그렇게 미망인 바티아 루빈에게 그리고 아마 노부인 로사 루빈에게 곧장 이야기하기 위해 '폐허'로 걸어갔다. 결국 그들은 내 사무실로 연락을 해와 우리가 이야기를 나눌 때가 된 것 같다고 말하지 않았는가.

3

걷는 동안 나는 '폐허'를 허무는 것이 좀 애석한 일이라고 생각했다. 어쨌거나 그 집은 백 년도 더 전에 마을 창립자들이 처음 지은 집들 중 마지막으로 남은 집 가운데 한 채였다. 작가 엘다드 루빈의 할아버지는 게달리아 루빈이라는 이름의 부유한 농부였고, 텔일란에 정착한 최초의 사람들 중 하나였다. 그는 자신의 손으로 집을 지었고, 과수원과 포도밭을 성공적으로 일구었다. 그는 주먹이 단단하고 성마른 농부로 마을에 알려졌다. 그의 아내 마르타는 젊었을 때 므나세 지역에서 가장 예쁜 아가씨로 유명했다. 그러나 '폐허'는 너무 노후하고 황폐해서 돈을 들여 복구하고 개조해봐야 아무런 의미가 없었다. 나는 그 노부인과 미망인에게서 그 집을 사들이고 새 저택을 지어 되팔 생각을 여전히 하고 있었다. 이곳이 작가 엘다드 루빈의 집이었다고, 그가 홀로코스트의 공포에 대한 책들을 전부 여기서 썼다고 적은 기념판을 만들어 새 저택의 정면에 붙이는 것도 가능하리라. 어렸을 때 나는 그 공포가 아직도 작가의 집 안에서, 지하실이나 밀실 중 한 곳에서 계속되고 있다고 생각하곤 했다.

나는 버스 정거장 옆 작은 광장에서 면장 베니 아브니와 우연히 맞닥뜨렸다. 그는 수석 엔지니어와 네타냐에서 온 포장

도급업자와 함께 서서 오래된 포석을 교체하는 문제로 이야기를 나누고 있었다. 이런 해질녘에 그들이 그곳에 서서 담소를 나누는 모습에 나는 놀랐다. 베니 아브니가 내 어깨를 찰싹 때리고는 말했다.

"어떻게 지내나, 부동산 중개업자 선생?" 그런 다음 말했다. "어쩐지 걱정거리가 있어 보이는데, 요시." 그런 다음 다시 덧붙였다. "시간 되면 금요일 오후쯤 내 사무실에 잠깐 들르게나. 자네와 둘이서 이야기를 좀 나눠야 할 것 같아."

무엇에 대해 이야기를 나눠야 하는지 조금 떠보았지만 나는 그로부터 아주 작은 힌트도 얻어낼 수 없었다.

"오게나." 그가 말했다. "와서 나와 커피를 마시며 이야기를 하세나."

이 대화가 내 불안감을 가중시켰다. 내가 해야 하는 혹은 하기를 꺼리는 어떤 일이 나를 무겁게 짓누르고 내 사고력을 흐리게 했다. 하지만 그것이 무엇인지 생각해낼 수 없었다. 나는 '폐허'로 향했다. 곧장 그리로 가지는 않고, 학교와 학교 옆 소나무 대로를 거쳐 조금 돌아갔다. 면사무소 뒤의 외딴 정원에 나타났던 그 낯선 여자가 어떤 실마리를, 내가 유념하기를 거부한 극히 중요한 실마리를 주려고 했던 것은 아닐까 하는 생각이 갑자기 들었다. 나를 그토록 두렵게 한 것이 대체 무엇일까? 왜 나는 그녀에게서 도망친 걸까? 그런데 내가 정말로 도망친 걸까? 내가 뒤돌아보았을 때 그녀는 그 자리에 없었다. 마치 저녁의 땅거미 속으로 사라져버린 것처럼. 기묘한 여행 복장을 하고 한 손에 지팡이를 든, 다른 쪽 팔에는 레인코트를 걸친 야위고 꼿꼿한 여자. 마치 지금이 6월이 아니라는 듯. 그녀는 알프스 산맥의 도보 여행자처럼 나를 들여다보았다. 아마도 오스트리아 여자 같았다. 아니면 스위스 여자일까? 그녀는 나에게 무슨 말을 하려고 했던 걸까? 그리고 왜 나는 그녀에게서 도망쳐야 한다고 느꼈던 걸까? 나는 이 질문들의 답을 찾아내지 못했고, 베니 아브니가 나에게 하고 싶어 하는 말이 무엇인지도 몰랐고, 왜 그 문제를 버스 정거장 옆 작은 광장에서 만났을 때 간단하게 말하지 않고 그런 이상한 시간에, 금요일 오후에 자기 사무실로 와서 이야기하자고 했는지도 이해할 수 없었다.

갈색 포장지로 싸고 검은 끈으로 묶은 작은 꾸러미 하나가 타르파트 거리 끄트머리, 그늘진 벤치 위에 놓여 있었다. 나는 걸음을 멈추고 몸을 숙여 거기에 뭐라고 적혀 있는지 들여다보았다. 거기에는 아무것도 적혀 있지 않았다. 나는 꾸러미를 조심스레 들어올리고 이리저리 돌려보았다. 갈색 포장지는 매끈했고 특별한 표시 같은 것도 없었다. 나는 잠시 망설인 후에 꾸러미를 열어보지 않기로 결정했다. 하지만 그것을 발견했다는 것을 누군가에게 알려야 한다는 느낌이 들었다. 그런데 누구에게 말해야 할지 알지 못했다. 두 손으로 붙잡아 올린 그 꾸러미는 속에 돌이나 쇳덩어리라도 들어 있는지 생각보다 무거웠다. 책 꾸러미보다도 무거웠다. 그것이 내 의심을 자극했고, 그래서 나는 벤치 위에 꾸러미를 다시 살그머니 내려놓았다. 수상쩍은 꾸러미를 발견했다고 경찰에 신고해야 했다. 그러나 나는 잠깐 산책을 하러 나왔고, 사무실 일로 방해받고 싶지 않아서 휴대폰을 사무실 책상 위에 놓고 나온 터였다.

그러는 동안 마지막 햇빛이 천천히 사그라지고 있었고, 석양의 잔광만이 나 혹은 다른 사람들을 손짓해 부르며, 멀찍이 떨어지라고 경고하며 길바닥에서 희미하게 빛나고 있었다. 도로는 키 큰 사이프러스들과 건물들 앞마당을 둘러싼 울타리들이 드리운 짙은 그림자로 가득 차 있었다. 그림자들은 조용히 서 있지 않고, 잃어버린 뭔가를 몸을 굽혀 찾듯 앞뒤로 움직였다. 잠시 후 가로등에 불이 켜졌다. 그림자들은 후퇴하지 않고, 보이지 않는 손이 휘젓고 뒤섞는 듯 나무 꼭대기를 움직이는 가벼운 미풍에 섞여들었다.

나는 '폐허'의 깨진 철 대문 앞에서 걸음을 멈추었고, 협죽도 향기와 톡 쏘는 제라늄 냄새를 들이마시며 몇 분 동안 그대로 서 있었다. 창문에도 정원에도 불빛이 전혀 없고, 엉겅퀴 사이에서 귀뚜라미들이 우는 소리와 이웃 정원에서 개구리들이 우는 소리, 더 아래쪽에서 개들이 짖는 소리만 끈질기게 들려와서 그 집은 마치 비어 있는 듯했다. 나는 왜 전화를 걸어 약속을 잡지도 않고 무작정 여기에 왔을까? 밖이 이미 어두워진 지금, 만약 내가 문을 두드리면 두 여자는 깜짝 놀랄 것이 틀림없었다. 심지어 문을 열어주지도 않을지 모른다. 하지만 그들 두 사람은 외출했을 것이다. 창문에 불빛이 전혀 보이지 않으니까. 그래서 나는 일단 돌아가고 다음에 다시 오기로 했다. 그러나 마음의 결정을 아직 내리지 못하는 사이 나도 모르게 대문을 열었다. 대문은 불길하게 끼익 소리가 나며 열렸고, 나는 어두운 앞마당을 가로질러 현관문을 두 번 노크했다.

4

고故 엘다드 루빈의 딸, 스물다섯 살쯤 된 아가씨 야르데나가 문을 열어주었다. 그녀의 어머니와 할머니는 예루살렘에 가고 없었고, 그녀는 며칠 동안 혼자 지내며 텔일란 창립자들에 관한 세미나용 리포트를 쓰기 위해 하이파에서 돌아와 있었다. 나는 야르데나를 예전부터 알고 있었다. 그녀가 열두 살쯤 되었을 때 아버지 심부름으로 마을 지도를 얻기 위해 내 사무실에 온 적이 있었다. 그녀는 콩줄기처럼 날씬한 몸과 길고 가녀린 목, 그리고 세상에 일어나는 모든 일이 그녀를 놀라게 하고 수줍게 하고 당황하게 하는 듯 놀라움으로 가득한 섬세한 용모를 가진 수줍음 많은 금발 머리 소녀였다. 나는 그녀의 아버지, 그의 책들, 나라 곳곳에서 그를 찾아오는 방문객들에 대해 잠깐 이야기하면서 그녀의 마음을 끌어보려고 했었다. 그러나 그녀는 예 또는 아니요로만 대답했고, 한번은 "제가 어떻게 알겠어요?"라고 말했다. 그렇게 우리의 대화는 시작되기도 전에 끝났다. 나는 그녀의 아버지가 부탁한 마을 지도를 건네주었고, 그녀는 고맙다고 말한 뒤 나나 내 사무실이 놀랄 만하다고 여기는 듯 수줍음과 놀라움의 흔적을 남기고 떠났다. 그 후로 나는 빅토르 에즈라의 식료품점에서, 평의회 사무실에서 혹은 병원에서 그녀와 몇 번 맞닥뜨렸고, 그때마다 그녀는 오랜 친구처럼 나에게 미소를 지었지만 말은 거의 하지 않았다. 그녀는 우리 사이에 아직 하지 못한 어떤 대화가 있는 것처럼 늘 나에게 좌절감을 남겼다. 육칠 년 전 그녀는 병역에 소집되었고, 그 후 사람들은 그녀가 공부를 하러 하이파로 떠났다고 말했다.

지금 그녀가, 우아하고 섬세해 보이는 용모의 젊은 여인이 무늬 없는 면 원피스 차림에 머리칼을 헐렁하게 드리운 채 여고생처럼 하얀 양말과 샌들을 신고 겉창이 닫힌 이 집 출입구에, 내 앞에 서 있었다. 나는 눈을 내리깔고 그녀의 샌들만 보았다.

"당신 어머니가 나에게 전화를 했어요." 나는 말했다. "이 집의 미래에 관해 이야기를 좀 나누자고 나에게 청했어요."

그러자 야르데나는 어머니와 할머니가 며칠 일정으로 예루살렘에 가서 집에는 자기 혼자뿐이라고 말했다. 내가 이 집의 미래에 관해 그녀에게 이야기해봐야 소용없는데도 그녀는 나에게 안으로 들어오라고 했다. 나는 그녀에게 고맙다고 말하고 작별을 고하기로, 다음에 다시 찾아오기로 마음먹었다. 그런데 내 발이 그녀를 따라 저절로 집 안으로 들어가는 것이었다. 나는 어린 시절부터 기억하는 널찍한 방으로 들어갔다. 천장이 높은 그 방에는 옆에 있는 방들과 지하실로 이어지는 계단으로 통하는 문이 여러 개 나 있었다. 천장 가까이에 고정된 쇠 전등갓을 통과한 희미한 금색 불빛이 그 방을 비추고 있었다. 벽 두 곳에는 책이 꽂힌 서가들이 줄지어 놓여 있고, 동쪽 벽에는 커다란 지중해 지도가 걸려 있었다. 지도는 노랗게 변색하기 시작했고 가장자리가 해져 있었다. 방에는 낡고 빽빽한 뭔가의 냄새가, 바깥 공기를 쐬지 않은 사물들의 희미한 냄새가 떠돌았다. 어쩌면 그것은 냄새가 아니라, 등받이가 곧은 식탁 의자 여덟 개와 함께 놓인 진한 빛깔 식탁 위쪽 비스듬한 기둥 근처에서 희미하게 반짝이는 작은 먼지 덩어리들을 붙잡는 금색 불빛인지도 몰랐다.

야르데나가 낡은 연보랏빛 안락의자에 나를 앉게 하고는 무엇을 먹겠느냐고 물었다.

"일부러 그럴 필요는 없어요." 내가 말했다. "당신을 성가시게 하고 싶지 않아요. 잠깐 앉아서 몇 분만 쉬다가 돌아가고 다음에 다시 올게요. 당신 어머니와 할머니가 집에 계실 때요."

그러나 야르데나는 내가 뭔가를 마셔야만 한다고 고집을 부렸다.

"오늘은 날씨가 너무 덥고, 당신은 여기까지 걸어왔잖아요." 그녀가 말했다.

그녀가 방에서 나갈 때 나는 하얀 양말과 소녀 같은 샌들을 신은 그녀의 긴 다리를 보았다. 그녀가 입은 진한 파란색 원피스가 그녀의 무릎 근처에서 살랑거렸다. 집 안에는 깊은 적막이 감돌았다. 마치 집이 이미 팔려서 영원히 비어버린 것처럼. 구식 벽시계가 소파 위에서 똑딱거렸고, 바깥 멀리서는 개 한 마리가 짖어댔다. 그러나 사방에서 집을 에워싸고 있는 사이프러스들의 꼭대기를 휘젓는 미풍은 더 이상 불지 않았다. 동쪽 창문에 보름달이 보였다. 달 표면의 얼룩이 평소보다 더 어둡게 보였다.

야르데나가 돌아왔을 때 나는 그녀가 샌들과 양말을 벗고 맨발인 것을 알았다. 그녀는 검은색 유리 쟁반에 유리잔 하나와 차가운 물이 담긴 병 하나, 대추야자와 자두와 체리가 담긴 접시를 받쳐 들고 있었다. 물병에는 차가운 물방울이 맺혀 있었고, 유리잔에는 가느다란 파란색 줄이 둘려 있었다. 그녀는 내 앞에 쟁반을 내려놓고 몸을 숙여 유리잔의 파란색 줄이 있는 데까지 물을 채웠다. 그녀가 몸을 숙였을 때 그녀의 젖무덤과 젖무덤 사이의 골짜기가 힐끗 보였다. 그녀의 젖무덤은 작고 단단했으며, 잠시 동안 나는 그것이 그녀가 나에게 대접한 과일처럼 보인다고 생각했다. 나는 물을 대여섯 모금 마셨고 손가락으로 과일을 만졌다. 자두 역시 씻느라 그랬는지 작은 물방울들이 맺혀 있어서 맛있고 유혹적으로 보였지만 집어들지는 않았다. 나는 그녀의 아버지를 기억한다고, 그리고 어렸을 때 이 방에 왔던 기억이 난다고, 방이 거의 변하지 않았다고 야르데나에게 말했다. 야르데나는 자기 아버지는 이 집을 사랑했고, 여기서 태어나고 자랐으며, 자신의 책들을 전부 여기서 썼다고, 그러나 그녀의 어머니는 이곳을 떠나 도시에 가서 살고 싶어 한다고 말했다. 야르데나는 침묵이 그들을 짓누르는 것 같다고 생각했다. 그녀의 할머니는 다른 곳에서 지낼 곳을 찾게 될 것이고, 이 집은 팔릴 터였다. 그것은 그녀의 어머니가 할 일이었다. 만약 어머니가 그녀의 의견을 묻는다면, 그녀는 할머니가 살아 계신 한 집 파는 것을 연기해야 한다고 말할 것이다. 그러나 다른 한편으로는 어머니의 관점을 이해해야 할 것이다. 학교 생물 선생이라는 직업에서 이미 은퇴했는데 그녀가 왜 여기에 계속 머물러야 하는가? 그녀는 늙은 시어머니와 함께 여기서 온종일 단둘이 지내야 하고, 시어머니는 말귀가 점점 어두워지고 있었다.

"집을 좀 살펴보시겠어요? 제가 구경시켜드릴까요? 방이 아주 많아요. 이 집은 아무런 이유도 까닭도 없이 지어졌거든요." 야르데나가 말했다. "건축가가 너무 들뜬 나머지 방이든 통로든 마음 내키는 대로 마구 지은 것처럼요. 사실 건축가도 아니었어요. 제 증조할아버지가 집의 주요 부분을 지으셨고, 몇 년마다 새로운 부속건물을 추가로 지으셨고, 그런 다음에는 할아버지가 참여해 더 증축을 하고 더 많은 방을 지으셨지요."

나는 자리에서 일어나 그녀를 따라 어둠 속으로 이어진 문들 중 하나를 통과했고, 언덕과 시냇물을 찍은 옛날 사진들이 걸려 있는 돌 깔린 통로에 있는 나 자신을 발견했다. 내 눈이 그녀의 맨발에 고정되었다. 그녀의 맨발은 마치 춤을 추는 것처럼 내 앞에서 포석들 위를 민첩하게 움직였다. 그 통로에는 여러 개의 문이 이어져 있었고, 야르데나는 자신이 이 집에서 자랐지만 아직도 미로 속에 있는 것처럼 느껴진다고, 어렸을 때 이후로 한 번도 발을 들인 적이 없는 공간들도 있다고 말했다. 그녀가 문 하나를 열었고, 우리는 희미한 전구 하나만 켜진 통로를 구불거리며 어둠 속으로 다섯 발짝을 걸어 내려갔다. 거기에도 오래된 책들이 가득 꽂혀 있고 화석과 조개 수집

품이 진열돼 있는, 앞면이 유리로 된 장식장이 있었다. 야르데나가 말했다.

"제 아버지는 이른 아침에 여기에 앉아 계시는 걸 좋아했어요. 창문이 하나도 없는 닫힌 공간에 매력을 느끼셨거든요."

나는 나 역시 닫힌 공간에 끌린다고, 그런 공간에 있으면 한여름에도 겨울의 기운을 조금 느끼게 된다고 대답했다.

"그렇다면." 야르데나가 말했다. "제가 제대로 된 곳으로 당신을 데려왔네요."

5

그 통로에는 삐걱거리는 소리가 나는 문 하나가 작은 방으로 연결되어 있었다. 닳아빠진 소파, 갈색 안락의자, 그리고 구부러진 다리가 달린 갈색 커피 탁자로 소박하게 장식한 방이었다. 벽에는 텔일란을 찍은 커다란 회색 사진이 걸려 있었다. 여러 해 전에 마을 한가운데에 있는 저수탑 꼭대기에서 찍은 사진 같았다. 그 옆에는 액자에 끼운 증명서가 보였지만, 조명이 매우 약해서 뭐라고 적혀 있는지 읽을 수는 없었다. 야르데나가 여기에 잠깐 앉자고 제안했고, 나는 반대하지 않았다. 나는 닳아빠진 소파에 앉고, 야르데나는 나를 마주하고 안락의자에 앉았다. 그녀가 다리를 꼬고는 원피스 자락을 아래로 끌어당겼다. 그러나 무릎을 가리기에는 원피스가 너무 짧았다. 그녀는 지금까지 우리가 본 것은 집의 일부분일 뿐이라고 말했다. 그녀가 덧붙여 말했다. 왼쪽 문으로 나가면 우리가 집 구경을 처음 시작한 거실로 돌아가게 돼요. 오른쪽 문은 부엌으로 통하고요. 부엌에서 식료품 저장실이나 복도로 갈 수도 있어요. 복도는 많은 침실과 연결되고요. 다른 부속건물에는 침실이 더 많이 있어요. 지난 오십 년 동안 아무도 잠을 잔 적이 없는 침실도 있죠. 그녀의 증조할아버지는 때때로 먼 곳에서 그의 과수원과 정원을 보러 온 방문객들을 집에 묵었다 가도록 했다. 그녀의 할아버지는 방문 강사와 연주자들을 집에 묵도록 했다. 나는 그녀의 원피스 자락 밑으로 드러난 둥근 무릎을 주의 깊게 관찰했다. 야르데나도 자기 무릎을 내려다보았다. 나는 서둘러 다른 데로 눈길을 돌려 그녀의 얼굴을 보았다. 그녀는 희미하고 막연한 미소를 띠고 있었다.

나는 왜 나에게 집 구경을 시켜주었느냐고 그녀에게 물었다. 그러자 그녀가 놀란 표정으로 대답했다.

"당신이 이 집을 사고 싶어 한다고 생각했어요."

그러잖아도 이 집을 사서 무너뜨리고 싶다고 말하려던 참이었다. 오랫동안 집을 둘러봐야 아무 의미 없으니까. 그러나 다시 한 번 생각해보고 입을 다물었다. 나는 말했다.

"여자분 둘만 살기에는 너무 큰 집이네요."

야르데나가 어머니와 할머니는 뒤쪽 정원이 내다보이는 집의 다른 부분에서 살고 있고, 자기 역시 여기에 지내러 온 이후 잠을 자는 작은 방을 하나 갖고 있다고 말했다.

"이제 다시 둘러볼 준비 되었죠? 너무 피곤하진 않죠? 방들이 아직도 아주 많아요. 당신이 여기에 왔으니 나도 그 방들을 구경할 기회를 갖고 싶어요. 혼자 가보는 건 무서울 것 같아요. 하지만 우리 둘이서 함께 가면 무섭지 않을 거예요, 그렇죠?"

나에게 피곤하진 않으냐고, 우리 둘이서 함께 가면 무섭지 않을 거라고 말했을 때 그녀의 목소리에는 도발의 기미가, 거의 빈정거리는 기미가 어려 있었다. 우리는 오른쪽 문을 통해 넓은 구식 부엌으로 들어갔다. 크기가 각기 다른 프라이팬 여러 개가 한쪽 벽에 걸려 있었고, 한쪽 구석 전체가 오래된 화덕과 붉은 벽돌 난로에 점령되어 있었다. 천장에는 마늘 다발과 줄줄이 엮어 말린 과일들이 늘어져 있었다. 거칠게 다듬은 짙은 색깔의 탁자 위에는 여러 가지 도구와 노트, 갈아놓은 양념들이 든 단지, 정어리 통조림, 먼지가 내려앉은 기름병, 커다란 칼, 오래된 견과류, 다양한 종류의 스프레드, 조미료 들이 흩어져 있었다. 벽에 걸려 있는, 삽화가 들어간 달력은 몇 년 된 것이 틀림없었다.

"제 아버지는 겨울이면 여기, 뜨거운 화덕 옆에 앉아 노트에 뭔가 적기를 좋아하셨어요." 야르데나가 말했다. "이제 엄마와 할머니는 그분들이 사시는 부속건물에 있는 작은 부엌을 사용해요. 그래서 이 부엌은 실제로 사용하지는 않아요."

그녀는 나에게 배고프지 않으냐고 묻고는 나를 위해 간식을 만들어주겠다고 제안했다. 사실 나는 조금 배가 고팠고, 아보카도를 바르고 양파를 얹고 맨 위에 소금을 뿌린 빵을 기쁜 마음으로 먹을 참이었다. 그러나 부엌이 너무 삭막하게 보였고, 내 호기심이 앞으로, 집 안 깊숙한 곳으로, 미로의 중심으로 나를 몰아댔다.

"아니요, 괜찮아요. 다음에 먹도록 하지요." 내가 말했다. "얼른 더 가서 또 뭐가 있는지 보도록 해요."

내 마음속 깊은 곳을 간파하고 명예롭지 못한 뭔가를 발견한 것처럼 그녀의 눈 속에 다시 한 번 냉소적인 조롱의 기미가 보였다.

"이쪽으로 오세요." 그녀가 말했다.

우리는 왼쪽에서 오른쪽으로 비스듬히 구불구불 이어진 좁은 통로로 들어갔다. 야르데나가 희미한 조명을 켰다. 나는 머릿속이 몽롱했고, 돌아가는 길을 찾을 수 있을지 확신하지 못했다. 야르데나는 나를 이 집의 내부로 더 깊숙이 안내하는 일을 즐기는 것 같았다. 그녀의 맨발은 차가운 포석 위에서 여전히 민첩하게 움직였고, 길고 호리호리한 몸은 그녀가 떠도는 대로 춤을 추었다. 그 통로에는 접힌 텐트, 폴대, 고무 매트, 로프, 그을음투성이의 파라핀 램프 한 쌍 등 다양한 캠핑 장비가 있었다. 마치 누군가가 길을 떠나 산에서 혼자 지내려고 준비를 한 것 같았다. 습기와 먼지 냄새가 두꺼운 벽들 사이에 걸려 있었다. 내가 여덟 살인가 아홉 살 때 온도계를 망가뜨렸다는 이유로 아버지가 나를 정원의 공구실에 한두 시간 정도 가둔 적이 있었다. 추위와 어둠의 손가락들이 나를 더듬거리는 가운데 공구실 한구석에 태아처럼 움츠리고 있었던 나를 지금도 기억한다.

굽이진 통로에는 우리가 통과해온 문 외에 닫힌 문 세 개가 있었다. 야르데나가 그 문들 중 하나를 가리키며 지하실로 연결된 문이라고 말하고는 밑으로 내려가 둘러보고 싶으냐고 물었다.

"당신, 지하실이 무서운 건 아니죠, 그렇죠?"

"네, 무섭지 않아요. 하지만 당신이 괜찮다면 이번에는 지하실은 보지 않고 넘어갔으면 해요."

그러나 나는 한 번 더 생각을 하고는 말했다.

"안 될 거 뭐 있겠어요? 지하실도 둘러봐야죠."

야르데나가 통로 벽에 걸린 손전등을 집어들고는 맨발로 문을 밀어 열었다. 나는 그녀를 따라갔고, 희부연 어둠 속에서 신나게 희롱거리는 그림자들을 보며 열네 걸음을 세었다. 지하실의 공기는 으스스하고 축축했고, 야르데나의 손전등이 어두운 벽에 짙은 그림자를 만들었다.

"여기가 우리 지하실이에요." 야르데나가 말했다. "여기가 집 안에 두지 못하는 모든 것을 보관하는 곳이에요. 아버지는 오늘처럼 더운 날이면 여기 내려와 열을 식히곤 하셨죠. 할아버지는 날씨가 정말로 더울 때 통들과 포장 상자들에 둘러싸인 채 여기서 주무셨고요. 당신, 밀실공포증 환자는 아니죠, 그렇죠? 당신, 어둠이 무서워요? 나는 아니에요. 오히려 그 반대예요. 어렸을 때부터 나는 닫혀 있고 어두운 곳을 찾아서 숨곤 했어요. 만약 당신이 이 집을 정말 사게 된다면 급격한 변화는 주지 않도록 당신 고객들을 설득해보세요. 적어도 우리 할머니가 살아 계신 동안에는요."

"변화요? 아마 새 주인들은 집에 변화를 주려고 하지 않을 겁니다. 아마도 그들은 집을 부수고 그 자리에 현대식 별장을 지으려고 할 거예요." (내가 이 집을 허물 계획이라는 말을 하지 못하도록 뭔가가 나를 막았다.)

"돈만 있으면." 야르데나가 말했다. "내가 이 집을 살 거예요. 그런 다음 집을 폐쇄할 거예요. 여기 와서 살지는 않을 거예요. 이 집을 사서 폐쇄한 다음 그대로 놓아둘 거예요. 그게 바로 내가 하고 싶은 일이에요."

눈이 점차로 어둠에 익숙해지자 지하실 벽 선반에 통조림과 단지들, 오이 피클과 올리브와 잼 등 다양한 종류의 저장식품들, 그리고 내가 분간할 수 없는 여러 식료품이 줄지어 놓여 있는 것이 보였다. 이 집에서 긴 포위 공격을 견뎌낼 수 있도록 준비해놓은 것 같았다. 바닥에는 자루와 상자 더미가 잔뜩 놓여 있었다. 내 오른쪽에는 아마도 포도주가 들어 있는 듯한 밀봉된 통 서너 개가 있었다. 확실하게 알 수는 없었지만. 한쪽 구석에는 바닥부터 거의 천장까지 책들이 차곡차곡 쌓여 있었다. 야르데나의 말에 따르면, 그녀의 증조할아버지 게달리아 루빈은 이 집을 짓기도 전에 흙을 파서 이 지하실을 만들었다고 했다. 지하실은 집 토대의 일부였고, 집이 올려지기 전 초창기에 그의 가족들이 여기에 살았다고. 조금 전 그녀가 나에게 말해준 바에 따르면, 이 집은 한꺼번에 지은 집이 아니었다. 각 세대가 부속건물과 별채를 덧붙여가면서 여러 해에 걸쳐 지었다. 그래서 아무 계획 없이 지은 것처럼 보이는지도 몰랐다. 이 집은 이렇게 혼란스러워요. 야르데나는 그 혼란스러움이 자기에게는 이 집의 비밀스러운 매력 중 하나라고 말했다. 여기서는 길을 잃을 수도 있고, 숨을 수도 있고, 자포자기한 순간에 혼자 있을 조용한 구석을 늘 찾아낼 수도 있어요.

"혼자 있는 거 좋아하세요?" 그녀가 물었다.

나는 놀랐다. 이렇게 거대하고 사방으로 뻗어 있는 집에서,

겨우 두 노부인이 사는, 때때로 두 노부인과 맨발의 여학생이 사는 집에서 어떻게 혼자 있을 조용한 구석을 필요로 할 수 있는지 상상할 수 없었다. 그래도 나는 지하실 안에 있는 것이 기분 좋았다. 지하실의 차가운 어둠이 면사무소 뒤 버려진 정원에 나타났다가 바람처럼 사라져버린 여자 여행자의 기묘한 모습과 베니 아브니의 야릇한 초대, 그리고 내가 벤치에서 발견하고 누군가에게 알려야 했지만 잊어버린 무거운 짐 꾸러미를 내 마음속에 떠올려주었기 때문이다.

나는 지하실에서 곧장 정원으로 통하는 길이 있느냐고 야르데나에게 물었다. 그러나 그녀는 여기서 나가는 길은 딱 두 개, 우리가 여기로 들어올 때 지나온 길과 거실로 곧장 올라가는 계단이 있다고 말했다. 돌아가고 싶으냐고? 나는 그렇다고 대답했다. 그러나 즉시 후회했다. 그리고 말했다. 사실은 그렇지 않다고, 돌아가고 싶지 않다고. 야르데나가 내 손을 붙잡더니 나를 포장 상자 위에 앉혔다. 그런 다음 자신도 내 맞은편에 다리를 꼬고 앉았더니 무릎 위의 원피스 자락을 반반하게 다듬었다.

"지금." 그녀가 말했다. "당신과 나는 어디에도 서둘러 갈 필요가 없어요, 안 그래요? 당신이 이 집을 사면 이 집에 정말 어떤 일이 일어날지 나에게 말 좀 해주시죠."

6

그녀는 손전등을 천장 쪽으로 향하도록 하여 내려놓았다. 둥그런 불빛이 천장에 그려졌고, 지하실의 나머지 부분은 어둠에 잠겼다. 야르데나는 그림자들 사이의 실루엣이 되었다.

"만약 내가 원하면." 그녀가 말했다. "손전등을 끄고 어둠 속으로 슬쩍 사라져버릴 수도 있어요. 당신을 지하실에 가둬 놓을 수도 있어요. 그러면 당신은 영원히 여기서 지내면서 올리브와 사워크라우트를 먹고, 포도주를 마시고, 배터리가 방전될 때까지 벽을 더듬어야 할 거예요."

나는 꿈속에서 항상 어두운 지하실에 갇힌 내 모습을 본다고 대답하고 싶었다. 하지만 아무 말도 하지 않기로 했다. 잠시 침묵이 흐른 뒤, 야르데나가 이 집을 누구에게 팔 거냐고 물었다. 이렇게 오래된 토끼굴을 누가 사겠어요?

"글쎄요." 내가 말했다. "아마도 나는 이 집을 팔지 못할 겁니다. 내가 여기로 이사 오게 되겠죠. 나는 이 집이 마음에 들어요. 사는 분들도 마음에 들고요. 아마도 제가 현재 거주하는 분들을 그대로 끼고 이 집을 사게 될 것 같은데요?"

"때때로 나는 거울 앞에서 천천히 옷을 벗는 걸 좋아해요." 그녀가 말했다. "탐욕스러운 남자가 옷을 벗는 내 모습을 보고 있다고 상상하면서요. 나를 흥분시키는 게임 같은 거죠."

배터리가 방전된 듯 손전등 빛이 잠시 깜박거렸다. 그러나 곧 밝고 동그란 빛이 천장에 되살아났다. 침묵 속에서 나는 물이 흐르는 흐릿한 소리, 이 지하실 밑의 하부 지하실에서 물이 천천히, 조용히 흐르는 소리를 들었다고 생각했다. 내가 다섯 살인가 여섯 살 때 부모님이 나를 갈릴리 여행에 데려간 적이 있다. 그때 본, 이끼가 덮인 무거운 돌로 지어진 건물 하나가 어렴풋이 기억난다. 아마도 고대의 유적이었을 것이다. 거기서도 어둠 속을 흐르는 물의 먼 한숨 소리를 들을 수 있었다. 나는 일어나서 야르데나에게 집의 다른 부분을 더 보여주고 싶으냐고 물었다. 그녀가 손전등 빛을 내 얼굴에 비추었다. 나는 눈이 부셨고, 그녀는 희롱하듯 나에게 왜 그렇게 서두르냐고 물었다.

"그 이유는." 내가 말했다. "당신의 저녁 시간을 모조리 빼앗고 싶지 않기 때문이에요. 그리고 나는 오늘 저녁에 소득세 신고를 마쳐야 합니다. 휴대폰도 책상 위에 놓고 왔어요. 에티가 나에게 연락하려고 애쓰고 있을 겁니다. 그러니 일단 갔다가 다시 와서 당신 어머니나 할머니와 이야기를 나누는 게 좋을 것 같군요. 하지만 아닙니다. 당신 말이 옳아요. 진짜로 급하지는 않습니다."

그녀가 내 얼굴에서 손전등을 돌려 우리 사이의 바닥을 비추었다.

"나도 급하지 않아요. 우리 앞에는 오늘 저녁이 통째로 있어요. 그리고 밤은 아직 깊지 않았고요. 당신에 대해 나에게 이야기 좀 해주세요. 아뇨, 사실은 그러실 필요 없어요. 내가 알아야 할 것이 무엇인지 이미 알고 있어요. 내가 모르는 것은 그것이 무엇이든 간에 알 필요가 없고요. 내가 어렸을 때 아버지는 내가 아버지를 화나게 할 때마다 나를 한두 시간씩 이 지하실에 가두셨어요. 여덟 살인가 아홉 살 때 아버지 책상 옆에서 삭제 표시가 가득한 아버지의 원고를 보았어요. 나는 연필을 들고 원고의 페이지마다 웃고 있는 작은 고양이나 얼굴을 찌푸린 작은 원숭이를 그려넣었죠. 나는 아버지를 기쁘게 해드리고 싶었어요. 하지만 아버지는 몹시 격분해서 아버지 원고에 손을 대서는 안 된다는 걸, 심지어 그것을 봐서도 안 된다는 걸 가르쳐주기 위해 이 어두운 지하실에 나를 가둬버렸어요. 아버지가 할머니를 보내 나를 꺼내줄 때까지 엄청 오랫동안 여기에 갇혀 있었죠. 그건 효과가 있었어요. 그 후 나는 절대 아버지의 책을 읽지 않았거든요. 아버지가 돌아가시자 할머니와 어머니와 나는 아버지의 노트와 인덱스 카드와 메모들을 몽땅 작가조합 문서 보관소로 보냈어요. 우리는 아버지의 문학적 재산을 직접 다루기를 원치 않았어요. 할머니는 홀로코스트에 관한 내용을 읽는 것을 견딜 수 없었기 때문에, 그걸 읽으면 악몽에 시달렸기 때문에 그랬고, 어머니는 아버지에게 화가 나 있어서 그랬어요. 나는 특별한 이유도 없이 그랬죠. 그냥 아버지가 쓴 책들이 마음에 들지 않았고, 그 문체를 견딜 수가 없었어요. 육학년 때였나, 한번은 학교에서 아버지 소설의 한 장(章)을 암기하게 했어요. 그런데 어떻게 표현해야 할지, 아버지가 나를 아버지의 무거운 겨울 담요 밑에 가두어 불빛도 공기도 없이 자신의 체취로 나를 숨 막히게 하는 것 같은 느낌이 들더라고요. 그때부터 나는 절대로 아버지가 쓴 글을 읽지도, 읽어보려고 시도하지도 않았어요. 당신은 어땠어요?"

나는 어쨌든 엘다드 루빈은 이곳 우리 마을 출신이고 마을 사람들이 모두 그를 자랑스러워하니 그의 소설 한 권을 읽어보려고 시도하긴 했지만 끝까지 읽지는 못했다고 말했다. 나는 스릴러 소설을 읽고, 신문의 농업 관련 부록을 읽고, 때로는 정치에 관한 책이나 정치 리더들의 전기도 읽지만 말이다.

야르데나가 말했다.

"오늘 밤 당신이 와서 좋아요, 요시."

나는 주저하며 손을 뻗어 그녀의 어깨를 만졌다. 그리고 그녀가 아무 말도 하지 않아서 그녀의 손을 잡았다. 그리고 잠시 후 그녀의 다른 쪽 손도 잡았다. 우리는 얼굴을 마주한 채 지하실의 포장 상자 위에 몇 분 동안 앉아 있었다. 그녀의 손은 내 손에 꼭 쥐여져 있었다. 둘 다 엘다드 루빈의 책을 읽지 않앉다는 사실이 우리 사이에 끈끈한 유대관계를 만들어준 것처럼. 혹은 그게 아니라, 집이 비어 있다는 사실과 짙은 냄새가 나는 지하실의 고요함 때문에 그렇게 된 건지도 몰랐다.

잠시 후 야르데나가 일어섰다. 나도 일어섰다. 그녀가 내게서 손을 빼고는 몸의 열기를 모두 그러모아 나를 꼭 끌어안았다. 나는 그녀의 긴 갈색 머리에 얼굴을 파묻고 그녀의 냄새를, 옅은 비누 냄새가 섞인 레몬 향 샴푸 냄새를 들이마셨다. 그리고 그녀의 눈가에 두 번 입을 맞추었다. 우리는 움직이지 않고 거기에 서 있었다. 나는 욕망과 남매간의 우애가 뒤섞인 기묘한 감정을 느꼈다.

"부엌으로 가서 뭘 좀 먹어요."

그녀가 말했다. 그러나 그녀의 몸은 그녀의 입술이 나에게 한 말을 듣지 못한 듯 계속 나를 끌어안고 있었다. 내 손이 그녀의 등을 쓰다듬었고, 그녀의 손이 내 등을 꽉 끌어안았다. 나는 그녀의 젖무덤이 내 가슴을 꽉 누르는 것을 느꼈지만, 남매간 같은 애정이 내 몸의 욕망보다 더 강했다. 그래서 나는 그녀의 머리를 오랫동안 천천히 쓰다듬었고, 그녀의 눈가에 다시 입을 맞췄다. 돌이킬 수 없는 뭔가를 포기해버릴까 두려워 그녀의 입술은 피했다. 그녀가 내 목의 움푹 파인 부분에 머리를 묻었고, 그녀 피부의 열기가 내 피부 속을 달구었고, 욕망을 극복하고 통제된 내 몸속의 고요한 기쁨을 휘저었다.

그녀가 나를 포옹한 것은 욕망 때문이라기보다는 우리가 죄를 저지르지 않도록 나에게 착 달라붙은 것이었다.

7

그러고 나서 우리는 지하실 한구석에서 낡아빠진 쿠션이 대어져 있는, 커다란 바퀴 두 개에는 고무 테가 덧대어져 있는 그녀 아버지의 오래된 휠체어를 발견했다. 야르데나가 나를 휠체어에 앉히고 지하실을 가로질러 앞뒤로, 계단에서 자루 더미로, 채소 절임들이 놓인 선반에서 쌓여 있는 책들 쪽으로 밀기 시작했다. 나를 밀면서 그녀는 웃었고, 이렇게 말했다.

"이제 나는 당신에게 하고 싶은 건 무엇이든 할 수 있어요."

나도 웃은 뒤, 무엇을 하고 싶으냐고 물었다. 그녀는 나를 잠재우고 싶다고, 지하실의 달콤한 잠에 빠뜨리고 싶다고 말했다.

"자거라." 그녀가 말했다. "기분 좋게 자거라."

그녀가 그 짤막한 말을 발음했을 때 그녀의 목소리에는 달콤하면서도 쓸쓸한 뭔가가 있었다. 그녀는 어린 시절 이후 내가 들어보지 못한 오래된 자장가를 부르기 시작했다. 밤에 총을 쏘는 것에 대한 노래, 아버지가 총을 맞고 곧 어머니가 맞을 차례가 된다는 기묘하고 터무니없는 노래였다.

텔요세프에서 헛간이 타고 있네. 눈을 감고 울지 마요.
베이트 알파에서 연기가 나네. 눈을 감고 잠을 자요.
그 노래는 우리가 있는 이 집에 어쩐지 어울렸다. 특히 지하실과 야르데나에게 잘 어울렸다. 야르데나는 지하실 안을 계속 빙글빙글 돌고 나를 부드럽게 밀면서 때로는 내 머리와 얼굴을 쓰다듬었다. 그녀가 내 입술을 부드럽게 만지자 정말로 기분 좋은 피로감이 내 몸 전체로 퍼져나가는 느낌이 들었다. 나는 거의 눈을 감았다. 다만 위험하다는 느낌이 졸림을 꿰뚫어서 내가 잠에 빠지는 것을 막았다. 내 턱이 가슴으로 떨어졌고, 내 마음은 면사무소 뒤 외딴 기념공원에 있는 조각상 옆에서 나에게 나타났던, 산악 하이킹 복장에 버클과 브로치들이 뒤덮인 모자를 쓴 그 낯선 여자에게로 방황하듯 향했다. 그녀가 조소하는 눈길로 나를 응시하던 모습이 생각났다. 그리고 그때, 내가 그녀에게서 도망쳤다가 다시 고개를 돌렸을 때 그녀가 마치 그곳에 존재한 적이 없었다는 듯 갑자기 사라져버렸던 것을 생각해냈다. 값이 얼마든 나는 이 집을 살 것이다. 달콤한 잠 속에 감싸이면서 나는 결심했다. 그리고 이 집을 좋아하게 되긴 했지만 완전히 무너뜨릴 것이다. 이 집이 실질적으로 남은 마지막 집이고, 곧 텔일란의 첫 정착 시절로부터 남은 건물이 하나도 없게 되겠지만, 어쩐지 나는 이 집이 파괴되어야 한다는 확신이 들었다. 맨발의 야르데나가 내 머리에 입을 맞추더니, 나를 휠체어에 앉혀둔 채 손전등을 들고 댄서처럼 발끝으로 걸어 계단을 올라가 밖으로 나간 뒤 문을 닫았다. 나는 휠체어에 앉은 채 거기에 홀로 남겨져 깊은 정적 속으로 가라앉았다. 모든 것이 걱정 없으며 서두를 필요가 전혀 없음을 나는 알고 있었다.

기다리기

1

 생긴 지 이미 한 세기가 된 개척자의 마을 텔일란은 들판과 과수원에 둘러싸여 있었다. 동쪽을 향한 경사면에는 포도밭이 펼쳐져 있었고, 진입로에는 아몬드 나무가 빽빽이 들어차 있었다. 기와지붕들은 오래된 나무들이 이루는 짙은 녹음 속에 잠겨 있었다. 많은 주민이 농장 안 오두막에 사는 외국인 노동자들의 도움을 받아 아직 농사를 지었다. 그러나 어떤 주민들은 땅을 임대한 뒤 방들을 세놓고 미술관이나 옷가게를 운영해서, 혹은 마을 밖에서 일해서 생활비를 충당했다. 마을 한가운데에는 미식 레스토랑 두 곳이 문을 열었다. 마을에는 포도주 양조장도 있고, 열대어를 파는 상점도 있었다. 지역 기업가 한 사람은 복제품 고가구 제조를 시작했다. 주말이면 마을이 저렴한 가격에 음식을 먹거나 물건을 건지러 온 방문객들로 가득 찼다. 그러나 금요일 오후가 되면 주민들이 겉창을 닫고 집 안에 틀어박혀서 마을의 거리들은 비어버렸다.

마을 면장인 베니 아브니는 키가 크고 야위었으며, 구부정한 어깨에 단정치 못하게 옷을 입는 남자였다. 체격에 비해 매우 큰 풀오버를 입는 습관이 그를 바보처럼 보이게 했다. 그는 마치 바람 속으로 걸어 들어가듯 앞쪽으로 몸을 구부린 채 걸었다. 그의 얼굴은 쾌활했다. 이마가 넓고 입술은 섬세했으며, 갈색 눈에는 주의 깊고 호기심 많은 표정이 떠돌았다. 그 표정은 마치 이렇게 말하는 듯했다. '나는 당신이 좋아요. 당신이 당신 자신에 대해 나에게 더 많이 말해주면 좋겠어요.' 하지만 또한 그는 거절하는 것처럼 보이지 않으면서 부탁을 거절하는 요령도 알고 있었다.

2월의 어느 금요일 오후 한 시에 베니 아브니는 사무실에 혼자 앉아 지역 주민들이 보내온 편지에 답장을 쓰고 있었다. 평의회 직원들은 모두 퇴근해 집으로 돌아가고 없었다. 금요일에는 사무실들이 열두 시에 문을 닫기 때문이다. 금요일에 늦게까지 사무실에 남아 자신이 받은 편지들에 답장을 쓰는 것은 베니 아브니의 습관이었다. 써야 할 편지는 겨우 두어 통이었고, 그는 집으로 돌아가 점심을 먹고, 샤워를 하고, 낮잠을 잘 계획이었다. 그런 뒤 저녁에는 아내 나바와 함께 펌프하우스 라이즈 끄트머리에 있는 달리아와 아브라함 레빈의 집에서 열리는 노래 모임에 참석해야 했다.

그가 편지를 쓰고 있는데 수줍게 문을 두드리는 소리가 들렸다. 그는 책상 하나와 의자 두 개, 서류 보관용 캐비닛 하나만 놓여 있는 임시 사무실에서 편지를 쓰고 있었다. 평의회의 사무실들이 새로 단장 중이었기 때문이다.

"들어오세요."

그가 편지지에서 고개를 들어 문 쪽을 바라보며 말했다.

아델이라는 이름의 젊은 아랍인이 들어왔다. 그는 대학생 혹은 한때 대학생이었던 젊은이로, 마을 변두리, 묘지의 경계를 표시해주는 사이프러스 울타리 가까이에 위치한 라헬 프랑코의 정원 안쪽 헛간에 살면서 그녀를 위해 일하고 있었다. 베니는 그 젊은이를 알고 있었다. 베니는 젊은이에게 따뜻한 미소를 보내며 앉으라고 말했다.

안경을 끼고 키가 작고 야윈 아델은 면장의 책상에서 몇 걸음 떨어진 곳에 책상을 마주한 채 계속 서 있었다. 그는 공손하게 머리를 숙이고는 시간을 빼앗게 되어 미안하다는 사과의 말을 했다.

"신경 쓰지 말고 앉게." 베니 아브니가 말했다.

아델은 망설이다가 의자 가장자리에 걸터앉았다.

"제가 여기에 온 건." 그가 말했다. "실은 면장님 사모님께서 제가 면사무소 쪽으로 걸어가는 걸 보시고 저에게 여기에 들러 이것을, 이 쪽지를 면장님께 전해드리라고 부탁하셨기 때문입니다."

베니 아브니가 손을 뻗어 그 편지를 건네받았다.

"어디서 내 아내를 만났나?"

"기념공원 근처에서요."

"내 아내가 어디로 가고 있던가?"

"아무 데로도 가지 않고 계셨어요. 그냥 벤치에 앉아 계셨죠."

아델은 주저하며 의자에서 일어나더니 자신에게 더 질문할 것이 있느냐고 면장에게 물었다. 베니 아브니는 미소를 짓고는 어깨를 으쓱했다. 그러고는 더 질문할 것은 없다고 대답했다. 아델은 그에게 고맙다고 말한 뒤 어깨를 늘어뜨리고 떠났다. 그가 떠난 뒤에야 베니 아브니는 접힌 쪽지를 펼쳐보았고, 부엌의 메모지 철에서 찢어낸 종이에 쓴 나바의 신중하고 동글동글한 손글씨를 발견했다. 쪽지에 적힌 문장은 네 마디였다.

"나에 대해 걱정하지 마요."

이 문장을 접한 그는 어리둥절했다. 나바는 매일 집에서 그가 점심 먹으러 오기를 기다렸다. 그녀가 열두 시에 초등학교 근무를 끝마쳤으므로 그는 한 시에 집에 갔다. 십칠 년간 결혼 생활을 했지만 나바와 베니는 아직 서로를 사랑했다. 그러나 조바심 비슷한 색채를 띤 서로에 대한 무관심으로 인해 일상의 관계가 그들의 거의 모든 시간에 흠집을 남겼다. 그녀는 집에까지 그를 따라오는 정치 활동과 평의회 일을 못마땅하게 여겼고, 그가 누구에게든 가리지 않고 후하게 베푸는 서민적 상냥함을 견디지 못했다. 그로 말하자면, 예술에 대한 그녀의 열정이, 그녀가 점토로 만들어 특별한 가마에서 구워내는 작은 조각상들에 대한 열정이 못마땅했다. 때때로 그녀의 옷에 끈질기게 들러붙어 없어지지 않는 점토 굽는 냄새도 싫었다.

베니 아브니는 집에 전화를 걸었다. 전화벨이 여덟 번인가 아홉 번쯤 울릴 때까지 그대로 있었다. 그때서야 나바가 집에 없다는 사실을 자인했다. 그녀가 점심시간에 밖에 나가 있다는 것은 이상한 일이었다. 어디로 가는지 또는 언제 돌아올 것인지 언급하지 않은 그런 쪽지를 그에게 보내온 것은 더욱 이상했다. 그는 쪽지 내용이 그럴듯하지 않다고 생각했고, 사람을 통해 쪽지를 보낸 것도 놀라웠다. 그러나 걱정하지는 않았다. 나바와 그는 예기치 않게 밖에 나갈 일이 생기면 늘 거실의 화병 밑에 쪽지를 남겼으니까.

그래서 그는 마지막 두 통의 편지, 즉 아다 드바시에게 보내는 우체국 이전에 관한 편지와 평의회 출납계장에게 보내는 어느 직원의 연금에 관한 편지를 끝마친 뒤, 미결 서류함에 담긴 자료를 정리하고, 편지들을 모두 기결 서류함에 넣고, 창문과 겉창을 점검하고, 칠부 길이의 스웨이드 외투를 걸치고, 문단속을 단단히 했다. 그는 기념공원을 거쳐서 걸어가 아마도 벤치에 계속 앉아 있을 아내를 만난 뒤 그녀와 함께 집으로 돌아가 점심을 먹기로 했다. 그는 길을 나섰다. 그러나 다시 사무실로 돌아왔다. 컴퓨터 끄는 것을, 혹은 화장실 불 끄는 것을 잊었을지도 모른다는 느낌이 들었다. 하지만 컴퓨터는 제대로 꺼져 있었고, 전등도 모두 꺼져 있었다. 베니 아브니는 다시 단단히 문단속을 한 뒤 아내를 찾으러 밖으로 나갔다.

2

나바는 기념공원 옆 벤치에 앉아 있지 않았다. 사실상 그녀는 아무 데서도 보이지 않았다. 대신 야윈 대학생 아델이 무릎에 책을 펼쳐 엎어놓은 채 혼자 벤치에 앉아 있었다. 그는 거리를 응시하고 있었고, 그의 머리 위 나무들 속에서는 참새들이 짹짹거렸다. 베니 아브니는 아델의 어깨에 손을 얹었다.

"내 아내가 여기에 있었나?"

그는 그 청년에게 상처를 줄까 봐 두려워하는 것처럼 부드럽게 물었다. 아델은 그녀가 여기에 있었다고, 하지만 이제는 여기에 없다고 대답했다.

"알았네." 베니 아브니가 말했다. "난 내 아내가 어디로 갔는지 자네가 알지도 모른다고 생각했네."

"죄송해요." 아델이 말했다. "정말 죄송해요."

"괜찮네." 베니 아브니가 말했다. "자네 잘못이 아니야."

그는 시너고그 거리와 이스라엘 지파들 거리를 경유해 집으로 향했다. 그는 보이지 않는 어떤 장애물과 싸우기라도 하듯 걸으면서 앞쪽으로 몸을 기울였다. 그가 지나치는 모든 사람이 그에게 웃으며 인사했다. 그는 면장이고 인기 있는 사람이었다. 그도 미소를 지어 보였다. 그리고 그들에게 어떻게 지내느냐고, 새로운 소식은 없느냐고 물었다. 때로는 금이 간 포석들 문제는 처리하는 중이라고 덧붙여 말하기도 했다. 그들 모두 곧 점심을 먹으러 집으로 돌아가고 낮잠도 잘 터였다. 그러면 마을의 거리들은 텅 빌 것이다.

현관문은 잠겨 있지 않았고, 부엌에서는 라디오 소리가 조용하게 났다. 라디오에서는 철도망의 발전, 도로 수송과 비교한 철도 수송의 장점에 대해 누군가가 이야기하고 있었다. 베니 아브니는 평소 쪽지를 놓아두는 곳인 거실의 화병 밑에서 나바의 쪽지를 찾았다. 하지만 화병 밑에는 아무것도 없었다. 그러나 부엌 식탁 위에서, 따뜻하게 남아 있도록 다른 접시로 덮어놓은 접시 속에서 점심이 그를 기다리고 있었다. 감자 퓌레와 당근과 완두콩을 곁들인 치킨 사 분의 일 마리였다. 접시 옆에는 포크와 나이프가 놓여 있었고, 나이프 밑에는 접힌 냅킨이 깔려 있었다. 베니 아브니는 접시를 전자레인지에 넣고 이 분 돌렸다. 뚜껑이 덮여 있었지만 음식이 별로 뜨겁지 않았던 것이다. 음식이 데워지는 동안 냉장고에서 맥주 한 병을 꺼내 유리잔에 따랐다. 그는 자기가 무엇을 먹는지조차 거의 알지 못한 채 게걸스럽게 점심을 먹어치웠다. 라디오에 귀를 기울이고 있었기 때문이다. 라디오에서는 이제 광고를 위한 긴 휴식 시간이 끝나고 경음악을 내보내고 있었다. 그 휴식 시간 동안 그는 정원의 작은 통로에서 나는 나바의 발걸음 소리를 들었다고 생각했다. 그는 부엌의 창문을 통해 바깥을 응시했다. 그러나 바깥에는 아무도 없었다. 잡초와 잡동사니 사이에 부서진 짐수레 손잡이와 녹슨 자전거 두세 대가 있을 뿐이었다.

점심을 다 먹은 뒤 그는 더러워진 접시들을 개수대에 넣고 샤워를 하러 갔다. 가는 길에 라디오를 껐다. 집 안에는 깊은 침묵이 내려앉았다. 들리는 소리라고는 벽에 걸린 시계가 째깍거리는 소리뿐이었다. 열두 살 난 쌍둥이 딸 유발과 인발은 갈릴리 위쪽 지방으로 수학여행을 떠나고 없었다. 그 아이들의 방문은 닫혀 있었는데, 그는 그 방 앞을 지나가면서 문을 열고 방 안을 자세히 들여다보았다. 겉창이 닫혀 있었고 비누와 갓 다림질한 옷 냄새가 났다. 그는 방문을 천천히 닫고 욕실로 갔다. 셔츠와 바지를 벗은 뒤 그는 갑자기 침착함을 되찾고 전화기 쪽으로 걸어갔다. 그는 아직 걱정하지 않았다. 그러나 나바가 어디로 사라졌는지, 왜 점심시간이면 항상 그랬듯이 그를 기다리지 않았는지 궁금했다. 그는 길리 스타이너에게 전화를 걸어 혹시 나바가 그녀와 함께 있느냐고 물었다.

"아뇨, 그녀는 여기 없어요." 길리가 말했다. "왜요? 그녀가 나를 보러 간다고 하던가요?"

"바로 그게 문제입니다. 내 아내는 아무 말도 하지 않았어요."

"식료품 가게가 두 시까지 문을 열어요. 아마도 거기에 뭔가 사러 나갔겠죠."

"고맙습니다, 길리. 됐어요. 아내는 곧 돌아올 겁니다. 난 걱정하지 않아요."

그럼에도 불구하고 그는 빅토르 식료품 가게의 전화번호를 찾아 전화를 걸어보았다. 신호음이 오랫동안 울린 뒤 누군가가 전화를 받았다. 마침내 리버손 노인의 콧소리 섞인 테너 목소리가 예배 때 부르는 단조로운 노랫소리처럼 들려왔다.

"빅토르 식료품 가게입니다. 저는 슐로모 리버손입니다. 무엇을 도와드릴까요?"

베니 아브니는 나바를 보지 못했는지 물었고, 리버손 노인은 슬픔이 담긴 목소리로 대답했다.

"아니요, 아브니 동지. 매우 유감이지만 당신의 사랑스러운 아내는 오늘 이곳에 들르지 않았어요. 우리는 그녀와 함께하는 즐거움을 누리지 못했어요. 앞으로 십 분 내에도 그녀를 볼 것 같지 않아요. 십 분 후면 가게 문을 닫고 집에 돌아가 안식일을 맞이할 준비를 해야 하고요."

베니 아브니는 욕실로 가서 속옷을 벗고 물의 온도를 맞추었다. 그리고 오랫동안 샤워를 했다. 몸을 말리는 동안 그는 문이 삐걱거리는 소리를 들었다고 생각했다. 그래서 "나바?" 하고 불렀다. 그러나 아무 대답이 없었다. 그는 깨끗한 속옷과 카키색 바지를 입은 뒤 단서를 찾아 부엌을 샅샅이 뒤졌다. 그런 다음 거실로 가서 텔레비전이 놓인 구석을 확인했다. 그는 침실에 들어가 보고, 나바가 작업실로 쓰는 베란다에도 가보았다. 베란다는 나바가 점토로 작은 입상과 상상의 피조물, 네모난 턱과 찌그러진 코를 가진 복서(불도그와 비슷하게 생긴 꼬리가 짧은 개) 모형들을 만들면서 오랜 시간을 보내는 곳이었다. 그녀는 그것들을 창고에 있는 가마에 구웠다. 그는 창고에 가서 불을 켜고 잠시 동안 눈을 깜박이며 서 있었다. 그러나 보이는 것이라고는 일그러진 형상들과 먼지 쌓인 선반들 사이를 떠도는 어두운 그림자에 둘러싸인 차가운 가마뿐이었다.

베니 아브니는 그녀를 기다리지 말고 누워서 좀 쉬어야 하는 게 아닌가 생각했다. 그는 부엌으로 가서 자신이 점심을 먹었던 더러운 접시들을 식기 세척기에 넣으며 나바가 밖에 나가기 전에 점심을 먹었는지 알려줄 단서를 찾아보았다. 그러나 식기 세척기는 거의 꽉 차 있었고, 나바가 점심을 먹었다면 어떤 접시에 먹었는지 확인할 수 없었다.

스토브 위에 구운 치킨이 조금 담긴 냄비가 있었다. 그러나 나바가 점심을 먹었는지 안 먹었는지는 역시 알 수 없었다. 베니 아브니는 전화기 옆에 앉아 혹시 나바가 바티아 루빈과 함께 있는지 알아보려고 그녀의 전화번호를 눌렀다. 그러나 신호음이 울리고 울려도 아무도 전화를 받지 않았다. "정말이지 원." 베니 아브니는 중얼거렸다. 그러고는 누워서 좀 쉬려고 침실로 갔다. 나바의 슬리퍼가 침대 옆에 있었다. 슬리퍼는 작았고, 산뜻한 색깔이었고, 뒤축이 조금 닳아 있었다. 그것은 마치 한 쌍의 장난감 배 같았다. 그는 십오 분 혹은 이십 분 동안 침대에 드러누워 천장을 응시했다. 나바는 쉽게 화를 냈고, 그는 지난 수년을 살아오면서 그녀를 진정시키려는 시도는 어떤 것이든 결국 그녀를 더욱 망쳐놓을 뿐이라는 사실을 깨달았다. 그래서 차라리 아무 말도 하지 않고 시간이 흘러 그녀가 진정되기를 기다리는 편을 택했다. 그녀는 자제했다. 그러나 절대 잊지 않았다. 한번은 그녀의 친구인 의사 길리 스타이너가 그녀가 만든 작은 입상들로 평의회 화랑에서 조촐한 전시회를 열자고 제안했다. 미소를 띠고 그 말을 들은 베니 아브니는 생각해보고 대답해주마고 약속했다. 결국 그는 평의회 화랑에서 전시회를 여는 것이 적절하지 않다는 결론을 내렸다. 나바는 아마추어 예술가일 뿐이고, 편파 행정이라는 비난을 피해 그녀가 일하는 학교 복도에 그녀의 작품들을 전시할 수도 있을 터였다. 나바는 아무 말도 하지 않았다. 그러나 여러 날 동안 새벽 서너 시까지 침실에 서서 다림질을 했다. 그녀는 온갖 것을 다렸다. 심지어 타월과 침대 덮개까지.

이십 분쯤 지난 뒤 베니 아브니는 갑자기 일어나 옷을 입고는 지하실로 내려가 불을 켜고 벌레 떼를 자유롭게 해준 뒤 포장 상자들과 슈트케이스들을 자세히 들여다보고, 동력 천공기를 손가락으로 만져보고, 포도주 통을 가볍게 두드려보았다. 포도주 통은 텅 빈 소리로 반응했다. 그는 다시 불을 끄고 계단을 올라 부엌으로 가서 일이 분 정도 망설이다가 볼품없는 풀오버 위에 칠부 길이 스웨이드 외투를 걸치고 문을 잠그지 않은 채 집을 나섰다. 거센 맞바람과 싸우기라도 하듯 몸을 앞으로 구부린 채 아내를 찾아 나섰다.

3

금요일 오후가 되면 마을에는 아무도 없었다. 모두 집에 머물면서 저녁에 외출할 준비를 했다. 흐리고 축축한 날이었다. 구름이 지붕 위에 낮게 걸려 있었고, 거리에는 엷은 안개 덩어리가 겉창을 닫은 채 졸고 있는 집들 사이를 떠다녔다. 오래된 신문지 조각이 텅 빈 거리를 가로지르며 펄럭였다. 베니는 걸음을 멈추고 신문지 조각을 집어 쓰레기통에 넣었다. 개척자 공원 근처에서 커다란 잡종 개 한 마리가 그에게 다가오더니 이를 드러낸 채 으르렁거리며 따라오기 시작했다. 베니는 개를 향해 소리쳤다. 그러자 개는 화가 나서 금방이라도 그에게 달려들 것 같았다. 베니는 걸음을 멈추고 돌멩이 하나를 집어 든 뒤 공중에서 팔을 흔들었다. 개는 꼬리를 다리 사이에 넣고 안전한 거리를 유지하며 계속 그를 따라왔다. 그렇게 둘은 30피트 정도 사이를 두고 텅 빈 거리를 따라 나아가다가 왼쪽으로 방향을 틀어 창립자 거리로 들어섰다. 그곳도 낮잠을 자느라 겉창들이 모두 닫혀 있었다. 겉창들은 대개 오래된 목재였고 빛바랜 녹색으로 칠해져 있었다. 널판 몇 개는 부러지거나 떨어져나가 있었다.

한때는 농가 마당이었지만 이제는 보살핌을 받지 못하는 마당에 버려진 비둘기장, 저장실로 용도가 바뀐 염소 우리, 물결 모양의 함석으로 된 헛간 옆에 버려져 웃자란 잡초에 수북이 덮여버린 손수레, 이제는 더 이상 사용하지 않는 가축 사육장이 베니 아브니의 눈에 들어왔다. 집들 앞에는 거대한 야자나무들이 자라났다. 예전에 그들의 집 앞에도 오래된 야자나무 두 그루가 있었다. 그러나 사 년 전 나바의 요청에 따라 두 그루 모두 베어버렸다. 바람이 불면 야자나무 잎들이 그들의 침실 창밖에서 살랑거려 밤에 그녀의 잠을 방해하고 그녀의 기분을 짜증스럽고 울적하게 만들었기 때문이다.

어떤 정원에서는 재스민과 아스파라거스가 자랐고, 어떤 정원에서는 잡초만 자라나고 키 큰 소나무들이 바람 속에서 속삭거렸다. 베니 아브니는 평소 하던 대로 몸을 앞으로 구부리고 창립자 거리와 이스라엘 지파들 거리를 따라 걷다가 기념공원을 지나쳤고, 벤치 옆에서 잠깐 쉬었다. 아텔의 말에 따르면, 나바가 그 벤치에 앉아 있다가 그에게 "나에 대해 걱정하지 마요"라고 적힌 쪽지를 임시 사무실에 있는 베니에게 전해 달라고 부탁했다고 했다.

개도 그에게서 30피트 정도 떨어져서 걸음을 멈추고 쉬었다. 개는 이제 짖거나 이를 드러내지 않고, 뭔가 묻는 듯한 영리한 표정으로 베니 아브니를 응시하고 있었다. 나바가 임신했을 때 나바와 그는 둘 다 독신이었고 텔아비브에서 공부하고 있었다. 그녀는 교사가 되기 위해 훈련받는 중이었고, 그는 경영학을 공부하고 있었다. 그들은 원치 않은 임신이므로 낙태시켜야 한다고 즉시 합의했다. 그러나 라이너스 거리에 있는 개인 병원에 예약한 시간 두 시간 전에 나바가 마음을 바꿨다. 그녀는 그의 가슴에 머리를 대고 울음을 터뜨렸다. 그런데도 그는 양보하지 않았다. 그는 이성적으로 생각하라고 그녀를 설득했다. 대안은 전혀 없었고, 그들이 선택한 안이 사랑니를 뽑는 것보다 더 힘들 것도 없었다.

그는 병원 건너편에 있는 카페에서 그녀를 기다렸다. 그는 신문 두 종을 읽었다. 심지어 부록인 스포츠 면까지 읽었다. 두 시간 후 나바가 핼쑥한 얼굴로 나타났고, 그들은 택시를 타고 학생 기숙사에 있는 그들의 방으로 돌아갔다. 방에서는 여섯 명 혹은 일곱 명의 시끄러운 학생들이 베니 아브니를 기다리고 있었다. 오래전에 약속한 모임 때문에 온 것이었다. 나바는 방 한구석에 있는 침대로 들어가 머리 위로 이불을 끌어당겼다. 그러나 토론, 외침, 농담, 그리고 담배 연기가 그녀에게까지 스며들었다. 그녀는 현기증과 욕지기를 느꼈다. 그녀는 벽에 몸을 의지한 채 모인 학생들 사이를 더듬더듬 지나 화장실로 갔다. 마취제의 효력이 다해서 머리가 빙글빙글 돌고 통증이 다시 찾아왔다. 그녀는 누군가가 화장실 바닥과 변기 시트에 토해놓은 것을 보았다. 그녀는 참을 수 없었고, 그래서 그녀 역시 심하게 토하고 말았다. 그녀는 두 손으로 벽을 짚고, 두 손에 머리를 묻고 그 자리에 오랫동안 서서 울었다. 시끄러운 방문객들이 떠나고 베니가 후들거리고 있는 그녀를 발견할 때까지. 그는 그녀의 어깨를 끌어안고 천천히 침대로 데려갔다. 그로부터 이 년 뒤, 그들은 결혼했다. 그러나 나바는 임신에 어려움을 겪었다. 많은 의사들이 온갖 치료법으로 그녀를 도왔다. 다시 오 년이 지난 뒤 쌍둥이 자매 유발과 인발이 태어났다. 나바와 베니는 텔아비브의 학생 기숙사에서 보낸 그날 오후에 대해 한 번도 이야기하지 않았다. 그 일에 대해 이야기할 필요가 없다고 합의라도 한 것처럼. 나바는 학교에서 학생들을 가르쳤고, 여가 시간에는 점토로 괴물과 코가 찌그러진 복서 모형을 만들어 창고에 있는 가마에 구웠다. 베니 아브니는 면장으로 선출되었다. 그는 다른 사람들로 하여금 스스로 눈치채지 못한 채 그가 원하는 일을 하게 만드는 요령이 있었지만, 동시에 겸손하고 남의 이야기를 잘 들어주었기 때문에 마을 사람 대부분이 그를 좋아했다.

4

그는 시너고그 거리 모퉁이에서 잠시 걸음을 멈추고 개가 아직도 따라오는지 보려고 뒤를 돌아보았다. 개는 꼬리를 다리 사이에 넣고 입을 벌린 채 호기심 어린 표정으로 베니를 유심히 쳐다보며 출입문 옆에 끈질기게 서 있었다. 베니가 부드러운 목소리로 개를 부르자 개는 두 귀를 쫑긋 세우고 분홍빛

혀를 늘어뜨렸다. 개는 베니에게 관심을 느끼는 듯했지만 거리를 유지하는 편을 택했다. 사방에 아무도 없었다. 고양이 한 마리, 새 한 마리 없었다. 베니와 그 잡종 개, 그리고 무척이나 낮게 내려와 있어서 거의 사이프러스 꼭대기에 닿을 듯한 구름뿐이었다.

저수탑이 세 개의 콘크리트 다리 위에 서 있었고, 그 옆에는 공습 대피소가 있었다. 베니 아브니는 철문을 열어 잠겨 있지 않은 것을 확인한 뒤 안으로 들어가 열두 계단을 내려갔다. 축축하고 정체된 외풍이 그의 피부에 와 닿았고, 곧 전기 스위치가 만져졌다. 하지만 전기가 들어오지 않았다. 그는 그 어두운 공간으로 더 들어가 흐릿하게 분간되는 물건들 사이를, 매트리스 더미, 접힌 침대들, 그리고 서랍이 달린 부서진 옷장 따위를 더듬었다. 그는 무거운 공기를 들이마셨고, 어둠 속을 더듬더듬 통과해 왔던 길을 돌아가 계단 쪽으로 가서 전기 스위치를 다시 켜보았다. 전기는 여전히 들어오지 않았다. 그는 철문을 닫고 다시 텅 빈 거리로 나왔다.

바람이 잦아들어 있었다. 그러나 안개는 아직 소용돌이쳐서 오래된 집들의 윤곽을 흐릿하게 만들었다. 몇 채의 집은 백 년은 족히 넘은 것들이었다. 그 집들의 노란 벽토는 균열이 갔고, 칠이 벗어진 파편들을 남긴 채 무너져 있었다. 집들의 정원에는 우중충한 소나무들이 자라 있었고, 땅은 사이프러스 울타리를 경계로 서로 나뉘어 있었다. 쐐기풀, 개밀, 메꽃이 밀림을 이룬 잔디밭 여기저기에는 녹슨 잔디 깎는 기계나 풍화된 빨래통이 보였다.

베니 아브니는 조용히 휘파람을 불었다. 그러나 개는 계속 거리를 유지했다. 지난 20세기 초반 마을이 처음 만들어질 때 세워진 시너고그 앞 게시판에는 그가 직접 서명한 평의회 공지사항과 지역 영화관에서 상영하는 영화 광고, 포도주 양조장에서 만든 제품들에 대한 광고가 핀으로 붙여져 있었다. 베니는 잠시 쉬며 그 공지사항을 바라보았다. 그런데 웬일인지 그 내용이 장황하거나 완전히 잘못된 것으로 보였다. 그는 거리 모퉁이에 몸을 웅크리고 있는 형상 하나가 보였다고 생각했다. 그러나 가까이 다가가 보니 안개 속에 잠긴 덤불숲일 뿐이었다. 가지가 여러 개 달린 쇠로 된 장식 촛대 하나가 시너고그 위에 얹혀 있고, 문에는 사자들과 모서리가 여섯 개인 다윗의 별들이 새겨져 있었다. 그는 계단 다섯 단을 올라가 문을 열려고 했다. 문은 잠겨 있지 않았다. 시너고그 안은 깜깜했고, 차가운 공기중에는 먼지가 떠다녔다. 성궤 앞에 커튼이 늘어져 있었고, 영원의 램프가 발하는 희미한 불빛은 '나는 항상 하느님을 바라본다'는 문장을 비추었다. 베니 아브니는 어슴푸레한 빛 속에 잠긴 신자석 사이를 돌아다니다가 위층의 여성 신자석으로 올라갔다. 여성 신자석에는 검은색으로 장정된

기도책들이 흩어져 있었다. 오래된 책 냄새와 함께 묵은 땀 냄새가 그의 코끝에 와 닿았다. 그는 어느 신자석 뒤쪽을 손으로 훑어보았다. 누군가가 그 뒤에 숄이나 머릿수건을 놓고 간 것만 같았다.

시너고그에서 나온 베니 아브니는 계단 발치에서 그를 기다리고 있는 개를 보았다. 그는 발을 구르고는 말했다.

"쉭, 저리 가."

인식표가 달린 목걸이를 매단 개는 머리를 한쪽으로 조금 기울이더니 어떤 설명을 기다리는 듯 입을 벌려 헐떡거렸다. 그러나 아무런 설명도 나오지 않았다. 베니는 어깨를 구부리고 몸을 돌려 갈 길을 가기 시작했다. 칠부 길이 스웨이드 외투 밑으로 볼품없는 풀오버가 살짝 드러났다. 그는 파도를 헤치며 나아가는 배 이물처럼 몸을 앞쪽으로 기울이고 성큼성큼 걸었다. 개는 그를 포기하지 않았지만 여전히 거리를 둔 채 따라왔다.

그녀는 어디로 가버린 걸까? 아마도 그녀는 어느 친구의 집에 갔을 것이고 시간 가는 줄 몰랐을 것이다. 아마도 그녀는 어떤 긴급한 문제 때문에 학교에 늦게까지 남아 있었을 것이다. 아마도 그녀는 병원에 있을 것이다. 몇 주 전 말다툼을 하던 중 그녀가 그에게 그의 다정함은 가면일 뿐이고 그 뒤에는 얼어붙은 황무지가 있다고 말했다. 그는 대답하지 않고 그녀가 그에게 화를 낼 때 항상 그러듯 자애롭게 미소만 지었다. 나바는 몹시 화가 난 나머지 이성을 잃었다. "당신은 아무것도, 아무것에도 관심이 없어, 안 그래?" 그녀가 말했다. "나에게도 그리고 아이들에게도." 그는 계속 자애롭게 미소를 지으며 그녀의 어깨에 손을 얹었다. 그러나 그녀는 그 손을 잡아 거칠게 흔들어 떼어내고는 쾅 소리 나게 문을 닫고 나갔다. 한 시간 뒤, 그는 그녀의 작업실로 꿀을 넣은 뜨거운 허브차를 가져다 주었다. 그는 그녀가 감기에 걸렸을지도 모른다고 생각했다. 그녀는 감기에 걸리지 않았다. 그러나 그 음료를 받아들고는 천천히 말했다.

"고마워요. 이렇게까지 하지 않아도 되는데."

5

그가 안개에 잠긴 거리를 돌아다니는 동안 혹시 그녀가 집에 돌아왔을까? 그는 잠시 동안 집으로 다시 가야 할지 생각해보았다. 그러나 빈집 생각이, 특히 침대 발치에 장난감 배처럼 색채가 화려한 그녀의 슬리퍼가 놓여 있는 빈 침실의 모습이 그를 단념시켰다. 그는 서둘러 길을 가기로 결심했다. 어깨를 앞쪽으로 기울인 채 그는 포도나무 거리와 타르파트 거리를 따라 나바가 일하는 초등학교까지 갔다. 불과 한 달 전에 그는 평의회의 그의 적들, 심지어 교육부 장관과 싸워 이 학교에 교실 네 개와 넓은 체육관을 신설하는 자금을 얻어내는 데 성공했다.

쇠로 된 학교 정문은 주말에는 잠겼다. 학교 건물과 운동장은 위쪽에 가시철사 고리가 씌워진 쇠 울타리에 둘러싸여 있었다. 베니 아브니는 그 울타리를 두 번 돈 뒤 기어올라 운동장으로 들어갈 수 있는 곳을 발견했다. 그는 개에게 손을 흔들었다. 개는 건너편에서 그를 지켜보고 있었다. 그는 쇠 울타리를 붙잡고 몸을 위로 끌어올린 뒤 손에 상처를 입어가며 가시철사 한쪽을 밀었다. 그런 다음 운동장으로 반쯤 뛰어내리고 반쯤 뒹굴었다. 착지할 때 발목을 삐끗했다. 그는 찢긴 왼손에 피를 흘리고 다리를 절뚝거리며 운동장을 가로질렀다.

옆문을 통해 학교 건물 안으로 들어가면서 그는 자신이 긴 복도에 있음을 깨달았다. 복도 양쪽에 교실이 여러 개 있었다. 거기서는 땀 냄새, 음식과 분필가루 냄새가 났다. 바닥에는 종잇조각과 오렌지 껍질이 어지럽게 널려 있었다. 그는 문이 조금 열린 어느 교실로 들어갔고, 교사용 책상 위에서 먼지 쌓인 헝겊 조각과 연습장에서 뜯어낸 종잇조각 하나를 발견했다. 종잇조각에는 몇 줄의 글이 휘갈겨져 있었다. 그는 그 손글씨를 유심히 들여다보았다. 확실히 여자의 글씨였다. 하지만 나바의 글씨는 아니었다. 베니 아브니는 종잇조각을 도로 내려놓았다. 이제 그 종잇조각은 그의 피가 묻은 채 책상 위에 놓여 있었다. 그는 몸을 돌려 칠판을 보았다. 칠판에는 종잇조각에서와 똑같은 여자다운 글씨로 "도시의 부산함과 비교한 시골생활의 고요함. 늦어도 수요일까지 마치세요"라고 적혀 있었다. 그 밑에는 이런 문장이 보였다. "다음 세 장章을 집에서 주의 깊게 읽고 질문들에 대한 답변을 준비할 것." 벽에는 테오도어 헤르츨(헝가리 출신의 오스트리아 유대인 작가. 시온주의 운동의 보급에 앞장섰고 시온주의 사상이 담긴 소설 《탕크레드》를 썼다)의 사진들, 대통령과 수상의 사진들, 그리고 '자연을 사랑하는 사람은 야생화를 존중한다' 같은 슬로건이 적힌 포스터들이 걸려 있었다.

의자들은 학생들이 앉아 있다가 벨이 울리자마자 서둘러 떠나느라 마구 밀쳐낸 듯 모두 엉망진창이었다. 창틀 화초 상자 안의 제라늄들은 슬프고 방치된 듯 보였다. 교사용 책상 반대편 벽에는 므나세 언덕에 있는 텔일란 마을이 초록색으로 동그랗게 표시된 커다란 이스라엘 지도가 걸려 있었다. 외투걸이에는 풀오버가 딱 하나 걸려 있었다. 베니 아브니는 교실을 떠나 인적 없는 복도를 절뚝거리며 서성였다. 상처 난 손에서 떨어지는 핏방울들이 그가 지나가는 길을 표시해주었다. 첫 번째 복도 끝에 있는 화장실에 다다랐을 때 뭔가가 그를 여자

화장실로 끌어당겼다. 남자 화장실에서 나는 것과 약간 다른 냄새가 났다. 칸이 다섯 개 있었고, 베니 아브니는 각각의 문 안에 무엇이 있는지 확인했다. 청소용구를 넣어두는 벽장 안까지 들여다보았다. 그런 다음 왔던 길을 돌아 다른 복도로 가고, 또 다른 복도로 가고, 마침내 교사용 휴게실 문을 찾아냈다. 거기서 '교사용 휴게실. 학생들은 특별한 허락 없이는 들어오지 못함'이라는 글이 새겨진 금속판을 만져보며 잠깐 쉬었다. 한순간 그 닫힌 문 너머에서 어떤 모임이 진행되고 있는 듯한 느낌이 들었다. 그는 그 모임을 방해하는 것은 아닐까 두려운 동시에 방해하고 싶은 욕망을 느꼈다. 하지만 그 휴게실은 비어 있었고, 또 어두웠다. 닫힌 창문에는 커튼이 드리워져 있었다.

교사용 휴게실의 두 벽면에는 서가가 늘어서 있었고, 가운데에는 커다란 탁자 하나와 의자 수십 개가 놓여 있었다. 완전히 비거나 반쯤 빈 찻잔과 커피 잔들이 책과 시간표, 인쇄된 회람장, 노트들과 함께 탁자 위에 널려 있었다. 멀리 창문 옆에는 교사 한 사람 한 사람의 서랍이 달린 커다란 캐비닛이 있었다. 그는 나바 아브니의 서랍을 찾아 끄집어내 탁자 위에 놓았다. 서랍에는 연습장 한 무더기, 분필 한 상자, 목 아플 때 먹는 사탕 한 봉지, 그리고 아무것도 들어 있지 않은 오래된 선글라스 케이스가 있었다. 그는 잠깐 생각한 뒤에 서랍을 제자리에 갖다놓았다.

한 의자 등받이에 눈에 익은 스카프 한 장이 걸려 있었다. 그러나 너무 어두워서 나바의 것인지 확신할 수 없었다. 베니 아브니는 조용히 스카프를 집어 손에 묻은 피를 닦아낸 뒤 접어서 스웨이드 외투 주머니에 집어넣었다. 그런 다음 휴게실을 나와 여러 개의 문이 나 있는 복도를 따라 절뚝거리며 걸어가다가 다른 복도로 들어섰다. 가는 도중에 교실들을 하나하나 들여다보았다. 양호실 문을 열어보았지만 잠겨 있었다. 그는 수위실 안을 흘깃 들여다보았고, 마침내 그가 들어왔던 문과는 다른 문을 통해 건물 밖으로 나갔다. 그는 절뚝거리며 운동장을 가로지르고, 울타리를 기어오르고, 가시철사를 다시 밀어젖히고, 그런 다음 거리로 뛰어내렸다. 이번에는 외투 소맷부리가 찢겨나갔다.

그는 자기가 정말로 무엇을 기다리는지 알지 못한 채 한동안 기다리며 서 있었다. 30피트 정도 떨어진 건너편 보도에 앉아 진지하게 그를 응시하고 있는 개가 눈에 들어왔을 때까지. 그는 더 가까이 가보자는 생각이 들었고 그 개를 걷어찼다. 그러나 개는 일어나서 몸을 쭉 편 뒤 기존의 거리를 계속 유지하며 앞으로 천천히 걸어갔다.

6

 그는 교사 휴게실에서 가져온 스카프로 동여맨 손에서 계속 피를 흘리며 텅 빈 거리를 지나 절뚝거리면서 십오 분가량 개를 따라갔다. 그 체크 무늬 스카프는 나바의 것일 수도 있고, 아니면 그냥 그녀의 것처럼 보이는 것일 수도 있었다. 낮은 잿빛 하늘이 나무들 꼭대기에 걸려 있었고, 안개층이 정원을 따라 내려앉아 있었다. 얼굴에 가느다란 빗방울이 떨어진 것 같았다. 하지만 그는 그렇다고 확신하지 못했고 신경도 쓰지 않았다. 그는 나지막한 벽을 힐끗 쳐다보았다. 거기에 새 한 마리가 있는 것을 본 것 같았다. 그러나 그것은 빈 깡통일 뿐이었다.

 그는 키 큰 부겐빌레아 울타리가 둘려 있는 좁은 골목길을 내려갔다. 최근에 그는 이 골목길에 포석을 다시 까는 안을 승인했고, 어느 날 아침엔가는 작업을 시찰하기 위해 여기에 와 보기도 했다. 그와 개는 그 골목길에서 시너고그 거리로 다시 들어갔다. 개가 앞장섰는데, 이번에는 불빛이 더 흐릿했다. 그는 곧장 집으로 가야 할지 어쩔지 알지 못했다. 지금쯤 그녀가 돌아왔을지도 모르고, 그가 어디에 갔는지 궁금해하며, 심지어는 또 누가 아는가, 그를 걱정하며 누워 있을지도 몰랐다. 하지만 텅 빈 집을 생각하자 불안했고 계속 절뚝거리며 개를 따라갔다. 개는 그의 앞에서 뒤도 돌아보지 않고 걸어갔다. 개의 주둥이는 길바닥 냄새를 맡기라도 하듯 밑으로 숙여져 있었다. 머지않아, 땅거미가 내리기 전에 폭우가 내려 먼지투성이 나무와 지붕과 포석 들을 깨끗이 씻겨줄 것이다. 그는 일어났을지도 모를 일과 결코 일어나지 않을 일에 대해 생각했다. 그러나 그의 생각은 이리저리 방황했다. 나바는 레몬나무들이 내려다보이는 뒷베란다에 쌍둥이 딸들과 함께 앉아 조용히 수다 떨기를 좋아했다. 그는 그들이 무슨 이야기를 하는지 결코 알지 못했고 알아내려고 애쓰지도 않았다. 이제는 그것이 궁금했다. 하지만 실마리가 없었다. 그는 결정을 내려야 할 것 같은 기분을 느꼈다. 그러나 매일 많은 결정을 내리는 데 익숙한데도 불구하고 이번에는 불확실성 때문에 괴로웠다. 사실 그는 자신이 무엇을 해야 하는지도 전혀 알지 못했다. 그러는 사이 개가 걸음을 멈추고 그에게서 30피트쯤 떨어진 포석에 앉았다. 그래서 그도 기념공원 앞에서 걸음을 멈추고 두세 시간 전에 아내가 앉아 있다가 아델에게 쪽지를 전해달라고 부탁했다는 벤치에 앉았다. 그는 스카프로 동여맨 손에서 피를 흘리며 벤치 한가운데에 자리를 잡았고, 보슬비가 내리기 시작했으므로 외투의 단추를 채웠다. 그렇게 앉아서 아내를 기다렸다.

낯선 사람들

1

 저녁이었다. 새 한 마리가 두 번 울었다. 그것이 의미한 바는 말로 표현할 방법이 없다. 미풍이 일었다가 멈췄다. 노인들이 의자를 가지고 바깥으로 나와 현관 앞에 앉아 지나가는 행인들을 바라보았다. 이따금 자동차가 지나가 길이 굽이진 곳 근처로 사라졌다. 여자 한 명이 장바구니를 들고 천천히 지나갔다. 식료품점에서 집으로 돌아가는 길인 듯했다. 어린아이 한 무리가 길을 소음으로 가득 채웠다. 아이들이 몰려가자 소음은 잦아들었다. 언덕 뒤에서 개 한 마리가 짖자 다른 개가 따라 짖었다. 하늘은 잿빛이 되어가고 있었고, 석양빛은 그늘진 사이프러스들을 지나 서쪽에만 보였다. 멀리 보이는 산들은 검은빛이었다.

 열일곱 살 난 불행한 코비 에즈라가 줄기가 흰색으로 회칠

된 유칼립투스 나무 뒤에 서 있었다. 그는 야위고 연약해 보였다. 다리가 가늘고 피부가 가무잡잡했으며, 얼굴에는 방금 불쾌하고 놀라운 사건이라도 있었던 것처럼 슬프고 놀라운 표정이 떠돌았다. 그는 더러운 청바지와 '세 거인 축제Three Giants Festival'라는 문구가 적힌 티셔츠를 입고 있었다. 그는 절망적인 사랑에 빠져 있었고 혼란스러웠다. 그가 사랑하는 여자는 그보다 거의 두 배나 나이가 많았다. 그녀에게는 이미 남자친구가 있었고, 그는 그녀가 자기에게 느끼는 감정이 예의 바른 동정심일 뿐이 아닌가 생각했다. 그는 자신이 느끼는 감정을 그녀가 짐작해주기를 바랐다. 그러나 정말로 그녀가 자신의 감정을 짐작한다면 자기를 거부할까 봐 두려웠다. 만일 오늘 저녁에 그녀의 남자친구가 디젤 탱크 트레일러를 타고 오지 않는다면, 그는 그녀가 낮 시간에 일하는 우체국에서 저녁 시간에 일하는 도서관까지 함께 걸어가자고 제안할 것이다. 이번에는 그의 감정을 그녀에게 이해시킬 만한 말을 꼭 해야 할 것이다.

우체국장이자 도서관 사서이기도 한 아다 드바시는 서른 살된 이혼녀였다. 그녀는 키가 작고, 예쁘고, 포동포동하고, 방긋 웃는 얼굴이었다. 어깨 길이의 금발 머리는 오른쪽 어깨보다 왼쪽 어깨 쪽에 더 많이 늘어져 있었다. 그녀가 걸어가면 커다란 나무 귀고리가 찰랑거렸다. 그녀의 눈은 따뜻한 갈색이었다. 그리고 약간 사팔뜨기였는데, 그 눈이 일부러 장난기 있게 곁눈질하는 것처럼 매력을 더해주었다. 그녀는 우체국 일과 도서관 일을 즐거워했고, 그 일들을 열심히 꼼꼼하게 수행했다. 그녀는 여름 과일과 경음악을 좋아했다. 매일 아침 일곱 시 삼십 분이면 우편물을 분류하고 편지와 소포 들을 주민들의 우편함에 집어넣었다. 여덟 시 삼십 분이 되면 우체국 문을 열고 영업을 시작했다. 한 시가 되면 우체국을 닫고 집에 가서 점심을 먹고 잠시 쉰 다음 다시 다섯 시부터 일곱 시까지 우체국을 열었다. 일곱 시에 우체국 문을 닫았고, 일주일에 두 번 월요일과 수요일에는 곧장 도서관으로 가서 문을 열었다. 그녀는 소포, 소화물, 전보 들을 처리하며 혼자 일했다. 공무에 필요한 편지를 작성했고, 우표나 항공우편 봉투를 사러 오는 고객, 청구서나 과태료를 지불하러 오는 고객, 자동차를 매입했거나 판매했다고 등록하러 오는 고객들을 따뜻하게 맞이했다. 모두 그녀의 느긋하고 자연스러운 태도를 좋아했으며, 사람들이 카운터 앞에 줄 서 있지 않을 때는 남아서 그녀와 함께 수다를 떨기도 했다.

 마을은 무척 작아서 우체국에 일을 보러 오는 사람이 그리 많지 않았다. 대부분의 사람이 우체국 바깥 벽에 달린 우편함에서 자기에게 온 우편물을 확인하기만 하고 가던 길을 계속 갔다. 우체국에 아무도 들어오지 않고 한 시간이나 한 시간 반이 지나가는 경우도 종종 있었다. 아다 드바시는 카운터에 앉아 우편물을 분류하고, 양식들을 작성하고, 소포 더미를 정확하게 사각형 모양으로 정리했다. 때때로 마을 사람들은 눈썹 숱이 많은 사십대 남자가 마을 한복판으로 그녀를 만나러 온다고 말했다. 우리 마을 출신은 아니고, 늘 멜빵 달린 파란 작업복을 입고 작업용 장화를 신는 키 크고 체격 좋은 남자라고. 그는 디젤 탱크 트레일러를 우체국 건너편에 세우고 우체국 입구의 벤치에 앉아 한 손으로 열쇠 꾸러미를 공중에 던졌다가 다시 받으면서 그녀를 기다렸다. 그의 탱크 트레일러가 우체국 맞은편이나 그녀의 집 앞에 주차되어 있을 때마다 마을 사람들은 이렇게 말했다. "아다 드바시의 남자친구가 또 다른 허니문을 위해 찾아왔군." 악의를 품고 하는 말이 아니라 애정을 담아 하는 말이었다. 아다 드바시가 마을에서 인기가 많았기 때문이다. 사 년 전 그녀의 남편이 그녀를 떠났을 때 마을 사람들은 대부분 그녀의 남편보다 그녀 편을 들었다.

2

햇빛이 사위어갈 때쯤 소년은 유칼립투스 나무 발치에서 막대기 하나를 발견했고, 아다 드바시가 우체국 일을 마치기를 기다리는 동안 그 막대기를 쥐고 흙바닥에다 사람들의 형상을 그렸다. 그 형상들은 마치 혐오감 속에서 그려진 듯 일그러진 모습이었다. 그러나 햇빛이 사위고 있어서 아무도 그 그림을 볼 수 없었다. 사실 그 자신조차 그 그림을 거의 볼 수 없었다. 그는 먼지구름을 일으키며 샌들 신은 발로 그림을 모두 문질러 지워버렸다. 그러고는 우체국에서 도서관으로 걸어갈 때 아다 드바시에게 할 적당한 말을 찾아보았다. 지금까지 그녀와 함께 그 길을 두 번 걸었는데, 그때마다 책과 음악에 대해 너무 열변을 토한 나머지 감정은 거의 나누지 못했다. 아마도 이번에는 외로움에 대해 이야기해야 하지 않을까? 하지만 그러면 그녀는 그가 자신의 이혼에 대해 언급하고 있다는 인상을 받을지도 모르고, 감정이 상하거나 상처를 받을지도 모른다. 지난번에 그녀는 성서에 대한 자신의 사랑을 말하고 매일 밤 잠들기 전에 성서를 한 장씩 읽는다고 말했다. 그러니 이번에는 성서에 나오는 사랑 이야기에 대해 이야기하는 것으로 시작해야 하지 않을까? 다윗에 대해, 그리고 사울의 딸 미카엘에 대한 그의 사랑에 대해? 아니면 노래 중의 노래인 시편에 대해? 그러나 성서에 대한 그의 지식은 보잘것없었고, 이해하지도 못하는 주제에 관해 이야기하면 아다가 자기를 멸시할까 봐 겁이 났다. 차라리 동물에 대해 이야기하는 게 더 나을 것 같았다. 그는 동물들을 좋아했고 동물들에게 친근감을 느꼈다. 이를테면 명금鳴禽들의 짝짓기 습관에 관해 이야기할 수도 있다. 그 새들을 이용해 자신의 감정을 암시할 수도 있을 것이다. 그러나 열일곱 살 난 소년이 삼십대의 여자와 어떤 기회를 가질 수 있을까? 기껏해야 동정심 비슷한 감정이나 불러일으킬 것이다. 동정심과 사랑 사이의 거리는 웅덩이에 비친 달과 실제의 달 사이의 거리와 흡사할 것이다.

그러는 사이 햇빛이 사위어갔다. 노인 몇 명은 아직 현관 앞 의자에 앉아 꾸벅꾸벅 졸거나 앞을 응시하고 있었지만, 대부분은 의자를 접어 집 안으로 들어가버렸다. 거리가 비어갔다. 마을 주변 언덕에 있는 포도밭에서 자칼들이 울부짖었고, 마을의 개들이 그 소리에 화답해 광포하게 짖어댔다. 멀리서 한 차례 들려온 총성이 어둠을 휘저어놓았고, 연이어 들려온 요란한 귀뚜라미 울음소리가 그 소리를 덮어버렸다. '이제 몇 분만 더 있으면 그녀가 나와서 우체국 문을 닫고 도서관으로 출발할 거야. 그러면 너는 그늘 속에서 나타나 지난번처럼 그녀와 함께 걸어도 되겠느냐고 묻는 거야.'

그는 지난번 그녀가 빌려준 책 《댈러웨이 부인》을 아직 다 읽지 못했다. 하지만 다른 책을 한 권 더 빌려달라고 그녀에게 부탁하고 싶었다. 주말 내내 독서를 하며 시간을 보낼 계획이었다. '너는 친구가 없니? 외출할 계획 없어?' 그렇다. 그에게 친구가 없다는 것은 명백한 사실이었고, 외출할 계획도 없었다. 그는 자기 방에 앉아 책을 읽거나 음악 듣는 것을 더 좋아했다. 학교 친구들은 왁자지껄한 소리에 둘러싸여 시끄럽게 떠드는 것을 좋아했지만, 그는 조용한 것을 좋아했다. 이번에 그가 그녀에게 해야 할 말이 바로 이것이었다. 그러면 그녀는 그가 색다르다는 것을 절로 알아차릴 것이다. 특별하다는 것을. "도대체 왜 너는 항상 다른 아이들과 달라야만 하는 거냐?" 그의 아버지는 줄곧 그에게 이렇게 말했다. "밖에도 좀 나가고, 운동도 하려무나." 그의 어머니는 매일 저녁 그의 방에 들어와 그가 신을 깨끗한 양말이 있는지 확인했다. 어느 날 저녁, 그는 방문을 잠그고 방 안에 틀어박혔다. 그러자 다음 날 그의 아버지가 방 열쇠를 압수해버렸다.

그는 손에 쥔 막대기로 하얗게 회칠한 유칼립투스 나무껍질을 긁어댔다. 그리고 두 시간 전에 면도한 것이 아직 제대로 유지되고 있는지 확인하기 위해 턱을 만져보았다. 그는 손가락으로 턱을 어루만지다가 뺨과 이마로 넘어갔다. 자기 손가락이 그녀의 손가락이라고 상상하면서. 일곱 시가 조금 안 되어 텔아비브에서 온 버스가 도착해 평의회 사무실 앞에 멈춰섰다. 코비는 숨어 있던 유칼립투스 나무 뒤에서, 가방과 짐꾸러미를 가지고 내리는 사람들을 보았다. 그 사람들 속에는 스타이너 박사와 그의 선생님 라헬 프랑코도 있었다. 그들은 라헬의 늙은 아버지에 대해 이야기하고 있었다. 그 노인이 신문을 사러 나갔다가 집으로 돌아오는 길을 잊어버렸다고 했다. 그들의 목소리가 그에게까지 와 닿았지만, 그는 그들 대화의 실마리를 포착할 수 없었고 그러고 싶지도 않았다. 승객들이 흩어짐에 따라 그들의 목소리도 멀리 사그라졌다. 그리고 귀뚜라미 울음소리가 다시 들렸다.

일곱 시 정각에 아다 드바시가 우체국에서 나왔다. 그녀는 문을 잠그고, 무거운 맹꽁이자물쇠도 잠그고 자물쇠가 잘 고정되었는지 확인했다. 그러고는 텅 빈 길을 건넜다. 그녀는 헐렁한 여름 블라우스와 얇고 풍성한 스커트를 입고 있었다. 코비 에즈라는 숨어 있던 곳에서 나와 그녀를 놀라게 할까 봐 두려운 듯 부드러운 목소리로 말했다.

"또 저예요. 코비. 함께 좀 걸어도 돼요?"

"안녕." 아다 드바시가 말했다. "얼마나 오래 여기 서서 기다린 거니?"

코비는 거짓말을 할 뻔했지만 어떤 이유로 인해 진실이 그의 입에서 튀어나왔다.

"삼십 분 기다렸어요. 좀 더 되었을지도 모르고요."

"왜 나를 기다렸니?"

"특별한 이유는 없어요."

"곧장 도서관으로 올 수도 있었잖아."

"그렇죠. 하지만 여기서 기다리고 싶었어요."

"책은 반납했니?"

"아직 다 읽지 못했어요. 주말에 읽을 다른 책을 한 권 더 빌려달라고 부탁하러 왔어요. 두 권 다 끝까지 읽을 거예요."

그리고 창립자 거리를 걸어 올라가면서 그는 자기가 반에서 책을 읽는 거의 유일한 아이라고 말했다. 다른 아이들은 컴퓨터나 운동에 중독되어 있다고. 여자아이들은, 그렇다, 조금 있었다. 책을 읽는 여자애가 몇 명 있었다. 아다 드바시는 그것을 알고 있었지만 그런 얘기를 언급하고 싶지 않았다. 그를 무안하게 만들지 않기 위해서. 그는 그녀 옆에서 계속 걸으면서, 한순간이라도 말을 그치면 그녀가 그의 비밀을 짐작할까 봐 두려운 듯 쉬지 않고 이야기했다. 하지만 그녀는 어쨌든 그런 그를 짐작하고 있었고, 어떻게 하면 그에게 잘못된 생각이나 상처를 심어주지 않을지 궁금해했다. 그녀는 그에게 손을 뻗어 머리를 쓰다듬고 싶은 마음을 애써 자제해야 했다. 그의 머리는 짧게 잘려 있었고, 곱슬거리는 앞머리가 이마에 착 달라붙어 있어서 어린아이 같은 인상을 주었다.

"너, 친구들 없니?"

"남자애들은 유치하고, 여자애들은 저 같은 아이를 좋아하지 않아요." 그러고 나서 불쑥 덧붙였다. "당신도 다른 사람들과 같지 않잖아요."

그녀가 어둠 속에서 미소를 짓고는 블라우스의 목깃을 똑바로 폈다. 목깃이 비뚤어져 있었던 것이다. 그녀가 걸을 때마다 커다란 나무 귀고리가 제 고유의 생명을 가진 것처럼 찰랑거렸다. 코비는 계속 쉬지 않고 이야기를 했다. 이제 그는 사회가 진정한 가치를 지닌 사람들을 불신한다고, 심지어 멸시한다고 말하고 있었다. 말하는 동안 그는 자기 옆에서 걷고 있는 이 여자를 만지고 싶다는 절박함을 느꼈다. 어떻게든 가볍게 혹은 재빨리. 그는 손을 뻗어 손가락 끝으로 그녀의 어깨를 거의 만질 뻔했다. 그러나 마지막 순간에 손을 거두고 주먹을 꽉 쥐고는 팔을 떨어뜨렸다. 아다 드바시가 말했다.

"이 정원에 있는 개가 일전에 나를 쫓아와 다리를 물었어. 그러니 서둘러서 가자."

아다가 자기 다리에 대해 언급하자 소년은 얼굴이 붉어졌다. 주변이 어두워서 그녀가 알아채지 못한 것이 다행스러웠다. 그러나 그녀는 뭔가 눈치챘다. 그의 얼굴이 붉어진 것이 아니라 그가 갑자기 조용해진 것을. 그녀는 그의 등을 부드럽게 건드리고는《댈러웨이 부인》에 대해 어떻게 생각하느냐고 물었다. 코비는 흥분해서 마치 자신의 감정을 고백하듯 불안정하고 부자연스러운 목소리로 그 책에 대해 말하기 시작했다. 그는 인생은 오직 주변에서 일어나는 어떤 생각이나 감정에 바쳐질 때만 의미가 있다고 주장하면서《댈러웨이 부인》과 다른 책들에 대해 오랫동안 이야기했다. 아다 드바시는 고심

한 듯한 그의 어법이 마음에 들었지만, 그가 이토록 외롭고 여자친구 한 명 없는 것이 그것 때문이 아닌지 궁금했다. 도서관에 도착했을 때도 그는 여전히 이야기하고 있었다. 도서관은 면사무소 건물 뒤쪽에 증축한 부분의 1층에 있었다. 그들은 옆문을 통해 안으로 들어갔다. 개관 시간인 일곱 시 삼십 분까지는 아직 십 분이 남아 있었다. 아다는 함께 커피를 마시자고 말했다. 그러자 코비는 중얼거리기 시작했다. "아뇨, 괜찮아요. 정말 그러실 필요 없어요." 하지만 곧 마음을 바꾸어 말했다. "좋아요, 안 될 것도 없죠. 네, 주세요." 그러고는 자신이 도울 일이 없느냐고 물었다.

3

도서관에 불이 켜졌다. 하얀 네온 불빛이었다. 아다가 에어컨을 켰고, 에어컨이 낮게 쿨쿨거리는 소리를 내기 시작했다. 도서관은 하얀 페인트를 칠한 금속 서가들이 줄지어 놓인 자그마한 공간이었다. 그 서가들에서 떨어져 나란히 놓인 개방된 서가 세 개는 네온 불빛을 조금 덜 받고 있었다. 입구 근처에는 책상 하나가 있고, 그 위에 컴퓨터, 전화기, 브로슈어와 잡지 한 더미, 책 두 무더기와 오래된 라디오 한 대가 놓여 있었다.

그녀가 시야에서 사라져 한 통로로 내려갔다. 통로 끄트머리에는 화장실 입구와 싱크대가 있었다. 그녀는 싱크대에서 주전자에 물을 채우고 스위치를 켰다. 물이 끓기를 기다리는 동안 그녀는 컴퓨터를 켜고 코비를 책상 뒤 자기 옆자리에 앉혔다. 코비는 아래를 내려다보며 무릎 위까지 내려온 그녀의 레몬빛 스커트를 관찰했다. 그녀의 무릎을 보자 그의 얼굴이 다시 붉어졌고, 그는 자기 무릎 위에 손을 얹었다. 그런 다음 생각을 고쳐 다시 가슴에 X자로 손을 교차시켰다. 그러다가 마침내 책상 위에 손을 내려놓았다. 그녀가 그를 쳐다보자 조금 사팔눈인 그녀의 왼쪽 눈이 그에게 윙크를 하는 듯한 느낌이 들었다. 그 눈은 마치 이렇게 말하는 듯했다. '그리 나쁘지 않아, 코비. 그런데 너 얼굴이 다시 붉어졌구나.'

물이 끓었다. 아다 드바시는 블랙커피 두 잔을 만들어 그에게 묻지도 않고 설탕을 넣었다. 그녀가 한 잔을 코비 쪽으로 밀어주었다. 그녀는 '세 거인 축제'라고 적힌 그의 티셔츠를 바라보며 그것이 어떤 축제일까, 그리고 세 거인은 누구일까 궁금해했다. 여덟 시 이십 분 전이었고, 도서관에 들어온 사람은 아무도 없었다. 책상 한쪽 끝에 지난주에 입고된 새 책 대여섯 권이 쌓여 있었다. 아다는 새로 들어온 책을 어떻게 컴퓨터에 등록하는지, 책에 어떻게 도서관 스탬프를 찍는지, 비닐

표지를 어떻게 씌우는지, 그리고 일련번호가 적힌 라벨을 어떻게 책등에 붙이는지 코비에게 알려주었다.

"이제부터 너는 사서 보조야."

그녀가 말했다. 그러고는 덧붙였다.

"말해봐. 집에서 부모님이 기다리시지 않니? 저녁식사 때문에? 부모님이 걱정하시지 않을까?"

사팔눈인 그녀의 왼쪽 눈이 다정하게 윙크를 했다.

"당신도 아직 저녁 안 먹었잖아요."

"나는 항상 도서관 문을 닫은 뒤에 저녁을 먹는걸. 냉장고에서 음식을 꺼내 텔레비전 앞에서 먹어."

"당신이 일을 마치면 집까지 함께 걸어갈게요. 그러면 어둠 속을 혼자 걷지 않아도 될 거예요."

그녀가 그를 보고 웃더니 그의 손에 자신의 따뜻한 손을 얹었다.

"그럴 필요 없어, 코비. 나는 겨우 오 분 거리에 사는걸."

그녀의 손이 닿자 달콤한 전율이 뒷덜미에서 척추 끝까지 흘렀다. 그러나 그는 그녀의 이 말을 듣고 그녀의 남자친구가, 디젤 탱크 트레일러를 몰고 다니는 사람이 집에서 그녀를 기다리고 있는 게 틀림없다고 추리했다. 그 남자가 이미 와 있는 것이 아니라면 나중에 밤에 그를 만날 예정임을 추리할 수 있었다. 그래서 그녀가 집까지 함께 걸어가줄 필요가 없다고 그에게 말한 것이다. 하지만 그는 어떻게든 개처럼 집 계단까지 그녀를 따라갈 것이다. 그리고 그녀가 문을 닫으면 계단에 앉아 있을 것이다. 이번에는 그녀와 손을 잡고 악수를 하며 잘 자라고 말할 것이다. 그녀의 손이 그의 손 안에 있을 때 그녀가 이해하도록 그 손을 가볍게 두 번 비틀 것이다. 단지 나이가 더 들었다는 이유만으로 디젤 탱크 트레일러 기사가 그보다 더 유리한 세상이라니, 뭔가 잘못되었고, 비뚤어졌고, 치사했다. 눈썹이 짙은 탱크 트레일러 기사가 마을 한복판에 와서 살진 손가락을 그녀의 블라우스 앞섶 안으로 집어넣는 모습이 갑자기 그의 마음의 눈에 떠올랐다. 그러자 강한 욕망과 부끄러움이 함께 느껴지면서 절박한 분노가 이는 동시에 그녀에게 뭔가 상처를 주고 싶은 기분이 들었다.

아다가 곁눈질로 그를 바라보고는 뭔가를 눈치챘다. 그녀는 서가를 좀 둘러보자고 제안했다. 그녀는 엘다드 루빈이 여백에 직접 손글씨로 수정한 원고 같은 온갖 보물을 그에게 보여주려고 했다. 그러나 그가 뭐라고 대답하기도 전에 나이 든 여자 두 명이 들어왔다. 한 명은 칠부 길이의 배기바지를 입고 머리를 빨간색으로 염색한 키가 작고 몸집이 떡 벌어진 여자였고, 다른 한 명은 잿빛 머리에 두꺼운 안경 안의 두 눈이 튀어나온 반바지 차림의 여자였다. 그들은 책을 반납하러 왔고 책 몇 권을 더 빌리고 싶어 했다. 그들은 나라 전체가 떠들어대는 새로 나온 이스라엘 소설에 대해 둘이서 그리고 아다와 함께 수다를 떨었다. 코비는 통로를 지나 아래쪽 서가에서 버지니아 울프의 《등대로》를 발견했다. 그는 그들의 대화에 귀 기울이지 않아도 되도록 선 채로 두세 페이지를 읽었다. 그러나 그들의 목소리가 그를 훼방했고, 그는 자신이 그들의 이야기를 엿듣고 있다는 것을 깨달았다.

"내가 어떻게 생각하는지 말하자면." 그들 중 한 사람이 말했다. "그는 똑같은 것을 계속 반복하고 있는 것 같아요. 약간의 변화만 줘서 똑같은 책을 연거푸 쓰고 있어요."

"도스토옙스키와 카프카도 똑같은 것을 반복했어요." 그녀의 친구가 말했다.

"그게 뭐 어때서요?" 아다가 미소를 띠며 말했다. "글은 자기 존재의 뿌리에서 나오기 때문에 작가가 자꾸만 되돌아가게 되는 주제와 모티프들이 있죠."

아다가 '자기 존재의 뿌리'라고 말했을 때 코비는 뭔가가 마음속을 죄어오는 것을 느꼈다. 그 순간 그는 그녀가 그 말을 엿들으라고 자기에게 암시했다고 생각했다. 그 말은 그 여자들에게 했다기보다는 그에게 한 거라고, 그들 영혼의 가장 깊은 부분이 하나의 뿌리를 나눠 가졌다고 말하고자 한 거라고 생각했다. 그는 상상 속에서 그녀에게 다가가 그녀의 어깨에 팔을 둘렀다. 그리고 그의 머리가 그녀보다 더 높았으므로 그녀의 머리를 자기 어깨에 기대게 했다. 그녀의 가슴이 그의 가슴에, 그녀의 배가 그의 배에 밀착되는 것을 느낄 수 있었다. 그다음에는 너무나 사무쳐서 견딜 수 없는 영상이 보였다.

여자들이 떠났지만 그는 일이 분 정도 그 자리에 그대로 머무르며 몸을 진정시킨 뒤 평소보다 약간 더 깊은 목소리로 곧 그쪽으로 가겠다고 아다에게 말했다. 그사이 아다는 아까 그 두 여자가 반납한 책과 빌려간 책 들을 컴퓨터에 등록했다,

마치 코비도 도서관에서 일하는 것처럼 두 사람은 책상 앞에 나란히 앉았다. 에어컨이 쉭쉭거리는 소리와 네온 불빛이 윙윙거리는 소리만이 그들 사이의 침묵을 깨뜨렸다. 그들은 제2차 세계대전이 절정일 때 투신자살한 버지니아 울프에 대해 이야기했다. 아다는 어떻게 전쟁이 한창일 때 자살을 할 수 있는지 이해하지 못하겠다고 말했다. 버지니아 울프가 약간의 연루감도 느끼지 않았을 거라고, 혹은 세상 모든 사람에게 어떤 방식으로든 영향을 미쳤을 그 끔찍한 전쟁이 어떻게 돌아가고 결국 어느 쪽이 승리할지 알고 싶지 않았을 거라고 상상하기란 힘들었다. 그녀는 자신의 고국 영국이 살아남을 것인지 아니면 나치에 정복될 것인지 알고 싶지 않았을까?

"그녀는 절망에 빠졌던 거예요." 코비가 말했다.

"나는 바로 그걸 이해할 수 없어." 아다가 말했다. "사람에게는 소중하고 잃고 싶지 않은 것이 한 가지씩은 있게 마련이

야. 그것이 고양이나 개일지라도 말이야. 아니면 안락의자를 좋아할 수도 있지. 비가 내리는 정원 풍경을 좋아할 수도 있고. 그것도 아니면 창가에서 바라보는 석양이라든가."

"당신은 행복한 사람이네요. 확실히 당신은 절망과는 어울리지 않겠어요."

"아니야, 어울리지 않는 건 아니야. 그게 내 흥미를 끌지 않는 거지."

안경을 쓴 이십대 아가씨가 도서관으로 들어왔다. 꽃무늬 블라우스에 꼭 끼는 청바지를 입은, 엉덩이가 풍만한 아가씨였다. 그녀는 밝은 네온 불빛에 눈을 가늘게 떴다가 아다와 코비를 보고는 미소를 짓더니 코비에게 부사서가 될 거냐고 했다. 그녀는 1936년에서 1939년 사이에 일어난 아랍인 폭동으로 알려진 사건들에 대한 자료를 찾고 있었다. 아다는 이스라엘과 중동의 역사에 관한 책들이 꽂힌 구획을 그녀에게 보여준 뒤 책 두 권을 차례로 뽑아내 목차를 훑어보았다.

코비는 화장실 옆에 있는 싱크대로 가서 커피 잔 두 개를 씻었다. 책상 위쪽에 걸린 시계가 아홉 시 이십 분 전을 알리고 있었다. '너의 감정을 보여주지 못한 채 하룻저녁이 또 그냥 지나갈 거야. 이번 기회를 그냥 흘려보내서는 절대 안 돼. 다시 그녀와 단둘이 있게 되면 그녀의 손을 두 손으로 붙잡고 그녀의 눈을 똑바로 들여다보며 말해야 해. 하지만 뭐라고 말할 거야? 그리고 만일 그녀가 웃음을 터뜨리면 어떻게 할 셈이야? 아니면 그녀가 놀라서 허둥대며 손을 빼내면? 아니면 너를 안타깝게 여겨서 네 머리를 자기 가슴에 지그시 누르고 쓰다듬어줄지도 모르지. 어린아이에게 하듯이 말이야.' 그에게는 거부보다 동정심이 더 끔찍했다. 만약 그녀가 그를 가엾게 여기는 것처럼 행동하면 그는 분명 자제하지 못하고 울음을 터뜨릴 것이다. 그가 눈물을 억누를 수 있는 방법은 없었다. 그리고 나면 모든 것이 끝날 것이고, 그는 그녀에게서 떠나 어둠 속으로 달려나갈 것이다.

커피 잔들은 이미 말라 있었지만 그는 그런 생각을 하면서 싱크대 옆 고리에 걸려 있는 행주로 커피 잔들을 계속 닦았고, 네온 등불을 향해 절박하게 덤벼드는 나방 한 마리를 응시했다.

4

안경을 쓴 아가씨는 고맙다고 말하고는 아랍인 폭동에 관한 책 대여섯 권을 비닐 봉투에 담아서 떠났다. 아다는 책상 위 카드에 기록된 그 책들의 상세한 사항을 컴퓨터에 옮겨 넣었다. 아다는 사실 한 번에 책을 두 권 이상 빌려주지 않지만 그 아가씨가 열흘 뒤까지 에세이를 제출해야 한다고 해서 특별히 허락해줬다고 코비에게 설명했다.

"곧 아홉 시가 될 거야. 그러면 도서관을 닫고 집으로 가자."

그녀가 말했다.

집으로 가자는 말을 듣자 마치 그 말이 어떤 비밀이라도 간직하고 있는 것처럼 코비의 심장이 마구 뛰기 시작했다. 다음 순간 그는 다리를 꼬았다. 몸이 다시 흥분했고 그를 당황하게 만들 것 같았기 때문이다. 내면의 목소리가 그에게 말했다. 부끄러워지든 놀림감이 되든 동정을 사든 포기하지 말아야 한다고. 그녀에게 말해야 한다고.

"아다, 내 말 좀 들어봐요."

"그래."

"당신한테 개인적인 것 좀 물어도 돼요?"

"말해봐."

"혹시 상대방이 당신의 사랑에 보답해줄 거라는 희망 없이 누군가를 사랑해본 적 있어요?"

그녀는 즉시 그가 있는 쪽을 바라보고는 그에 대한 애정과 그의 감정을 조심스럽게 다뤄야 한다는 의무감 사이에서 잠시 망설였다. 또 이 두 가지 생각 속에서 그에게 응하고 싶은 희미한 충동도 느꼈다.

"응, 하지만 오래전 일이야."

"그때 어떻게 했어요?"

"그런 경우 아가씨들이 하는 일을 다 했지. 식음을 전폐하고, 밤에 울고, 눈길을 끄는 예쁜 옷을 입고, 그다음에는 일부러 칙칙한 옷을 입었어. 그게 지나갈 때까지. 그건 지나가, 코비. 당시에는 영원히 계속될 것처럼 보여도 말이야."

"하지만 나는……."

다른 독자가 들어왔다. 이번에는 주름살이 있지만 원기왕성한, 나이에 비해 몹시 젊어 보이는, 얇은 여름 원피스를 입은 칠십대 중반의 노부인이었다. 그녀는 가무잡잡하게 그을린 가느다란 손목에 은팔찌를 차고, 목에는 두 줄짜리 호박 구슬 목걸이를 걸고 있었다. 그녀가 아다에게 인사를 하고는 꼬치꼬치 물었다.

"그런데 이 매력적인 젊은이는 누구예요? 어디서 이 젊은이를 찾아냈어요?"

아다가 웃으며 대답했다.

"새로 온 제 보조예요."

"난 젊은이를 알아요." 노부인이 코비를 돌아보며 말했다. "식료품상 빅토르 에즈라의 아들이죠. 젊은이, 자원봉사해요?"

"네, 아뇨, 그게 그러니까……."

"저를 도와주러 온 거예요." 아다가 말했다. "이 젊은이는 책을 좋아하거든요."

노부인은 외국어 소설 한 권을 반납하고는 요즘 모든 사람에게 화제인 이스라엘 작가의 책, 아까 왔다 간 두 여자가 요청했던 책을 빌릴 수 있느냐고 물었다. 아다는 그 책이 도서관에 두 권뿐이라서 순서를 기다리는 사람이 많다고 대답했다.

"대기자 목록에 올려드릴까요, 리자? 한 달에서 두 달 사이면 차례가 될 거예요."

"두 달?" 노부인이 말했다. "그 시간이면 그 작가가 다른 책을 한 권 더 쓰겠네."

아다가, 그렇다면 임시변통으로 좋은 평을 받은 스페인어 번역소설이라도 빌려가라고 노부인을 설득했고, 노부인은 그 책을 빌려 도서관을 떠났다.

"참 기분 나쁜 할머니네요." 코비가 말했다. "말도 많고요."

아다는 대답하지 않았다. 그녀는 노부인이 반납한 책의 페이지를 넘기고 있었다. 코비는 자신이 견딜 수 있는 한도를 넘어서는 갑작스러운 절박감을 느꼈다. 이제 그들은 다시 단둘이 있게 되었다. 그러나 십 분이 지나면 그녀는 폐관 시간이라고 말할 것이고 시간이 없을 것이다. 이번에는, 그리고 아마도 영원히. 치과 병원처럼 눈부신 하얀 네온 불빛이 갑자기 싫어졌다. 그 불빛은 그가 그녀에게 말하는 것을 방해하는 듯했다.

"네가 정말로 내 보조가 될 수 있는지 어디 보자." 아다가 말했다. "방금 그 할머니가 빌려간 책을 기록하면 돼. 할머니가 반납한 책도. 어떻게 하는지 내가 알려줄게."

'도대체 아다는 나를 어떻게 생각하는 거지?'

코비는 갑자기 맹렬히 화가 났다.

'나는 어린아이일 뿐이니, 잠깐 동안 자기 컴퓨터를 갖고 놀게 한 다음 이제 그만 집에 가서 자라고 돌려보내려는 걸까? 어쩌면 그렇게 바보 같을 수 있지? 그녀는 아무것도 이해 못하는 걸까? 아무것도?'

그는 그녀에게 상처를 주고, 그녀를 물어뜯고, 짓밟고, 그녀의 커다란 나무 귀고리를 잡아뜯고, 그녀를 일깨워 이해하게 만들고 싶은 맹목적인 충동을 느꼈다.

아다가 자신이 실수했음을 깨닫고 그의 어깨에 손을 얹으며 말했다.

"괜찮아, 코비."

그녀의 손이 어깨에 닿자 코비는 현기증이 일었다. 동시에 슬픈 기분도 들었다. 그녀가 그저 그를 위로하기 위해 그런다는 것을 알고 있기 때문이었다. 그는 몸을 돌려 귀고리가 달랑거리는 그녀의 뺨을 두 손으로 단단히 감싸고 그녀의 얼굴을 세게 끌어당겼다. 그러나 감히 그녀의 입술로 자기 입술을 가져가지는 못하고 그냥 두 손으로 그녀의 뺨을 오랫동안 감싸고 그녀의 입술을 응시하기만 했다. 그녀의 입술은 벌어져 있지 않았지만 꼭 다물려 있지도 않았다. 무자비한 네온 불빛 아래 드러난 그녀의 얼굴에는 그가 인식하지 못한 표정이 하나 있었다. 아니는 상처 받거나 감정이 상한 것 같진 않아, 오히려 슬퍼 보여, 그는 생각했다. 그는 그녀의 얼굴을 부드럽게 그러나 단단하게 감싼 채 자신의 입술을 그녀의 입술에 가까이 가져갔다. 그의 몸 전체가 욕망과 두려움으로 파르르 떨렸다. 그녀는 그에게 저항하지 않고, 그의 손에서 빠져나가려고 하지도 않고 기다렸다. 마침내 그녀가 말했다.

"코비, 나가는 게 좋겠어."

코비는 그녀의 얼굴에서 손을 떼고 두 눈은 그녀에게서 떼지 않은 채 튀어오르듯 일어나 떨리는 손가락으로 더듬더듬 전기 스위치를 찾았다. 눈 깜짝할 사이에 네온 불빛이 꺼지고, 어둠이 도서관 안을 가득 채웠다. 그는 마음속으로 생각했다. '지금이야. 지금 그녀에게 말하지 않으면 너는 평생 동안 후회할 거야. 영원히.' 상반되는 욕망과 감정만큼이나 그는 그녀를 숨겨주고 보호해주고 싶은 막연한 충동을 느꼈다. 그 자신으로부터.

5

앞으로 뻗친 그의 팔이 그녀를 찾아 더듬었고 마침내 찾아냈다. 그녀는 책상 뒤에 꼼짝 않고 서 있었다. 그는 어둠 속에서 그녀를 끌어안았다. 얼굴을 마주하고 끌어안은 것이 아니라, 그녀의 몸 옆쪽에 얼굴을 대고 아랫도리로 그녀의 허리를 누른 채 T자 모양으로. 어둠이 그에게 용기를 주었고, 그는 그녀의 귀와 관자놀이에 입을 맞추었다. 하지만 감히 그녀를 자기 쪽으로 돌려세우고 입술로 그녀의 입술을 공략하지는 못했다. 그녀는 두 팔과 손을 옆으로 늘어뜨린 채 서서 그에게 저항하지도 호응하지도 않았다. 그녀의 생각은 합병증이 발발하고 오 개월 뒤 태어났던 사산아에게로 옮아갔다. 의사는 그녀가 다시는 아기를 가질 수 없다고 말했다. 그 후 울적했던 몇 달 동안 그녀는 사산 전 남편이 하룻밤 그녀와 잤다는 것 외에는 정당한 이유도 없이 아기의 죽음에 대해 남편을 탓했다. 그녀는 남편이 마음대로 하는 것을 원치 않았지만 그렇게 하도록 내버려두었다. 그녀는 어렸을 때부터 의지력이 강한 사람에게, 특히 그 사람이 남자인 경우에는 두말없이 굴복했다. 그녀의 성격이 순종적이어서가 아니라, 남자의 강한 의지력이 그녀에게 굴복 욕구와 함께 안전감과 신뢰감을 주었기 때문이다. 이제 아다는 소년의 측면 포옹을 격려하지도 제지하지도 않고 받아들였다. 그녀는 두 팔을 달랑거리고 머리를 늘어뜨린 채 꼼짝 않고 서 있었다. 그러나 그녀는 힘없이 한숨을 쉬었다. 코비는 그 뜻을 해석하지 못했다.

그것은 그가 영화에서 본 것과 같은 기쁨의 신음이었을까, 아니면 희미한 항의였을까? 그러나 상상력이 풍부하고 성적으로 좌절한 열일곱 살 소년의 강렬한 욕망이 그녀의 엉덩이에 자기 몸을 문지르게 했다. 그녀보다 머리 하나만큼 키가 큰 그는 위쪽에서 배회하는 자기 가슴과 입으로 그녀의 머리를 천천히 끌어당긴 뒤, 마치 자신의 아랫도리가 그녀에게 하고 있는 일에서 그녀의 의식을 흩뜨리려는 것처럼 그녀의 귀고리 하나를 가볍게 만지작거렸다. 그의 욕망은 부끄러움으로 인해 억제되기는커녕 더 강해졌다. 그는 자신이 지금 자신과 자신이 사랑하는 사람 사이에 발전했을 수도 있는 어떤 것을 영원히 파괴하고 짓밟고 있음을 알았다. 그 파괴가 그의 머리를 어찔어찔하게 만들었고 그의 손은 그녀의 가슴을 더듬어 찾았지만, 이내 허둥대며 그녀의 어깨에 팔을 감았다. 그러는 동안 그의 아랫도리는 그의 척추와 무릎이 기쁨으로 후들거린 나머지 넘어지지 않도록 그녀에게 찰싹 달라붙어야 할 때까지 그녀의 엉덩이를 계속 문지르고 있었다. 복부가 축축한 것을 느낀 그는 그녀까지 더러워지지 않도록 서둘러 몸을 떼어냈다. 그는 확 달아오른 얼굴로 이를 딱딱 부딪치며 그녀와 매우 가까운 어둠 속에, 그러나 그녀를 만지지는 않은 채 숨을 헐떡이고 몸을 떨면서 서 있었다. 아다가 조용히 입을 열어 침묵을 깼다.

"불을 켤게."

"네." 코비가 대답했다.

그러나 그녀는 서둘러 불을 켜지는 않았다.

"너 저쪽으로 가서 매무새 좀 다듬어야겠다." 그녀가 말했다.

"네." 코비가 대답했다.

그가 어둠 속에서 갑자기 중얼거렸다.

"미안해요."

그는 그녀의 손을 더듬어 찾아 쥐고는 그 손에 입술을 문지르며 다시 사과한 뒤 더듬거리며 문 쪽으로 나아갔다. 그리고 도서관의 두꺼운 어둠 속에서 도망쳐 여름밤의 빛나는 어둠 속으로 들어갔다. 저수탑 위에 반달이 떠서 지붕, 나무, 동쪽의 그늘진 언덕 위에 창백하고 어슴푸레한 빛을 뿌리고 있었다.

그녀는 눈부신 네온등을 켠 뒤 한 손으로 블라우스 자락을 펴고 다른 손으로는 머리를 폈다. 그녀는 그가 잠시 화장실에 갔을 거라고 생각했다. 그러나 도서관 문이 활짝 열려 있었고, 그녀는 그를 따라 밖으로 나가 계단에 섰다. 그녀의 폐가 서늘한 밤공기로 가득 찼다. 밤공기에서는 갓 베어낸 풀 냄새, 쇠똥 냄새, 그리고 이름을 떠올릴 수 없는 달콤한 꽃 냄새가 희미하게 풍겼다. 그녀는 혼잣말로 중얼거렸다. '너는 왜 달아났니. 왜 가버렸니. 왜 그렇게 놀랐어.'

그녀는 도서관으로 돌아가 컴퓨터를 끄고, 에어컨과 눈부신 네온등을 껐다. 그런 다음 문을 잠그고 집으로 갔다. 개구리와 귀뚜라미 울음소리, 그리고 엉겅퀴와 흙 냄새가 실린 부드러운 미풍이 그녀를 따라왔다. 그 아이는 어느 나무 뒤에 누워서 그녀를 다시 기다리는지도 몰랐다. 그녀의 집까지 함께 걸어가자고 다시 제안할지도 몰랐다. 이번에는 용기를 내어 그녀의 손을 잡거나 그녀의 허리에 팔을 두를지도 몰랐다. 그녀는 자기를 따라오는 그의 냄새를, 흑빵 냄새를, 비누와 땀 냄새를 느꼈다. 그가 자기에게 돌아오지 않으리라는 것을 그녀는 알았다. 오늘 저녁에도, 혹은 앞으로 다가올 그 어느 저녁에도. 그녀는 그의 외로움, 그의 회한, 그의 어찌할 수 없는 부끄러움을 안타깝게 여겼다. 하지만 그녀 역시 일종의 내적 기쁨과 영적 고양을 느꼈다. 자신이 그를 그토록 도취하게 했다는 것에 거의 자부심마저 느꼈다. 그가 그녀에게서 원한 것이 얼마나 적었던가. 설사 그가 더 많은 것을 원했다 해도 그녀는 그를 멈추지 못했을 것이다. 그녀는 심호흡을 했다. 그녀는 '괜찮아, 코비. 두려워하지 마. 넌 괜찮아. 모든 것이 괜찮을 거야'라는 간단한 말조차 하지 못한 것이 슬펐다.

디젤 탱크 트레일러는 집 밖에서 그녀를 기다리고 있지 않았고, 그녀는 오늘 밤 자기가 혼자일 거라는 것을 알았다. 집에 들어가니 배고픈 고양이 두 마리가 그녀의 발밑에서 그녀를 맞이하며 그녀의 다리에 몸을 비벼댔다. 그녀는 고양이들에게 큰 소리로 말하고, 잔소리를 하고, 아낌없이 애정을 베풀고, 먹이를 주고, 물그릇에 물을 따라주었다. 그런 다음 화장실로 가서 얼굴과 목을 씻고 머리를 빗었다. 그녀는 텔레비전을 켰다. 텔레비전에서는 극지방의 만년설이 녹고 북극의 생태계가 파괴되는 현상에 대한 프로그램이 한창 방영되고 있었다. 그녀는 빵 한 조각에 버터를 바르고, 크림치즈를 펴 바르고, 토마토를 얇게 썰어 넣고, 오믈렛을 구운 뒤 차 한 잔을 만들었다. 그런 다음 북극의 생태계 파괴에 관한 프로그램이 나오는 텔레비전 앞 안락의자에 자리를 잡고 앉아, 뺨이 눈물로 뒤덮인 것을 거의 알아채지 못한 채 차를 조금씩 마셨다. 뺨이 눈물로 덮인 것을 인식하게 되었을 때도 그녀는 계속 먹고, 마시고, 텔레비전을 응시하고 있었다. 그저 몇 번 손으로 뺨을 닦아냈을 뿐이다. 눈물은 멈추지 않았지만 기분은 조금 나아졌다. 그녀는 코비에게 하고 싶었던 말을 혼자 중얼거렸다. "괜찮아. 두려워하지 마. 넌 괜찮아. 모든 것이 괜찮을 거야." 그녀는 눈물에 뒤덮인 채 의자에서 일어나 고양이 한 마리를 안아올린 뒤 다시 앉았다. 열한 시 십오 분 전에 그녀는 일어나서 겉창을 닫고 불들을 거의 껐다.

6

코비 에즈라는 마을의 거리를 배회했다. 그는 면사무소와 가족이 운영하는 식료품 가게를 두 번 지나쳤다. 그는 기념공원으로 들어가 이슬로 축축해진 벤치에 앉았다. 그는 그녀가 지금 그에 대해 어떻게 생각할지, 그리고 그가 뺨을 맞아 마땅한데 그녀가 왜 그러지 않았는지 궁금했다. 갑자기 그가 팔을 들어 자기 얼굴을 찰싹 때렸다. 몹시 세게 때려서 이가 아프고 귀가 울리고 왼쪽 눈이 충혈될 정도였다. 부끄러움이 불쾌하고 찐득찐득한 물질처럼 그의 몸을 가득 채웠다.

그 또래의 소년인 엘라드와 샤하르가 그의 모습을 보지 못하고 그가 앉은 벤치 앞을 지나갔다. 그는 몸을 웅크리고 무릎 사이에 머리를 숨겼다.

"얼마 지나지 않아 그 애들은 그 여자애가 거짓말한다는 걸 알았대." 샤하르가 말했다. "아무도 그 여자애의 말을 믿지 않았지."

"하지만 그건 새빨간 거짓말이었어." 엘라드가 대답했다. "내 말은, 정당한 거짓말이었다는 뜻이야."

그들은 자갈을 구둣발로 저벅저벅 밟으며 지나갔다. 오늘 밤 자신이 한 일은 절대 지워지지 않을 거라고 코비는 생각했다. 여러 해가 지나 그의 인생이 그가 상상할 수 없는 곳들로 그를 데려갔을 때에도. 심지어 종종 상상했던 대로 그가 창녀를 찾아 대도시에 간다 해도. 그 무엇도 오늘 밤 그가 한 일의 부끄러움을 뿌리 뽑지 못할 것이다. 그는 도서관에서 계속 그녀와 담소를 나누고 불을 끄지 않을 수도 있었다. 만약 그가 미쳐서 불을 껐다 해도 어둠을 틈타 그의 감정을 표현할 수도 있었다. 사람들은 그가 언변에 능하다고 말했다. 그 언변을 이용할 수도 있었다. 비알리크나 예후다 아미하이가 쓴 사랑시에서 몇 줄을 인용할 수도 있었다. 그가 직접 시를 썼다고 고백할 수도 있었다. 그녀에 대해 쓴 시 한 편을 낭송할 수도 있었다. 다른 한편으로는, 그는 생각했다, 그녀도 어느 정도는 잘못이 있어. 저녁 내내 아이를 대하는 나이 든 여자나 학생을 대하는 선생님처럼 행동했으니까. 내가 특별한 이유도 없이 우체국 건너편에서 그녀를 기다리고 그녀와 함께 도서관으로 걸어간 거라는 양 행동했으니까. 진실을 알고 있으면서 내 감정을 모르는 척했으니까. 아무리 당황스러웠다 해도 그녀가 그러지 않았다면, 내 감정을 물어봐줬다면 좋았을 텐데. 내가 용기를 내 그녀의 면전에 대고 그녀 같은 사람은 탱크 트레일러 기사의 뒤꽁무니를 따라다닐 이유가 전혀 없다고 말했다면 좋았을 텐데. '당신과 나는 서로 닮은 영혼이고 당신은 그것을 잘 알아요. 내가 당신보다 십오 년 뒤에 태어난 것은 나도 어쩔 수 없는 노릇이에요. 아까 그 일은 일어났고, 이제 모든 것이 파멸했어요. 영원히 파멸했어요. 사실 내가 한 일은 아무것도 바꾸지 못했어요. 처음부터 그렇게 되어 있었으니까요. 우리 둘 중 아무도 기회를 갖지 못했어요. 희망의 그림자조차 없었어요. 아마도 (그는 생각했다) 군복무를 마친 뒤에나 내가 디젤 탱크 트레일러 기사 면허증을 딸 수 있겠죠.'

그는 벤치에서 일어나 기념공원을 가로질러 걸어갔다. 자갈 깔린 오솔길이 그의 샌들 밑에서 저벅저벅 소리를 냈다. 밤새 한 마리가 귀에 거슬리는 소리를 냈고, 멀리 마을 변두리에서 개 한 마리가 끈질기게 짖어댔다. 점심때 이후 아무것도 먹지 않아서 배가 고프고 목이 말랐다. 그러나 소리가 쾅쾅 울려대는 텔레비전에서 눈을 떼지 않고 있을 부모님과 누이들이 있는 집을 생각하자 식욕이 잦아들었다. 사실 그가 집에 가도 아무도 뭐라고 하지 않을 것이고 뭔가 묻지도 않을 것이다. 그는 냉장고에서 먹을 것을 좀 꺼내 자기 방에 틀어박힐 수 있을 것이다. 그러나 죽은 물고기가 일주일 동안 떠다니는 버려진 수조가 있고 더러운 매트리스가 있는 방에서 그가 무엇을 한단 말인가? 바깥에서 텅 빈 거리를 밤새도록 돌아다니며 시간을 보내는 편이 더 나았다. 아마도 가장 좋은 것은 그 벤치로 돌아가 몸을 뉘고 아침까지 꿈도 없는 잠을 자는 일일 것이다.

갑자기 그녀의 집으로 가보자는 생각이 들었다. 디젤 탱크 트레일러가 바깥에 주차되어 있으면 트레일러에 기어올라 불을 켠 성냥을 던져서 모든 것이 영원히 폭파되게 하리라. 그는 주머니를 더듬어 성냥을 찾았다. 그러나 성냥이 하나도 없었다. 이번에는 그의 발이 콘크리트 다리 세 개 위에 서 있는 저수탑으로 그를 이끌었다. 그는 동쪽 언덕 위에 떠 있는 반달에 좀 더 가까워지도록 저수탑에 기어오르기로 마음먹었다. 쇠로 된 사다리의 가로대들은 차갑고 축축했다. 그는 재빨리 사다리를 기어올라가 곧 저수탑 꼭대기에 다다랐다. 그곳에는 독립전쟁 때부터 있던 오래된 콘크리트 감시초소와 망가진 모래주머니들과 총안銃眼들이 있었다. 그는 감시초소로 들어가 총안을 통해 바깥을 내다보았다. 감시초소 안에서는 퀴퀴한 오줌 냄새가 났다. 넓디넓은 텅 빈 공간에서 밤이 그의 앞에 펼쳐졌다. 하늘은 청명했고 별들이 반짝였다. 별들은 서로에게 그리고 자기 자신에게 낯선 존재였다. 깊은 어둠 속에서 두 번의 총성이 연이어 빠르게 울려 퍼졌다. 그 소리는 그가 있는 감시초소에서 우묵한 공동空洞의 소리를 냈다. 집들의 창문에는 아직 불이 켜져 있었다. 열린 창문을 통해 여기저기 텔레비전 화면의 푸르스름한 불빛이 보였다. 자동차 두 대가 거무스름한 사이프러스들이 서 있는 대로를 헤드라이트로 잠시 비춘 뒤 포도밭 거리를 따라 그의 눈 밑으로 지나갔다. 그는 그녀의 집 창문을 찾아보았다. 그리고 자신이 제 방향에 있는 창문을 골랐는지 그다지 확신할 수 없었으므로 그것이 그녀의 집 창문이라고 단정해버렸다. 창문의 늘어진 커튼 뒤에서 노란 불빛이 빛나고 있었다. 이제 그는 알 수 있었다. 그와 그녀가 길에서 두 명의 낯선 사람처럼 서로 지나치게 되리라는 것을. 그는 감히 그녀에게 한 마디도 하지 못할 것이다. 그녀 역시 아마도 그를 피할 것이다. 언젠가 그가 무슨 일 때문에 우체국에 가게 되면, 그녀는 격자 뒤 카운터에서 고개를 들고 단조로운 어조로 이렇게 말할 것이다.

"네, 무엇을 도와드릴까요?"

노래하기

1

현관은 열려 있었고, 차갑고 축축한 겨울 공기가 현관홀 안으로 불어 들어왔다. 내가 도착했을 때에는 스무 명에서 스물다섯 명쯤 되는 사람들이 이미 와 있었는데, 그들 중 몇몇은 아직도 현관 복도에 모여 외투 벗는 것을 서로 도와주고 있었다. 와글와글하는 이야기 소리와 장작 타는 냄새, 젖은 양모와 뜨거운 음식 냄새가 나를 맞이했다. 줄에 매단 안경을 낀 덩치 큰 남자 알모슬리노가 길리 스타이너 박사에게 몸을 굽히고는 허리를 살짝 감싸안은 채 그녀의 양 뺨에 입을 맞춘 뒤 말했다.

"오늘 밤 정말로 근사해 보이는군요, 길리."

"사돈 남 말 하시네요." 그녀가 대답했다.

다른 사람보다 어깨 하나만큼 키가 크고 오동통한 코르만이 길리 스타이너를 꼭 끌어안은 뒤 알모슬리노와 나도 끌어안았다.

"여러분 모두 이렇게 만나니 좋군요." 그가 말했다. "밖에 비가 얼마나 내리는지 봤습니까?"

나는 외투걸이 옆에서 에드나와 요엘 리벡과 마주쳤다. 그들은 오십대 중반의 치과의사 부부로, 오랫동안 함께 살아서 그런지 마치 쌍둥이처럼 보였다. 둘 다 짧은 잿빛 머리에 주름진 목과 오므린 입술을 갖고 있었다. 에드나 리벡이 말했다.

"비 때문에 몇 사람은 오지 않을 거예요. 우리도 하마터면 그냥 집에 있을 뻔했어요."

그녀의 남편 요엘이 덧붙여 말했다.

"집에서 할 일이 뭐가 있겠어? 겨울은 사람의 마음을 의기소침하게 해."

텔일란 마을의 추운 금요일 저녁이었다. 키 큰 사이프러스들이 안개에 싸였다. 손님들은 저녁 노래 모임을 위해 달리아와 아브라함 레빈의 집에 모여들고 있었다. 그들의 집은 펌프하우스 라이즈라고 불리는 작은 골목의 언덕에 있었다. 그 집은 이층집으로, 기와지붕과 굴뚝이 있고 지하실 하나가 있었다. 전깃불이 밝혀진 정원에는 흠뻑 젖은 과일나무들이 서 있었다. 올리브 나무와 아몬드 나무였다. 집 앞에는 시클라멘 화단으로 둘러싸인 잔디밭이 있었다. 작은 바위 정원도 있었는데,

그곳의 장식용 연못으로 인공폭포가 콸콸 흘러내렸다. 연못에서는 움직임이 둔한 금붕어들이 연못 바닥에 설치된 불빛을 받으며 이리저리 헤엄쳤다. 비가 수면에 잔물결을 일으켰다.

나는 거실 옆방의 소파에 쌓인 옷 무더기 맨 위에 내 외투를 얹어놓고 거실로 향했다. 서른 명쯤 되는 사람들이, 어떤 때는 쉰 명이 넘는 사람들이 몇 주에 한 번씩 레빈의 집에 모였다. 부부들은 키시(치즈와 베이컨을 넣은 파이의 일종)나 샐러드 혹은 뜨거운 요리를 한 가지씩 가져와 멜랑콜리하고 센티멘털한 오래된 히브리 노래와 러시아 노래의 곡조가 가득한 넓은 거실에 앉았다. 요하이 블룸이 아코디언으로 노래에 반주를 넣었고, 중년 여자 세 명이 그의 옆에 앉아 리코더를 연주했다.

방을 채운 와자지껄한 소음 위로 의사 길리 스타이너의 목소리가 솟아올랐다. 그녀가 사람들에게 알렸다.

"모두 자리에 앉으세요. 이제 시작해야죠."

그러나 손님들은 곧바로 자리에 앉지 않았다. 그들은 잡담을 나누고, 웃고, 서로 어깨를 때리느라 바빴다. 키가 크고 수염을 기른 요시 새슨이 나를 서가 옆 구석으로 데려갔다.

"안녕하세요. 어떻게 지내십니까? 별일 없어요?"

"별다른 일은 없어요. 당신은요?"

"평소와 같습니다."

그가 대답했다. 그러고는 덧붙였다.

"대단한 일은 없어요."

"에티는 어디에 있습니까?" 내가 물었다.

"바로 그게 문제입니다." 그가 대답했다. "그녀의 상태가 별로 좋지 않아요. 실은 이번 주에 고약한 종양이 발견되었거든요. 하지만 그녀는 아무도 그것에 대해 언급하지 않기를 원해요. 그런데 그것과는 별개로 또……."

그가 말을 그쳤다.

"그것과 별개로 또 뭐죠?"

"아무것도 아닙니다. 중요한 일이 아니에요. 비가 얼마나 내리는지 봤습니까? 진짜 겨울 날씨네요."

달리아가 방 안을 돌아다니며 손님 한 사람 한 사람에게 복사한 노래책을 나눠주었다. 그녀의 남편 아브라함은 방 밖으로 나갔다. 그는 장작이 타고 있는 난로에 장작을 좀 더 넣었다. 아브라함 레빈은 여러 해 전 군대에서 나의 부대장이었다. 그의 아내 달리아는 예루살렘에 있는 히브리 대학에서 나와 함께 역사를 공부했다. 아브라함은 수줍음 많고 조용한 남자였고, 달리아는 감성이 풍부한 여자였다. 나는 그들이 서로 알기 전부터 그들과 각각 친구였다. 우리의 우정은 그들이 결혼한 뒤에도 계속되었다. 그 우정은 지속적인 증거를 필요로 하지 않고 얼마나 자주 만나는가 하는 것과도 상관없는 조용하고 꾸준한 우정이었다. 때로는 일 년이나 그보다 더 오랫동안 만나지 못하고 시간이 흘러버리기도 했지만, 그들은 여전히 따뜻하게 나를 맞아주었다. 하지만 웬일인지 내가 그들의 집에서 밤을 보낸 적은 한 번도 없었다.

이십 년쯤 전에 달리아와 아브라함은 외아들 야니브를 낳았다. 야니브는 조금 고독한 아이였고, 나이가 들어감에 따라 자기 방에만 틀어박혀 지내는 십대 소년이 되었다. 그 아이가 어렸을 때 내가 그들의 집을 방문하면 아이는 내 배에 자기 머리를 누르기를 좋아했고 내 풀오버 밑에 숨곤 했다. 내가 그 아이에게 거북이 한 마리를 선물로 갖다준 적도 있었다. 사 년 전 그 아이가 열여섯 살이었을 때 아이는 자기 부모의 침실로 들어가 침대 발치까지 기어가서는 아버지의 권총으로 자기 머리를 쏘아버렸다. 사람들은 그 아이가 부모의 침대 밑에 누워 있다는 것을 알지 못한 채 하루 반 동안 마을 곳곳으로 아이를 찾아다녔다. 심지어 달리아와 아브라함은 아들의 시체가 자기들 바로 밑에 있다는 것도 깨닫지 못한 채 침대에서 잠을 잤다. 다음 날 청소부가 그 방에 들어와 청소를 하다가 그 아이가 마치 자는 것처럼 침대 밑에 몸을 웅크리고 있는 것을 발견했다. 아이는 유서를 남기지 않았고, 아이의 친구들 사이에는 다양한 의견이 떠돌았다. 어떤 아이들은 이렇게 말했고, 어떤 아이들은 저렇게 말했다. 달리아와 아브라함은 노래하는 학생들을 위한 작은 장학기금을 마련했다. 야니브가 이따금 마을

합창단에서 노래를 불렀기 때문이다.

2

 그 아이가 죽고 일이 년이 지난 뒤 달리아 레빈은 극동 지방의 영성靈性에 관심을 갖게 되었다. 그녀는 마을 도서관의 자문 회장이었고, 그녀의 주도로 거기서 명상 그룹이 창립되었다. 또 그녀는 여섯 주마다 한 번씩 자기 집에서 저녁 노래 모임을 열었다. 나는 때때로 그 저녁 모임에 참석했고, 사람들은 내가 영원한 독신이라는 것을 인정해주었으므로 때때로 내가 데려오는 다양한 여자친구를 따뜻하게 맞아주었다. 오늘 저녁 나는 집주인들을 위해 메를로 포도주 한 병을 들고 혼자 왔고, 내가 늘 앉는 자리인 서가와 수조 사이에 앉으려고 했다.
 달리아는 이 저녁 노래 모임에 사력을 기울였다. 모임을 준비하고, 사람들에게 전화를 돌리고, 초대하고, 맞아들이고, 사람들을 자리에 앉히고, 자신이 직접 복사한 노래책에서 노래를 골랐다. 그 비극 이후로 그녀는 대외 활동에 광적으로 몰두했다. 도서관 자문회의와 명상과 저녁 노래 모임 외에도 요가 수업, 스터디 모임, 강연회, 워크숍, 회의, 독서회, 강좌와 소풍 등 온갖 종류의 모임에 참여했다.

아브라함 레빈으로 말하자면, 퍽 은둔적이 되었다. 매일 아침 여섯 시 삼십 분 정각에 일어나 자동차에 시동을 걸고 항공우주센터로 일하러 갔다. 그는 거기서 여러 가지 시스템을 개발하는 일을 했다. 다섯 시 삼십 분이나 여섯 시에 일을 마치면 곧장 집으로 왔다. 여름이면 운동복 셔츠와 반바지로 갈아입고 한 시간 정도 정원을 가꾸었다. 그런 다음 샤워를 하고, 혼자서 가볍게 저녁을 먹고, 고양이와 금붕어에게 먹이를 준 뒤 차분히 책을 읽고 음악을 들으며 아내가 돌아오기를 기다렸다. 그는 대체로 바로크음악을 좋아했다. 가끔은 포레나 드뷔시 혹은 정적인 면을 다양하게 보여주는 재즈 음악을 듣기도 했다.

겨울에는 해가 질 때쯤 집에 돌아와 옷을 다 입은 채 거실 소파 옆 러그에 드러누워 음악을 들으며 달리아가 모임이나 강좌에서 돌아오기를 기다렸다. 열 시가 되면 자기 방으로 올라갔다. 그 비극이 일어난 후 그들은 공동 침실을 버렸고, 집 양 끝에 있는 방에서 각자 잠을 잤다. 옛 침실에는 아무도 들어가지 않았다. 그 침실은 영원히 닫혀버렸다.

토요일이면 아브라함은 여름이나 겨울이나 똑같이 해질녘 직전에 긴 산책을 했다. 그는 남쪽에서 시작해 들판과 과수원을 건너 마을 언저리를 지나고 북쪽에서 다시 마을로 들어갔다. 콘크리트 다리 세 개 위에 서 있는 저수탑을 지나 창립자 거리 전체를 힘차게 걷고, 왼쪽으로 방향을 틀어 시너고그 거리로 들어선 뒤 개척자 공원을 통과하고, 이스라엘 지파들 거리를 통과하고, 펌프하우스 라이즈를 따라 집으로 돌아갔다. 누구든 아는 사람과 마주칠 경우, 그는 걸음을 멈추거나 늦추지 않고 고개를 끄덕여 인사했다. 때로는 생각에 깊이 잠긴 나머지 지나는 행인을 알아보지 못하고 계속 앞으로 걸어가는 경우도 있었다.

3

수조와 서가 사이, 내가 늘 앉는 구석 자리에 앉아 있는데 누군가가 내 이름을 불렀다. 나는 주위를 둘러보았다. 그러나 나를 부른 사람이 누구인지 보이지 않았다. 내 오른쪽에 검은 머리를 조그맣게 쪽진 오십대 여자 한 명이 앉아 있었다. 내가 모르는 여자였다. 내 맞은편에는 어둠과 비가 내다보이는 창문만 있었다. 왼쪽에는 수조의 유리 너머로 열대어들이 헤엄치고 있었다. 누가 나를 불렀을까? 혹시 내 상상이 불러일으킨 환청이었을까? 그사이 이야기 소리가 잦아들고 달리아 레빈이 오늘 저녁 프로그램을 발표하고 있었다. 열 시에 휴식 시간이 있을 것이고, 그때 저녁식사가 뷔페식으로 차려질 예정이었다. 자정 정각에는 포도주와 치즈가 나올 터였다. 또 그녀는 다음에 있을 모임들의 날짜를 발표했다.

나는 내 옆에 앉은 여자에게 몸을 돌리고 작은 소리로 내 소개를 한 뒤 혹시 그녀에게 악기를 연주하느냐고 물었다. 그녀는 자기 이름은 다프나 카츠라고 작은 소리로 대답한 뒤, 리코더를 연주했지만 오래전에 그만두었다고 말했다. 그녀는 더 이상 말을 하지 않았다. 그녀는 키가 크고 매우 야위었으며, 안경을 꼈고 손도 길고 얇았다. 그녀의 머리는 구식 쪽머리 스타일로 뒤로 모아져 있었다.

그러는 사이 사람들이 안식일 전날 부르는 노래들을 불렀다. 〈나무 꼭대기의 태양이 더는 보이지 않네〉 〈지노사르 골짜기에 안식일이 다가오네〉 〈평화가, 평화의 천사들이 그대와 함께하길〉. 그 노래들을 따라 부르자 마치 포도주를 마신 것처럼 기분 좋은 따뜻함이 몸속에 퍼져나갔다. 나는 아까 누가 내 이름을 불렀는지 알아내려고 방 안을 둘러보았다. 그러나 모두 노래를 부르느라 바빴다. 어떤 사람들은 높은 소리로 노래하고, 어떤 사람들은 굵고 낮은 소리로 노래했으며, 또 다른 사람들은 입가에 기쁨이 넘치는 미소를 지었다. 여주인 달리아 레빈이 자기 자신을 포옹하듯 두 팔로 몸을 감쌌다. 요하이 블룸이 아코디언을 연주하기 시작했고, 세 여자가 리코더로 그의 연주에 반주를 넣었다. 그들 중 한 명이 큰 불협화음을 냈지만 곧 수정해 음조를 맞추었다.

안식일 노래들이 끝나자 키네레트 바다, 즉 갈릴리 호수(갈릴리와 골란 고원 사이에 있는 큰 호수)에 관한 개척자 노래 네다섯 곡을 부를 차례가 되었다. 그다음에는 겨울과 비에 대한 노래들이 이어졌다. 아직도 비가 창문을 두드리고 있었고, 때때로 천둥소리가 유리창을 흔들었고, 폭풍우 때문에 불빛이 깜박거렸기 때문이다.

아브라함 레빈이 평소처럼 부엌으로 통하는 문 옆에 놓인 스툴에 앉았다. 그는 목소리에 자신이 없었고, 그래서 같이 부르지는 않고 눈을 감은 채 노래를 들으며 앉아 있었다. 마치 잘못된 음조를 짚어내는 것이 자신의 임무라는 듯. 이따금 그는 발끝으로 걸어 부엌에 가서 휴식 시간에 대접할 뷔페식 저녁식사를 위해 따뜻하게 유지되고 있는 수프와 키시의 상태를 살펴보았다. 그런 다음 난로의 상태를 확인한 뒤 머리를 숙이고 돌아와 다시 스툴에 앉아 눈을 감았다.

4

잠시 후 달리아가 우리 모두를 조용하게 만들었다. 그녀가 말했다.

"이제 알모슬리노가 솔로곡을 부르겠습니다."

안경에 매달린 검은 줄을 목 주변에 늘어뜨린, 몸집이 크고 육중한 남자 알모슬리노가 일어나 〈비웃어라, 오, 내 모든 꿈을 비웃어라〉를 불렀다. 그가 굵직하고 따뜻한 베이스 목소리로 "나는 결코 민중에 대한 믿음을 잃지 않았네"라는 부분을 부르자, 마치 그가 정말로 고통에 잠긴 것처럼 들렸고, 또 노랫말을 통해 자기 영혼 깊숙한 곳으로부터 우리 중 누구도 들어본 적이 없는, 심장을 쥐어짜는 새로운 생각을 표현하는 것처럼 들렸다.

박수가 잦아들자 짧은 잿빛 머리에 입술을 오므린, 그리고 입 주변에 빈정대는 듯한 주름살이 새겨진, 마치 쌍둥이처럼 보이는 치과의사 부부 에드나와 요엘 리벡이 자리에서 일어났다. 그들은 〈오, 밤이여, 너의 날개를 펼쳐라〉를 듀엣으로 불렀다. 그들이 노래하자 그들의 목소리가 서로에게 찰싹 달라붙은 한 쌍의 댄서처럼 서로 뒤엉켰다. 그들은 그 노래를 다 부른 뒤 〈당신의 날개 밑에 나를 안아주오〉를 불렀다. 나는 우리의 국민시인 비알리크가 이 노래 속에서 사랑이 무엇인지, 시인이 아닌 우리는 누구인지 물으며 자기는 그 답을 안다고 큰 소리치는 건 아닌지 곰곰이 생각했다. 에드나와 요엘 리벡이 노래를 마친 뒤 함께 왼쪽 오른쪽을 향해 인사했고, 우리는 모두 박수를 보냈다.

라헬 프랑코와 아리에 젤니크가 뒤늦게 도착하는 바람에 잠시 휴지가 있었다. 그들은 외투를 벗으며 라디오 뉴스에 공군 비행기들이 적의 표적을 폭파시키고 안전하게 기지로 돌아왔다고 나왔다고 말했다. 요하이 블룸이 아코디언을 내려놓고 말했다.

"결국."

길리 스타이너가 화를 내며 그것은 축하할 일이 아니라고, 폭력은 더 큰 폭력을 낳을 뿐이고 복수는 복수를 불러올 뿐이라고 말했다. 키 크고 수염을 기른 부동산 중개업자 요시 새슨이 조롱하듯 말했다.

"그래서 당신은 어쩌자는 거요, 길리? 아무 일도 하지 말고 가만히 있자는 거요? 다른 쪽 뺨이라도 마저 들이대자는 거요?"

"보통의 정부라면." 알모슬리노가 낮고 굵은 베이스 목소리로 끼어들었다. "이런 경우 조용하고 합리적으로 행동해야 합니다. 그런데 우리 정부는 평소에 그러듯 판에 박은 듯한 피상적 반응만 보이고 있지요······."

바로 그때 우리의 여주인 달리아 레빈이 끼어들어 정치 논쟁은 그만두고 노래를 계속하자고 제안했다. 그것이 우리 모두가 여기에 모인 이유니까.

아리에 젤니크는 이제 외투를 완전히 벗은 상태였다. 그는 의자를 찾아내지 못해 리벡 부부의 발치 옆 러그 위에 앉았다. 그러는 동안 라헬 프랑코는 홀의 외투걸이 근처에서 발견한 스툴 하나를 끌어당겨 열린 문 바깥에 앉았다. 방 안에 혼잡함을 더하지 않기 위해, 그리고 집에 홀로 두고 온 늙은 아버지를 위해 한 시간 뒤에 떠나야 했기 때문이다. 나는 폭격에 대해, 폭격에 대한 나의 양면적 시각에 대해 말하고 싶었지만 너무 늦어버렸다. 논쟁이 가라앉고 요하이 블룸이 다시 아코디언을 연주하고 있었던 것이다. 달리아 레빈이 계속해서 사랑 노래를 부르자고 제안했다. 그녀는 자신이 말한 대로 노래를 한 곡 시작했다.

"옛날에 장미 두 송이가, 장미 두 송이가 있었네."

모두 그 노래를 따라 불렀다.

그때 갑자기 외투 더미가 있는 방으로 가서 내 외투 주머니에서 뭔가 가지고 와야 할 것 같은 기분이 들었다. 그것은 매우 긴급한 일처럼 느껴졌지만, 그 일이 정확히 무엇인지 기억해낼 수가 없었다. 나를 다시 부르고 있는 사람이 누구인지도 알아낼 수 없었다. 내 옆에 앉은 야윈 여자는 여전히 노래 부르기에 바빴고, 아브라함은 부엌문 옆 스툴에 앉아 벽에 몸을 기댄 채 노래를 따라 부르지 않고 눈을 감고 있었다.

나의 생각은 비가 쏟아지고 짙은 사이프러스들이 바람에 흔들리고 작은 집들에서 불빛이 꺼져가는 마을의 텅 빈 거리를,

물에 흠뻑 젖은 들판과 헐벗은 과수원을 배회했다. 그 순간 나는 어두운 들판에서 무슨 일인가 벌어지고 있고, 그것이 나와 관련된 일이고, 내가 그 일에 깊이 관여해야 한다는 느낌을 받았다. 하지만 그것이 무엇인지는 전혀 알 수 없었다.

사람들은 이제 〈내가 잿빛 도시를 보여주기를 당신이 원한다면〉을 부르고 있었고, 요하이 블룸은 리코더 연주자 세 명에게 차례를 넘겨주기 위해 아코디언 연주를 멈춘 뒤였다. 세 명의 리코더 연주자는 이제 조화롭게, 그 어떤 불협화음도 없이 연주하고 있었다. 다음으로 우리는 〈오, 여자들 중에 가장 아름다운 여인이여, 당신이 사랑하는 사람은 어디로 가버렸나요〉를 불렀다. 내가 외투 주머니 속에서 그토록 긴급하게 확인하고 싶어 했던 것은 도대체 무엇일까? 나는 그 답을 찾을 수 없었다. 그래서 옆방으로 가고 싶은 충동을 자제하고 〈석류나무 그 향기〉와 〈목이 하얀 내 사랑하는 사람〉을 따라 불렀다. 다른 노래를 부르기 전 잠시 쉬는 시간에 나는 상체를 구부리고 내 옆에 앉은 손이 얇은 다프나 카츠에게 이 노래들을 부르니 무엇이 생각나느냐고 낮은 목소리로 물었다. 그녀는 내 질문에 놀란 듯했고 "특별히 생각나는 것은 없어요"라고 대답했다. 그러고는 다시 생각해보더니 말했다. "온갖 것이 생각나네요." 나는 그녀 쪽으로 다시 몸을 구부리고 기억에 관한 뭔가를 말하려고 했지만, 길리 스타이너가 속삭이는 것을 그만두라는 듯 우리를 힐끗 쳐다보았다. 그래서 나는 말하기를 포기하고 계속 노래를 불렀다. 다프나 카츠는 기분 좋은 알토 음성을 갖고 있었다. 달리아 레빈도 알토였다. 라헬 프랑코는 소프라노였다. 그리고 알모슬리노의 낮고 따뜻한 베이스 음성이 방 전체에 가득 찼다. 요하이 블룸은 아코디언을 연주했고, 세 명의 리코더 연주자는 초목을 기어오르듯 그의 연주를 둥글게 휘감았다. 우리는 비 내리고 폭풍우 치는 밤에 둥글게 모여앉아 모든 것이 너무나 명확하고 산뜻해 보였던 시절로부터 전해 내려온 오래된 노래들을 부르는 것이 기분 좋았다.

아브라함 레빈이 지친 몸짓으로 스툴에서 일어나 기분 좋고 적당한 열기로 방을 덥히는 난로에 장작을 더 넣었다. 그런 다음 다시 스툴에 앉아 누가 음조에 맞지 않게 노래를 부르는지 탐지하는 임무를 한 번 더 부여받은 듯 눈을 감았다. 밖에는 천둥이 계속 우르릉거리는 듯했다. 그렇지 않으면 공군 비행기들이 적의 표적을 폭격하고 돌아가는 길에 우리 머리 위를 낮게 날고 있는지도 몰랐다. 하지만 노래와 음악 소리 때문에 우리가 그 소리를 듣지 못하는지도 몰랐다.

5

 열 시에 달리아 레빈이 식사를 위한 휴식 시간을 선언했고, 우리는 모두 자리에서 일어나 부엌과 가장 가까운 방 한구석을 향해 이동하기 시작했다. 길리 스타이너와 라헬 프랑코가 달리아를 도와 파이와 키시를 오븐에서 꺼내고 스토브에서 수프 단지를 들어냈다. 많은 사람들이 탁자 주변에 모여들어 컵과 종이 접시들을 자유롭게 집어들었다. 대화와 논쟁이 다시 시작되었다. 평의회 노동자들이 파업을 하려 한다고 누군가가 말했고, 다른 누군가가 그 모든 파업은 정부가 다시 더 많은 돈을 찍어내는 것으로 끝날 것이고, 우리는 인플레이션이 급속히 진행되던 즐거웠던 옛 시절로 돌아가게 될 거라고 대답했다. 아코디언 연주자 요하이 블룸이 매사에 정부를 비난하는 것은 잘못된 일이라고, 평범한 시민들도 함께 비난받아야 한다고 논평했다. 그는 그 말에서 자기 자신도 배제시키지 않았.

 알모슬리노는 김이 피어오르는 사발을 들고 선 채로 수프를 먹고 있었다. 검은 줄에 매달린 그의 안경에 김이 서렸다. 그는 언론과 텔레비전이 항상 우울한 영상을 내보낸다고 말했다. 그가 말했다. 일반적인 영상은 미디어가 묘사하는 것보다 훨씬 덜 우울하니까요. 그러고는 쓸쓸하게 덧붙였다. 사람들은 우리가 모두 도둑이고 타락했다고 생각할 겁니다.

알모슬리노는 울리는 베이스 음성으로 말했기 때문에 권위를 지닌 듯 여겨졌다. 오동통한 코르만이 감자 키시와 구운 감자, 미트볼, 채소들을 접시에 쌓아올린 뒤 한 손으로 받쳐 들고 다른 손에 쥔 나이프와 포크를 가까스로 움직였다. 바로 그때 길리 스타이너가 그에게 적포도주 한 잔을 건넸다.

"손이 모자라요."

코르만이 싱글거리며 말했다. 길리 스타이너는 그가 마실 수 있도록 발끝으로 서서 포도주 잔을 그의 입에 대주었다.

"모든 것에 대해 미디어를 비난하는 것은 너무 쉽다고 생각하지 않습니까?" 요시 새슨이 알모슬리노에게 말했.

"상황을 전체적인 관점에서 보아야 합니다."

내가 개입했다. 하지만 다른 사람보다 어깨 하나만큼 더 큰 코르만이 나를 제지하고는 정부의 장관 한 사람을 노골적인 용어를 써가며 비난했다. 코르만이 말했다.

"점잖은 정부였다면 그런 사람은 오래전에 해고 통지를 받았을 겁니다."

"잠깐, 잠깐만요." 알모슬리노가 말했다. "먼저 당신이 생각하는 점잖은 정부의 정의를 우리에게 말해줄 수 있겠습니까."

"모두 우리의 문제들이 한 사람과 함께 시작되고 끝났다고 생각할걸요." 길리 스타이너가 말했다. "정말로 그랬다면 좋으련만. 요시, 당신 채소 키시는 먹지 않았네요. 왜 안 먹어요?"

부동산 중개업자 요시 새슨이 미소를 지으며 대답했다.

"우선 내 접시에 담아온 것을 먹게 해주세요. 그런 다음에 무엇을 먹을지 생각해보죠."

"당신들은 모두 틀렸어요."

다프나 카츠가 말했다. 그러나 그녀가 하려고 했던 말은 전반적인 소음에 묻혀버렸다. 모두 동시에 이야기했고 어떤 사람들은 목소리를 높이고 있었다. 나는 생각했다. 모든 사람들 속에는 한때 그들이었던 어린아이가 들어 있어. 몇몇 사람들 속에서 너는 그 어린아이가 아직도 살아 숨쉬는 걸 볼 수 있어. 다른 사람들은 그들 안에 죽은 어린아이를 지니고 있고.

논쟁이 한창일 때 나는 무리를 떠나 손에 접시를 든 채 아브라함 레빈에게 이야기하러 갔다. 그는 창문 옆에 서서 커튼을 올린 채 바깥의 비와 폭풍우를 살피고 있었다. 내가 그의 어깨를 가볍게 건드리자 그가 아무 말 없이 내 쪽으로 몸을 돌렸다. 그는 미소를 지으려고 했지만 입술만 가까스로 떨렸다.

"아브라함." 내가 말했다. "왜 혼자 여기 서 있어?"

그는 잠시 생각하더니 말했다.

"너무 많은 사람이 함께 있고 동시에 말하는 게 힘들어. 대화를 듣기도 힘들고 따라가기도 힘들고."

"바깥은 정말 겨울이네." 내가 말했다.

"응, 그러네."

나는 나와 함께 오고 싶어 한 여자가 두 명 있었는데 그들 중에서 한 명을 고르고 싶지 않아 혼자 왔다고 그에게 말했다.

"그래." 아브라함이 말했다.

"내 말 좀 들어봐." 내가 말했다. "요시 새슨이 나에게 비밀리에 말해줬는데, 그의 아내에게서 종양이 발견되었대. 고약한 종양이래. 그가 그렇게 말했어."

아브라함은 자신에게 동조하듯 혹은 자신이 이미 짐작했던 무언가를 내가 확인시켜주었다는 듯 몇 번 고개를 끄덕였다.

"필요하다면 도와야지." 그가 말했다.

우리는 일회용 접시를 들고 선 채로 먹고 있는, 웅웅거리는 소음을 뚫고 잡담과 토론을 하는 사람들을 헤치고 베란다로 갔다. 공기가 차갑고 쌀쌀했으며 이제는 이슬비가 내리고 있었다. 동쪽의 언덕 너머 멀리서 불빛이 희미하게 깜박였다. 그러나 천둥은 더 이상 치지 않았다. 정원에, 과일나무와 짙은 사이프러스에, 잔디밭에, 그리고 정원 울타리 너머 어둠 속에서 숨쉬는 들판과 과수원에 깊고 넓은 침묵이 내려앉았다. 우리의 발밑에서는 연못 돌바닥에서 올라오는 불빛이 빛났다. 깊은 어둠 속에서 자칼 한 마리가 울부짖었다. 그러자 마을의 들판에서 성난 개 몇 마리가 화답했다.

"저것 좀 봐." 아브라함이 말했다.

나는 아무 말도 하지 않았다. 내가 무엇을 봐야 하는지, 자신이 무엇에 대해 이야기하는지 그가 나에게 말해주기를 기다렸다. 하지만 아브라함은 침묵에 잠겼다. 결국 내가 침묵을 깨뜨렸다.

"아브라함, 자네 기억해? 1979년 우리가 군대에 있을 때, 데이르 아나샤프 습격 때를 말이야. 내가 어깨에 탄약통을 멨고 자네는 나를 후송했잖아."

아브라함은 잠시 생각하더니 말했다.

"그래, 기억나."

나는 그 시절에 대해 생각해본 적이 있느냐고 물었고, 아브라함은 차갑게 젖은 베란다 난간에 두 손을 얹고는 어둠 쪽으로 얼굴을 향하고 나에게 등을 돌린 채 말했다.

"저것 봐. 이를테면 이런 거야. 오랫동안 나는 아무것도 생각하지 않았어. 전혀. 오직 그 아이만 생각했지. 나는 그 아이를 구할 수도 있었을 거야. 하지만 나는 이론 하나를 갖고 있었고 그것에 집착했어. 달리아는 눈을 감은 채 나를 따랐고. 안으로 들어가자. 휴식 시간이 끝났어. 사람들이 다시 노래를 부르기 시작할 거야."

6

그 저녁 모임의 2부는 팔마흐(이스라엘 독립전쟁에서 활약한 비밀군사 조직) 개척자들의 노래와 〈두두〉〈우정의 노래〉 같은 독립전쟁 노래들로 시작되었다. 그런 다음에는 나오미 셰메르(이스라엘의 국민작곡가. 이스라엘의 고전 명곡 〈황금의 예루살렘〉을 작곡했다)의 노래 몇 곡을 불렀다. 한 시간 반 뒤 달리아가 자정이 되었다고 발표했다. 다시 휴식 시간이었고 우리는 포도주와 치즈를 먹을 예정이었다. 나는 서가와 수조 사이 내 자리에 앉았고, 다프나 카츠도 다시 내 옆에 앉아 있었다. 그녀는 누가 노래책을 자기 손에서 낚아채갈까 봐 두렵다는 듯 두 손으로, 열 손가락 모두로 노래책을 꼭 붙잡고 있었다. 나는 상체를 구부리고 낮은 목소리로 그녀에게 어디에 사느냐고, 집에 타고 갈 차가 있느냐고, 만약 없다면 내가 데려다 주겠다고 말했다. 다프나는 무척 고맙지만 길리 스타이너가 자기를 여기에 데려다 주었고 나중에 집에 갈 때도 데려다 줄 거라고 작은 소리로 말했다.

"여기에 처음 오셨나요?" 내가 물었다.

다프나는 처음 왔다고, 하지만 이제부터 매번, 여섯 주마다 한 번씩 꼭 올 계획이라고 낮은 소리로 대답했다.

달리아 레빈이 손가락을 입에 대고 우리에게 신호를 보냈다. 그래서 우리는 이야기를 멈추어야 했다. 나는 다프나의 야윈 손가락에서 노래책을 건네받아 그녀를 위해 페이지를 넘겨주었다. 우리는 재빨리 미소를 주고받았고 〈밤에 바람이 불고 있네〉라는 노래를 따라 불렀다. 옆방에 가서 외투 더미 위에 놓인 내 외투 주머니에서 뭔가를 가져와야 할 것 같은 기분이 다시 들었다. 그러나 나는 그것이 무엇인지 짐작도 하지 못했다. 한편으로는 내가 알지 못하는 어떤 긴급한 임무가 있는 것처럼 공포심이 느껴졌지만, 다른 한편으로는 그 공포심이 가짜라는 것을 알고 있었다.

달리아 레빈이 아코디언 연주자 요하이 블룸과 리코더로 반주를 넣는 세 여자에게 신호를 보냈다. 그러나 그들은 그녀의 신호가 무엇을 뜻하는지 이해하지 못했다. 그녀가 일어나 그들에게 다가가 몸을 숙여 뭔가 설명했다. 그런 다음 방을 가로질러가 알모슬리노에게 낮은 소리로 속삭였다. 알모슬리노는 어깨를 으쓱했고 거절하는 것처럼 보였다. 하지만 그녀가 고집을 부리며 간청했고, 마침내 그가 고개를 끄덕였다. 그러자 그녀가 큰 소리로 우리 모두에게 잠시 조용히 해달라고 요청하고는 이제 카논(canon. 후속 성부가 선행 성부를 일정한 관계를 유지하면서 모방하는 음악 형식. 대표적인 것으로 돌림노래가 있다)을 부를 거라고 말했다. 우리는 〈이 세상 모든 것은 덧없도다〉를, 그다음에는 〈나는 눈을 들어 하늘을 보고 그 위의 별들에게 묻는다, 왜 너희의 빛은 나에게 와 닿지 않는가〉를 부르기로 했다. 달리아가 자기 남편 아브라함에게 조명을 낮추라고 부탁했다.

내가 외투 주머니에서 확인해야만 하는 것은 도대체 무엇일까? 나는 바지 주머니에 있는 지갑을 손으로 만져 확인했다. 운전용 안경은 케이스에 담겨 셔츠 주머니에 들어 있었다. 모든 것이 여기에 있었다. 그럼에도 불구하고 나는 카논이 끝나자마자 자리에서 일어나 내 이웃 다프나 카츠에게 낮은 소리로 사과의 말을 중얼거린 다음 둥글게 모여앉은 사람들을 가로질러 복도로 나갔다. 내 발이 나를 홀로 그리고 현관문으로 이끌었다. 왜 그랬는지 모르지만 나는 현관문을 조금 열어보았다. 그러나 밖에는 아무도 없었다. 이슬비만 내리고 있을 뿐이었다. 나는 복도를 따라 왔던 길을 되돌아 거실 문까지 갔다. 이제 모두 〈강둑은 이따금 강을 그리워하네〉 〈노래는 다시 계속되네, 우리의 나날은 다시 슬퍼하네〉 같은 나탄 요나탄(이스라엘의 유명한 시인)의 구슬픈 노래를 부르고 있었다.

나는 복도 끝에서 외투를 놓아둔 작은 방으로 통하는 측면 복도로 방향을 틀었다. 나는 잠시 동안 다른 사람들의 외투를 파헤치고 왼쪽과 오른쪽으로 밀어놓으며 내 외투를 찾았다. 나는 천천히 그리고 차근차근 외투 주머니들을 확인했다. 주머니 하나에 접힌 울 스카프가 들어 있었다. 다른 주머니에는 종이들과 사탕 한 봉지와 작은 손전등이 하나 있었다. 나는 내가 무엇을 찾고 있는지 몰랐으므로 주머니를 계속 뒤졌다. 주머니에서는 약간의 종이가 더 나오고 케이스에 담긴 선글라스가 나왔다. 이런 겨울밤에 선글라스는 확실히 필요가 없었다. 그렇다면 내가 무엇을 찾고 있지? 통렬한 분노와는 별개로, 나는 나 자신에게서도 내가 헤쳐놓은 외투 더미에서도 아무런 해답을 찾지 못했다. 나는 힘닿는 대로 최선을 다해 외투 더미를 다시 쌓아올린 뒤 손전등을 가지고 방을 나왔다. 서가와 수조 사이, 뼈가 앙상하고 팔이 가느다란 다프나 카츠 옆의 내 자리로 돌아가려고 했다는 뜻이다. 그러나 뭔가가 나를 막았다. 그것은 노래가 한창인데 방에 들어가 사람들의 달갑지 않은 주목을 끄는 것에 대한 두려움이었는지도 모른다. 혹은 이 집 안에서 내가 해야 할 뭔가가 아직 남아 있다는 희미한 느낌이었는지도 모른다. 하지만 내가 모르는 그것이 대체 무엇일까? 나는 손전등을 꽉 쥐었다.

거실에서는 사람들이 〈내가 새라면, 괴로운 영혼을 갖고 영원히 방황하는 작고 귀여운 새라면〉을 부르고 있었다. 세 명의 리코더 연주자가 요하이 블룸의 아코디언 없이 연주하고 있었다. 리코더 중 하나가 약간 날카로운 소리를 냈지만 곧 음조를 맞추었다. 내 자리를 잃어버렸으므로 나는 그럴 필요가 없는데도 화장실로 갔다. 화장실에는 사람이 있었다. 그래서 나는 위층으로 올라갔다. 틀림없이 위층에도 화장실이 있을 터였다. 계단 꼭대기에 있으니 노랫소리가 더 희미하고 더 쓸쓸하게 들렸다. 말하자면 요하이 블룸의 아코디언 연주가 다시 시작되었음에도 불구하고 뭔가 약해진 것처럼 들렸다. 이제 나를 제외한 모든 사람이 라헬의 노래 〈먼 불빛이여, 그대는 왜 나에게 거짓을 말했나요〉를 부르고 있었다. 나는 매혹된 채 계단 꼭대기에 꼼짝 않고 서 있었다.

7

어디로 가야 할지 결정하지 못한 채 거기에 몇 분 동안 서 있었다. 위층 복도 끄트머리에 전구 하나가 일정한 형태가 없는 그림자들을 겨우 흩뜨릴 만큼 약한 불빛을 발하고 있었다. 복도의 벽에는 그림 몇 점이 걸려 있었다. 하지만 어슴푸레한 불빛 속에서 그 그림들은 희미한 잿빛 판자 조각처럼 보였다. 복도에는 문 여러 개가 나 있었지만 모두 닫혀 있었다. 나는 그 문들 중 어느 문을 열어볼지 결정하지 못해 망설이듯 몇 번 왔다 갔다 했다. 하지만 내가 무엇을 찾고 있는지 몰랐으므로 결정을 내리지 못했고, 왜 내가 위층으로 올라왔는지도 완전히 잊어버렸다. 바깥에서 바람 소리가 들렸다. 이제 빗줄기는 더 거세어져 창문을 두드리고 있었다. 혹은 싸락눈인지도 몰랐다. 나는 금고가 어디에 숨겨져 있는지 궁금해하는 강도처럼 닫힌 문들을 눈여겨보며 복도에 잠시 서 있었다.

그런 다음 오른쪽 셋째 문을 조심스럽게 열었다. 추위, 피로, 그리고 어둠이 나를 맞이했다. 방문이 오랫동안 열린 적이 없는 듯 공기에서 냄새가 났다. 나는 손전등으로 방 안을 비추었다. 그리고 손전등을 쥔 내 손의 움직임에 따라 흔들리고 합쳐지는 가구의 그림자를 보았다. 바람과 싸락눈이 닫힌 겉창들을 연이어 두들겨댔다. 누군가가 내 눈을 부시게 하려는 모양인지 희미한 불빛이 옷장 문에 달린 커다란 거울에 반사되어 뒤쪽에서 나를 비추었다. 방 안에서 나는 퀴퀴한 냄새는 먼지 냄새와 같지 않은 침구 냄새였다. 누군가 이 방의 문이나 창문을 연 지가 오래되었음이 분명했다. 내가 알아볼 수는 없었지만, 천장의 구석들에는 틀림없이 거미줄이 있을 터였다. 나는 가구들을, 서랍 달린 옷장 하나와 의자 하나, 또 다른 의자 하나를 분간할 수 있었다. 입구에 서 있던 나는 뒤쪽의 문을 닫고 안에서 잠그고 싶은 강한 충동을 느꼈다. 아래층의 노랫소리는 이제 더욱 희미해져서 으르렁거리는 바람 소리와 침실 겉창을 할퀴는 싸락눈 소리 속에서 길을 잃은 부드러운 웅얼거림에 지나지 않았다. 바깥의 정원은 사이프러스들의 윤곽을 흐리게 하는 안개에 싸여 있을 것이 틀림없었다. 펌프하우스

라이즈에 사람은 아무도 없을 터였다. 오직 금붕어만이 싸락눈과 비에 무관심한 채 밑에서 전기 불빛이 비치는 연못 속을 헤엄치고 있을 것이다. 그리고 인공폭포가 바위 정원에 졸졸 떨어져 수면을 어지럽히고 있을 것이다.

커다란 침대 하나가 창문 밑에 놓여 있었고, 침대 한쪽에는 작은 서가가 있었다. 바닥에는 카펫이 깔려 있었다. 나는 구두와 양말을 벗었다. 카펫은 두껍고 푹신했고, 맨발 밑에서 부드럽고도 낯선 느낌이 들었다. 나는 손전등 불빛을 침대로 향했고, 침대에 덮개가 덮여 있는 것을 보았다. 덮개 위에는 쿠션 몇 개가 흩어져 있었다. 아래쪽 저 밑에서 사람들이 〈멀리 있는 내 연인이여, 그대는 내 음성이 들리나요〉를 노래하는 것 같았다. 그러나 나는 내 귀가 무엇을 듣고 있는지, 떨리는 손전등 불빛을 통해 내 눈이 무엇을 보고 있는지 확신할 수 없었다. 방 안에는 지속적이고 느린 움직임이 있었다. 몸집이 크고 육중한 누군가가 구석에서 졸린 몸을 움직이는 것처럼, 혹은 네 발로 기어다니는 것처럼, 아니면 서랍 달린 옷장과 닫힌 창문 사이에서 서투르게 연거푸 구르는 것처럼. 손전등의 떨림이 그런 환상을 만들어냈는지도 몰랐다. 하지만 나는 완벽한 어둠인 내 등 뒤에서도 뭔가가 천천히 기어다니는 것을 분명히 느꼈다. 나는 그것이 어디에서 왔는지도, 어디로 가는지도 알지 못했다.

내가 여기서 뭘 하고 있는 거지? 나는 이 질문의 답을 알지 못했다. 하지만 이 버려진 침실이 오늘 저녁 모임이 시작될 때부터, 아마도 그보다 더 오래전부터 내가 줄곧 오고 싶어 한 곳이라는 것은 알았다. 갑자기 내 숨소리가 들렸고, 내 호흡이 방을 채우고 있는 축축한 침묵을 망쳐놓는 것이 미안하게 느껴졌다. 비가 그쳤고, 바람도 잦아들었다. 아래층 사람들이 갑자기 노래를 멈추었다. 아마도 포도주와 치즈를 먹을 시간이리라. 나는 포도주나 치즈를 먹고 싶은 마음이 전혀 없었다. 절망을 무시할 이유도 더 이상 없었다. 그래서 나는 손과 무릎으로 바닥을 짚고 더블 침대의 발치에 엎드려 침대 덮개를 들어올린 뒤 손전등의 흐릿한 불빛으로 침대 밑 어두운 공간을 더듬었다.

다른 시간, 먼 곳에서

 밤새도록 유독한 수증기가 녹색 습지로부터 불어온다. 우리의 오두막집들 사이에는 달착지근한 썩은 내가 퍼진다. 여기에서 쇠로 된 도구들은 하룻밤 사이에 녹이 슬고, 울타리는 축축한 성질로 인해 부패하고, 벽에는 흰곰팡이가 피고, 밀짚과 건초는 습기 때문에 마치 불에 탄 것처럼 검은색으로 변한다. 도처에 모기가 들끓고, 집들은 날아다니고 기어다니는 벌레들로 가득 찬다. 흙에서는 부글부글 거품이 인다. 나무좀, 나방 그리고 좀벌레가 가구와 나무 울타리, 나무 지붕들을 먹어치운다. 아이들은 여름 내내 종기, 습진, 괴저를 앓는다. 노인들은 기도 위축증으로 세상을 떠난다. 살아 있는 존재에게서조차 부패의 악취가 풍긴다. 많은 사람이 불구가 되고, 갑상선종과 정신지체로 고통받고, 팔다리가 꼬이고, 안면경련이 일어나고, 침을 흘린다. 그들이 근친교배를 하기 때문이다. 남매들이, 아들과 어머니가, 아버지와 딸이.

나는 이십 년에서 이십오 년 전 저개발 지역을 돕는 사무소에서 이곳에 파견됐고, 매일 저녁 땅거미가 내릴 때면 밖에 나가 습지에 소독약을 뿌린다. 나는 상태가 의심스러운 지역민들에게 키니네, 석탄산, 설파제(여러 세균의 생장을 막는 합성 화학요법제), 연고제, 구충제를 처방한다. 위생적이고 금욕적인 생활방식을 권장하고, 염소와 DDT를 나눠준다. 나는 교체 요원이 도착할 때까지 현상을 유지하고 있다. 아마도 교체 요원은 나보다 더 젊고 성격이 강인한 사람일 것이다.

한편 나는 약사이고, 교사이고, 공증인이고, 중재인이고, 간호사이고, 문서 보관인이고, 중개자이고, 조정자이다. 그들은 여전히 나에게 와서 헐어빠진 모자를 벗어 가슴에 꼭 대고 절을 하며 경의를 표하고, 이 빠진 입으로 교활한 미소를 짓고, 삼인칭으로 나에게 말을 건넨다. 그러나 나는 점점 더 그들의 비위를 맞춰야 하고, 눈감아줘야 하고, 그들의 헛된 믿음을 수용해야 하고, 그들의 뻔뻔스럽고 찌푸린 얼굴을 무시해야 하고, 그들의 몸 냄새와 입 냄새를 참아야 하고, 마을 전체에 퍼져 있는 도를 넘는 외설스러움을 너그럽게 봐줘야 한다. 내게 힘이 없다는 사실을 자인해야 한다. 내 권위는 점점 줄어들고 있다. 나는 속임수, 감언이설, 피할 수 없는 거짓말, 은근한 협박, 그리고 작은 뇌물에 의해 실행되는 해진 천 조각 같은 영향력만 갖고 있을 뿐이다. 내가 할 수 있는 일은 교체 요원이 올 때까지 조금만 더 버티는 것뿐이다. 그런 뒤에는 이곳을 영원히 떠날 수 있을 것이다. 아니면 빈 오두막 하나를 인수받아 튼튼한 농부 처녀를 얻어 정착할 수도 있을 것이다.

내가 이곳에 오기 전에, 이십오 년 혹은 그 이상의 세월 전에 총독이 많은 수행원을 거느리고 이곳을 한 번 방문한 적이 있다. 그는 한두 시간 정도 머물렀고, 강의 행로를 다른 데로 돌려 유해한 습지를 없애라고 명령했다. 총독은 장교, 비서관, 조사관, 성직자, 법률 전문가, 가수, 공식 역사학자, 한두 명의 지성인, 점성가, 그리고 16개 첩보기관의 대표자들과 동행했다. 총독은 땅을 파고, 물길을 돌리고, 말리고, 땅을 파서 일구고, 깨끗이 하고, 새로운 씨앗을 뿌리고, 수확하고, 토질을 개량하고, 생활을 일신하라고 명령했다.

그때 이후 아무 일도 일어나지 않았다.

어떤 사람들은 저 건너에, 강 건너에, 숲과 산 건너편에 총독들이 연이어 부임해왔다고 말한다. 한 사람은 그 자리에서 경질되었고, 한 사람은 쫓겨났고, 또 한 사람은 잘못을 저질러 그만두었고, 네 번째 사람은 암살당했고, 다섯 번째 사람은 감옥에 갔고, 여섯 번째 사람은 변절했고, 일곱 번째 사람은 달아났거나 죽었다. 이곳은 모든 것이 늘 예전 그대로 남아 있다. 노인들과 아기들은 계속 죽어가고, 젊은이들은 조로한다. 마을의 인구는, 내 주의 깊은 통계치가 믿을 만하다면, 궁극적으로 줄어들고 있다. 내가 작성해서 침대 머리맡에 걸어둔 그래프에 따르면, 이곳에는 금세기 중반까지 한 사람도 살아남지 못할 것이다. 곤충들과 기어다니는 벌레들만 살아남을 것이다.

이곳에서는 많은 아이들이 태어나지만, 그중 대부분이 유아기에 죽고, 사람들은 그런 일을 별로 슬퍼하지 않는다. 젊은 사람들은 북쪽으로 탈출한다. 아가씨들은 두터운 진흙 속에 근대 뿌리와 감자를 키우는데, 대개 열두 살에 첫아이를 낳고, 스무 살이 되면 기진맥진해 보인다. 이따금 미친 듯한 정욕이 격발하면 마을 사람들 전체가 축축한 숲에 모닥불을 피워놓고 방탕의 밤을 보낸다. 그들은 다 함께 야만적인 짓을 저지른다. 노인이 아이와, 아가씨가 불구자와, 사람이 짐승과. 그런 밤이면 나는 내가 사는 진료소에 틀어박혀 있다가, 그들이 이상한 생각을 떠올릴 경우를 대비해 권총을 장전해 베개 밑에 넣어두고 잠을 자므로 그 밤의 자세한 이야기는 전할 수 없다.

하지만 그런 밤은 어쩌다 한 번씩 일어난다. 다음 날이면 그들은 무거운 머리와 흐리멍덩한 눈으로 한낮에 일어나 철벅철벅 진흙밭으로 걸어 들어가서는 땅거미가 질 때까지 순종적으로 일을 한다. 햇볕은 맹렬하게 뜨겁다. 동전만 한 크기의 무례한 녀석들이 사람들을 급습해서 물어뜯고, 귀청을 찢는 찍찍거리는 소리를 진저리 나도록 낸다. 밭에서 일하는 것은 등골 쑤시는 일이다. 폭신한 진흙밭에서 뽑아낸 근대 뿌리와 감자는 거의 썩어 있다. 그러나 사람들은 그것을 날것으로, 고약한 상태로, 악취 나는 액체 상태로 익혀 먹는다. 무덤 파는 일꾼의 나이 많은 두 아들은 산으로 달아나 밀수업자 무리에 합류했다. 그들의 아내들은 아이들을 데리고 겨우 열네 살인 그들 시동생의 오두막으로 이사했다.

무덤 파는 일꾼에 대해 말하자면 건장하고 무뚝뚝한 곱사등이로, 그 일을 눈감아주지 않기로 마음먹었다. 그러나 전적인 침묵 속에서 여러 주와 여러 달이 흘러갔고, 여러 해가 흘러갔다. 그러던 어느 날 무덤 파는 일꾼도 막내아들의 오두막으로 이사했다. 거기서 점점 더 많은 아이가 태어났다. 그 아이들 중 누가 이따금 밤중에 마을에 와서 한두 시간 보내고 가는 도망간 형제들의 자식인지, 누가 그 젊은 시동생의 자식인지, 혹은 무덤 파는 일꾼이나 그의 늙은 아버지의 자식인지는 아무도 알지 못했다. 진실이 무엇이든 간에 아기들은 대부분 태어나서 몇 주 안에 죽었다. 밤이면 오두막에 다른 남자들이 다녀갔다. 지붕이나 남자 또는 피난처 혹은 아기나 음식을 찾는 순박한 마음을 가진 여자들도. 현재의 총독은 긴급한 세 가지 각서에 응답하지 않았다. 하나같이 중요한 사항이었고, 도덕적 타락에 대해 경고하고 즉각적 개입을 요구하는, 기한이 얼마 남지 않은 것들이었다. 격분해서 그 각서를 작성한 사람은 바로 나였다.

  수년이 조용히 흘러갔다. 교체 요원은 아직 오지 않았다. 경찰이 자기 매부에게 쫓겨났다. 소문에 따르면 그 이상한 경찰은 산속의 그 밀수업자들과 합류했다고 한다. 나는 여전히 임무를 수행하지만 점점 지쳐가고 있다. 사람들은 더 이상 나에게 삼인칭으로 말을 걸지 않고, 헐어빠진 모자를 벗어 나를 성가시게 하지도 않는다. 남은 소독약도 없다. 여자들은 이제 아무런 대가도 치르지 않고 진료소에서 약을 가져간다. 내 지성은 욕망과 함께 쇠퇴해가고 있다. 더 이상 내 안에서 충분한 빛을 찾을 수 없다. 생각하는 갈대가 텅 빈 생각이 되어가고 있다. 혹은 내 눈이 흐릿해지는 건지도 모른다. 그래서 한낮의 빛조차 어둡게 보이고 진료소 문 앞에서 줄을 서서 기다리는 여자들도 줄줄이 놓인 부대 자루처럼 보이는지도. 여러 해가 지남에 따라 나는 그들의 충치와 구취에 익숙해졌다. 나는 아침부터 저녁까지, 날마다, 여름부터 겨울까지 순하게 일했다. 벌레 물린 데를 확인하는 것은 오래전에 그만두었다. 나의 잠은 깊고 평화롭다. 내 침구에는 이끼가 자라고, 습기로 인한 부패가 벽을 침범했다. 몇몇 아낙네는 때때로 나를 동정하여 감자 껍질로 만든 걸쭉한 유동식을 가져다준다. 내 책들에는 모두 곰팡이가 슬고 있다. 표지들이 뜯겨나가고 있다. 나에게 남겨진 것은 아무것도 없다. 그리고 나는 오늘과 내일을, 봄과 가을을, 올해와 내년을 가까스로 분간할 수 있을 뿐이다. 때때로 밤이면 태곳적 관악기의 먼 울부짖음 소리가 들리는 것 같다. 하지만 그것이 무엇인지, 누가 그것을 연주하는지, 그 소리가 숲에서 나는지 언덕에서 나는지 내 머릿속에서 나는지, 잿빛이 되고 가늘어지는 내 머리카락 밑에서 나는지 알 수 없다. 그래서 나는 내 주변의 모든 것에 점점 등을 돌리고 있다. 나 자신에게도.

오늘 아침에 내가 목격한 사건은 별개이다. 지금 나는 그 사건에 관해 의견을 배제한 보고서를 써야 한다.

오늘 아침 해가 뜨고 나자 축축한 수증기가 끈끈하고 빽빽한 비로 변했다. 씻지 않은 상태에서 땀까지 흘리는 노인의 냄새와 비슷한 냄새가 나는 뜨듯한 여름비였다. 마을 사람들이 오두막에서 나와 감자밭으로 내려갈 준비를 하고 있었다. 동쪽 언덕 꼭대기에, 우리와 떠오르는 태양 사이에, 갑자기 건강하고 잘생긴 한 남자가 모습을 드러냈다. 그가 소리는 내지 않고 두 팔을 흔들어 축축한 공기 속에 온갖 종류의 원과 나선을 그리고, 발로 차고, 절을 하고, 제자리에서 뛰어오르기 시작했다.

"저 남자는 누구지?" 마을 남자들이 서로에게 물었다. "저 남자 여기서 뭘 찾는 거지?"

"저 남자는 이곳 출신이 아니야. 이웃 마을 출신도 아니고. 언덕 출신도 아니고." 노인들이 말했다. "아마도 구름에서 내려왔을 거야."

"저 남자를 조심해야겠어요." 여자들이 말했다. "저 남자를 현행범으로 붙잡아야 해요. 저 남자를 죽여야 해요."

그들이 계속 토론하고 논쟁하는 동안 새와 개와 꿀벌 들이 우는 소리, 쨍쨍거리는 소리, 맥주잔만큼이나 큰 벌레들이 윙윙거리는 소리가 노르스름한 공기를 가득 채웠다. 습지의 개구리들이 그 소리에 합류했고, 닭들도 꾸물거리지 않고 그 소리를 따라갔다. 마구들이 요란한 소리를 냈고, 기침 소리, 신음 소리, 저주를 퍼붓는 소리가 들렸다. 서로 다른 온갖 종류의 소리였다.

무덤 파는 일꾼의 젊은 아들이 입을 열었다.

"저 남자." 그러더니 말을 멈추었다.

"저 남자는." 여인숙 주인이 말했다. "아가씨들을 유혹하려는 거야."

아가씨들이 새된 소리로 비명을 질렀다.

"봐요. 저 남자 벌거벗었어요. 그게 얼마나 큰지 좀 봐요. 저 남자가 춤추는 것 좀 봐요. 날려고 하는 것 좀 봐요. 봐요. 마치 날개가 달린 것 같아요. 봐요. 저 남자 뼛속까지 하얘요."

그러자 무덤 파는 늙은 일꾼이 말했다.

"이런 수다가 다 무슨 소용이 있겠소? 해가 떴고, 저기에 있는 혹은 저기에 있다고 우리가 상상하는 백인 남자는 습지 뒤로 사라졌소. 이러쿵저러쿵 말하는 것은 도움이 되지 않소. 뜨거운 하루가 다시 시작되었고, 이제 일하러 가야 하오. 일할 수 있는 사람이 누구든 그 사람을 일하게 하시오. 계속 일하고, 입은 닥치시오. 더 이상 일할 수 없는 사람이 있거든 그 사람을 죽게 하시오. 우리가 할 일은 이게 다요."

작품 해설

밤의 교교한 침묵 속에서 들려오는 소리

 아모스 오즈는 현대 이스라엘 문학을 대표하는 거장이자 최근 십여 년간 노벨문학상 수상자로 꾸준히 거론되는 작가이다. 1965년 첫 작품을 발표한 이래 많은 작품을 집필했고, 이스라엘 문학상, 괴테 문학상, 하인리히 하이네상, 페미나상, 런던 윙게이트상, 율리시스상 등 많은 문학상을 수상했다. 독일의 프랑크푸르트 평화상, 프랑스의 레지옹 도뇌르 훈장 등을 받기도 했다.

 《시골생활 풍경》은 2010년 지중해문학상 외국문학상 부문을 수상한 작품집으로, 총 여덟 편의 단편으로 이루어져 있다. 아내와 헤어지고 노모와 시골집에서 함께 사는 아리에 젤니크의 이야기, 조카 기드온의 방문을 기다리는 독신 여의사 길리 스타이너의 이야기, 젊은 시절 국회의원이었지만 이제는 교사인 딸과 함께 말년을 보내는 노인 페사크 케뎀의 이야기, 마을의 고옥을 사들여 허물고 새 저택을 지으려는 부동산 중개업자 요시 새슨의 이야기, 쪽지를 남기고 집을 나가 돌아오지 않는 아내를 기다리는 마을 면장 베니 아브니의 이야기, 마을 우체국장이자 도서관 사서인 서른 살 이혼녀를 사랑하는 열일곱 살 소년 코비 에즈라의 이야기, 십대 아들을 자살로 잃은 달리아와 아브라함 레빈 부부의 이야기 등이다.

마지막에 수록된 짧은 단편 〈다른 시간, 먼 곳에서〉를 제외하고는 모두 텔일란이라는 작은 마을에서 벌어지는 이야기로, 각각 독립적인 이야기지만, 한 작품에 주인공으로 등장했던 인물이 다른 작품에 조연으로 등장하는 등 서로 겹치는 부분들도 있다. 이 작품들 속에서는 크게 눈길을 끌 만한 파격적인 사건이 벌어지지는 않는다. 텔일란 마을에서 평범한 일상을 살아가는 사람들의 이야기가 담담하게 서술될 뿐이다. 그러나 이 사람들은 대개의 많은 사람들이 그렇듯 저마다 아픈 사연이나 두려움 혹은 비밀 한 가지씩을 갖고 있다.

아내와 헤어지고 아이들과도 관계가 소원해진 채 도시생활을 청산하고 시골에 돌아와 노모와 함께 살아가는 〈상속자〉의 주인공 아리에 젤니크는 어느 날 '낯설지 않은 낯선 남자'의 방문을 받는다. 그 남자는 그의 집을 사들여 요양원이나 건강관리 센터로 개조하려는 법률회사 직원으로, 별다른 반응을 보이지 않는 아리에 젤니크를 감언이설로 구슬린다. 그 남자의 말을 듣는 동안 아리에 젤니크의 마음속에는 어머니가 병이 들거나 노쇠해져서 지속적인 돌봄이 필요해질 경우 어떻게 하나 하는 두려움이 스멀스멀 피어오른다.

〈친척〉의 주인공 길리 스타이너는 메말라 보이는 외모를 가진 사십대의 당당한 독신 여의사지만, 자신을 찾아오기로 했던 조카 기드온이 오지 않자 염려와 외로움으로 초조한 밤을 보낸다.

특히 인상적인 작품은 〈땅 파기〉로, 한때 국회의원이었던 노인 페사크 케뎀과 그의 딸 라헬, 그들의 집에서 더부살이하는 아랍인 청년 아델이 등장한다. 이 작품에서 우리는 집필 활동뿐만 아니라 이스라엘과 팔레스타인의 평화로운 공존을 위한 운동을 펼치는 등 사회참여에도 적극적인 아모스 오즈의 면모를 실감할 수 있다. 전직 정치인 케뎀의 입을 통해 정치인들의 행태를 간접적으로 비판하는가 하면, 아랍 청년 아델과 그를 못마땅한 눈길로 지켜보는 케뎀의 관계를 통해 이스라엘과 아랍 세계 사이의 해묵은 분열 문제도 건드린다.

〈길을 잃다〉에는 마을의 고옥을 사들여 허문 뒤 주말 별장으로 개축하려는 부동산 소개업자 요시 새슨이 등장한다. 그 고옥은 홀로코스트에 관한 글을 쓴 유명 작가 엘다드 루빈이 살았던 집이지만, 작가가 세상을 떠난 뒤 지금은 작가의 미망인과 노모, 젊은 딸이 지키고 있다. 어느 날 저녁, 고옥을 방문한 요시 새슨은 작가의 딸 야르데나의 안내를 받아 여러 세대에 거쳐 거듭 증축된 미로와도 같은 고옥 내부를 둘러본다. 고옥들이 헐리고 리조트처럼 변해가는 텔일란 마을의 모습과 작가를 알지만 정작 그의 책은 제대로 읽어보지 않은 요시 새슨과 야르데나의 모습이 쓸쓸히 사라져가는 전통의 문제를 다시 한 번 생각해보게 한다.

〈기다리기〉에서는 인기 있고 명망 높은 면장이지만 아내 나바와의 사이에 풀리지 않는 문제를 안고 있는 베니 아브니의 이야기가 전개된다. 학생 시절 만나 사랑으로 결혼했지만, 여러 해를 함께 사는 동안 알게 모르게 상처를 주고받은 부부의 일상과, 행방이 묘연한 아내를 찾아나서지만 정작 자신이 해야 할 일이 무엇인지 몰라 막막해하는 베니 아브니의 모습이 읽는 이의 가슴을 저민다.

〈낯선 사람들〉에는 서른 살 이혼녀를 사랑하는 열일곱 살 소년의 심리가 생생하면서도 쓸쓸하게 묘사되어 있고, 〈노래하기〉에는 십대 아들이 자살한 뒤 겉으로는 활발한 친교 활동을 하지만 실은 아무 생각도 하지 못하고 살아가는 친구 부부의 삶을 엿보며 무슨 일인가를 해야 할 것 같은 의무감을 느끼는 화자의 심리 상태가 아련하게 표현되어 있다.

한 편 한 편이 모두 보석 같은 작품들이다. 아모스 오즈는 스스로 이 작품집에 대해 "젊은 작가는 이런 책을 쓸 수 없을 겁니다"라고 말했다. 이 작품집을 번역하면서 무척이나 공감이 갔던 말이다. 뛰어난 재능, 삶의 연륜에서 우러나오는 깊은 통찰력, 인간에 대한 깊은 연민을 가진 작가가 아니라면 이런 작품을 쓸 수 없을 것이다. 인간의 삶은 애정과 증오, 기쁨과 슬픔이 차곡차곡 쌓여 이루어지고, 아모스 오즈는 이런 측면을 날카롭고 섬세하게 포착해 아름다운 단편들로 창조해냈다.

브라질의 일간지 〈오 에스타두 지 상파울루〉는 이 작품집에 대해 "인간 조건만큼이나 복잡한 어떤 것에 대한 사려 깊은 밑그림"이라고 평했고, 이스라엘의 일간지 〈이스라엘 투데이〉는 "이 이야기들은 마음을 사로잡는다. 모든 인간들 속에 있는 섬세하고 예민하고 고통스러운 신경을 건드린다"고 했다. 프랑스의 〈파리마치〉는 "격조 높고, 기품 있고, 지독히도 긴장된다"고 평했으며, 네덜란드의 〈데 모르헌〉은 "능력의 최고점에 다다른 거장의 단편집"이라고 극찬했다.

이 작품집은 간단한 한마디로는 표현할 수 없는 신비로운 아우라에 감싸여 있다. 〈땅 파기〉에서 페사크 케뎀 노인과 아랍인 청년 아델은 한밤중에 집 밑의 땅을 파는 듯한 이상한 소리를 듣는다. 그들이 들은 그 소리처럼, 이 작품집이 말하고자 하는 것은 우리의 삶 속에 분명히 존재하지만 대낮의 밝은 햇빛 아래에서는 잘 들리지 않는, 그러나 밤의 교교한 침묵 속에서는 분명히 들을 수 있는 어떤 것이 아닐까.

2011년 겨울
최정수